凤凰枝文丛

孟彦弘　朱玉麒　主编

半江楼随笔

张宏生　著

凤凰出版社

图书在版编目（ＣＩＰ）数据

半江楼随笔 / 张宏生著. -- 南京 ： 凤凰出版社，
2023.2
（凤凰枝文丛 / 孟彦弘，朱玉麒主编）
ISBN 978-7-5506-3725-2

Ⅰ．①半… Ⅱ．①张… Ⅲ．①中国文学－古典文学研
究－文集 Ⅳ．①I206.2-53

中国版本图书馆CIP数据核字(2022)第212109号

书　　　　名	半江楼随笔
著　　　者	张宏生
责 任 编 辑	李相东
特 约 编 辑	蒋李楠
书 籍 设 计	徐　慧
出 版 发 行	凤凰出版社(原江苏古籍出版社)
	发行部电话025-83223462
出版社地址	江苏省南京市中央路165号，邮编:210009
照　　　排	江苏凤凰制版有限公司
印　　　刷	苏州市越洋印刷有限公司
	江苏省苏州市吴中区南官渡路20号，邮编:215104
开　　　本	880毫米×1230毫米　1/32
印　　　张	10.25
字　　　数	189千字
版　　　次	2023年2月第1版
印　　　次	2023年2月第1次印刷
标 准 书 号	ISBN 978-7-5506-3725-2
定　　　价	68.00元
	(本书凡印装错误可向承印厂调换，电话:0512-68180638)

张宏生

1989 年毕业于南京大学中文系，获得博士学位。南京大学文学院教授。曾任美国哈佛大学、耶鲁大学访问学人。兼任中国明代文学学会、中国词学研究会副会长。曾获得教育部人文社会科学优秀成果奖和优秀教学成果奖。治学领域包括中国文学史、古籍整理、词学等。著有《江湖诗派研究》《宋诗：融通与开拓》《清代词学的建构》《清词探微》《经典传承与体式流变：清词和清代词学研究》等专书十余种。主编《全清词》，先后出版《雍乾卷》和《嘉道卷》等。

弁　言

　　"凤凰台上凤凰游"，是李白《登金陵凤凰台》之诗句，昔年我江苏古籍出版社立足南京、弘扬文史，而更名所由也。

　　"碧梧栖老凤凰枝"，是杜甫《秋兴八首》所吟咏，今日我凤凰出版社为学林添设新枝，而命名所自也。

　　30多年来，凤凰出版社围绕中华传统优秀文化，彰显传承文明、传播文化、服务大众、贡献学术的出版理念，坚持以整理出版中国文、史、哲古籍及其研究著作为主的专业化方向，蒙学界旧雨新知之厚爱、扶持，渐已长大成为"碧梧"，招引了学界"凤凰"翩然来栖。箫韶九成，凤翥凰翔！嘤其鸣矣，求其友声！

　　"凤凰枝文丛"是本社与学界同人共同打造之文史园地，除学术研究论文外，举凡学人往事、经典品评、学术札记之文化随笔，旧学新知，无所不包。是作者出诸性情而诗意栖息之地，读者信手撷取而涵泳徜徉之处。

　　"凤凰鸣矣，于彼高冈。梧桐生矣，于彼朝阳。"

　　愿"凤凰枝文丛"成为我们共同的文化家园。

2019.5.22

自序

　　呈现在读者面前的这本小册子，篇幅虽然不长，时间跨度却很大。有的文章的撰写或动念，甚至可以一直追溯到读本科生的阶段。那时"文革"刚刚结束，社会渐入正轨，校园里充满浓郁的学习氛围，每个人都铆着劲读书，写点读后感练练笔，当然也是常见的事。

　　1982年初，我考入南京大学中文系，随程千帆先生攻读硕士学位，专业方向是唐宋诗。入学后，千帆师布置精读书目，选集有《古诗笺》《唐宋诗举要》等，别集有《李太白全集》《杜诗详注》《苏轼诗集》《山谷诗》等，校雠学则是《四库全书总目》。要求的作业形式，循序渐进，先是做补注，然后是写读书札记，进而写专题论文等。我当时写的读书札记，有若干篇得到千帆师的首肯，先后推荐到一些报刊上发表，有一些需要打磨的，则也都有详细的批语。收录在这部书稿里的文章，有几篇就是当年的读书报告。整理旧箧，看到这些发黄的作业，眼前不觉又浮现出当年随千帆师读书的情形。四十年过去了，仍然叩动着心扉。

这部书稿分为三个部分，分别是说诗、谈词、衡文。诗学是我治学的开端，硕士时的专业方向名为"唐宋诗"，后来博士时的专业方向虽然名为"唐宋文学"，主要研究的还是诗，所以，相当长的一个阶段里，我所写的文章，出版的著作，基本上都和诗有关。博士毕业后，机缘凑巧，进入了《全清词》编纂研究室，参与整理清词文献，后来更主持《全清词》的编纂，在这个方面投入了很大的精力。所以，近二十多年来，我又主要沉浸在词学领域，边整理文献，边进行研究，除了编出《全清词》的《顺康卷补编》四册、《雍乾卷》十六册、《嘉道卷》三十册外，还出版了几本研究词的专著。就此而言，这本书的前两辑和我的主要学科方向关系较为密切。第三辑就显得比较杂，其中稍微集中一点的，是对中国古典小说的某些解读。说起来，我读古典小说的历史可以追溯到小学三年级，后来一直兴趣不减，即使在"文革"那个特殊的时代，也由于一些特定的机缘，偶然还能找到一些读书的渠道。在大学任教后，为了配合系里的教学任务，曾匆匆上阵，教过"中国小说史"和"《红楼梦》研究"等专题课程。虽然时有会心，不断记下读书心得，却没有刻意写成完整的文章。这次清理一下，历年所积，倒也有不少文字，涉及的小说有《三国演义》《水浒传》《西游记》《红楼梦》《聊斋志异》《儒林外史》等，不禁生出一些意外的惊喜。书稿中有两篇写金庸小说的文章比较特别。20世纪80年代中后期，金庸小说传入大陆，在社会上甚为风靡。我也非常喜欢，不仅全部都通读了，有些还一读再读，并写了若干读后感，不过大都不怎么成型。这次挑出两篇，修改之后，收入集中，又想起当年的"金庸热"，就感觉别有意趣。

和我的不少文章一样，这部书稿中的相当一些文字都和在大学的教学有关，也和课堂上师生的互动分不开。犹记我获得博士学位后，第一次开中国文学史课，教学对象是南大中文系的1987级本科生。大概他们对我的教学还算认可，学期结束后，一些同学联名送了我一张卡片，上面写了各自的上课感受。其中一个同学写得最有趣，其文字多用排比句，说了我的课使其印象深刻的若干方面，最后一句提到"金庸古龙，江湖潇洒"，更是妙语。我在课堂上，讲到兴致盎然的时候，往往随心所欲，借题发挥，话匣子一打开，就不知跑到哪里，金庸、古龙可能就是介绍古典小说时带出来的。不过效果如何，也还要看听课的同学。令我非常高兴的是，这些学生们积累丰厚，完全能够跟得上我的节奏。那种目光闪烁中的沟通交流，微微颔首中显示出的心领神会，真有言语难以形容者，只有处于特定的现场才能感受到。这样的氛围，真是做老师的莫大享受，至今忆及，仍悠然神往。

这本书或者鉴赏一些优秀的文学作品，或者讨论一些有趣的文学现象，希望从大众阅读的角度，提供一些对中国文学的认识。这是普及性的读物，因此在写法上也尽量随性些，不那么学院化。文学的魅力，归根结底，还是要落实到对具体文本的解读上，作为一个古代文学研究的从业者，在这方面做些思考，写些文字，是感到非常愉快和有意义的事。这样的工作，以后还会继续做下去。

感谢倪培翔社长的邀约和责任编辑李相东、蒋李楠君的辛劳，让我在整理这本书的时候，又一次回味和凤凰出版社长久以来的深厚交谊。

2022 年 5 月于南京之半江楼

目录

上辑　说诗

大海与胸襟
——说曹操《观沧海》

　　曹操的《观沧海》是中国文学史上的名篇之一。关于它的写作背景，历来研究者比较一致的意见是，该诗作于建安十二年（207），当时诸军阀逐鹿中原，辽西一带的乌桓亦强盛起来，往往伺机南下。建安十年，袁绍兵败，其子袁熙、袁尚逃到乌桓，曹操为避免受到南（控制荆襄的刘表、刘备）北夹击，乃有征乌桓之事。分歧在于，该诗是写于出征的途中，还是凯旋的路上。不过，这个问题并不影响对本诗的理解，因为无论是出征时对建功立业的期待，还是凯旋时对平定天下的向往，都能够借写大海表现出曹操的气度。

　　《观沧海》是《步出夏门行》的正曲第一章，全诗如下：

　　东临碣石，以观沧海。
　　水何澹澹，山岛竦峙。

树木丛生，百草丰茂。

秋风萧瑟，洪波涌起。

日月之行，若出其中；

星汉灿烂，若出其里。

幸甚至哉，歌以咏志。

诗的脉络非常清晰。先写登上今河北昌黎县北的碣石山，眺望大海。其中写得又颇有层次。首先是写大海平静时的情形。"澹澹"，有人解作"摇荡"，尚比较含糊；有人解作"浩荡"，则值得斟酌。《说文》："澹，水摇也。"联系其另外一个意思"静"（贾谊《鹏鸟赋》："澹乎若深渊之静。"），"澹澹"实际上是说水波平静地摇漾。正因为如此，才能显示、衬托出"山岛竦峙"。这个"山岛"，应该是海里的岛或海边其他的岛，而不是脚下的碣石山。然后写大海汹涌时的情形。大海为什么汹涌？是由于刮起了猛烈的秋风，天时的变化，让大海完全成为另外一个样子，也因此才突出了大海的神秘、丰富和多样。接下来则又将眺望大海的时间流程总括起来写。日月的升沉和星汉的闪烁，固然与诗人往日的印象有关，但也不能排除即目所见的可能。以曹操登临望海的豪情，他在碣石山上久久驻足，饱览大自然的变化，也是符合当时情境的。最后两句，虽然是配乐的套语，却也恰如其分，因为曹操的《观沧海》，虽然字面上没有明说，实际上确实是"歌以咏志"的。曹操借大海的吞吐宇宙，也写出了自己统一天下，澄清寰宇的雄心壮志。

《观沧海》一诗作为中国文学史上的名篇，有着多方面的价值。在我们看来，至少有以下几点值得特别提出来。

首先是真正开启了以诗写海的传统。广义地看，曹操这首诗应该归入山水诗的系列，而且是山水诗的先驱。正如有学者所认为的，这是中国文学史上现存第一首完整的山水诗（袁行霈主编《中国文学史》第二卷）。考虑到中国的山水诗成熟在晋代，则曹操这篇作品应该是走在了时代的前面。不过，作为山水诗，这篇作品的更为独特之处，还在于将大海引入了诗歌的表现领域。众所周知，古代中国主要是一个内陆民族，尽管不少人对大海并不陌生，但由于距离，很少会将海与自己的生活或感情结合在一起，在诗歌中出现的，更多是黄河和长江。这不能不说是中国山水诗在题材上的一个欠缺。曹操的这个记录保持了很多年，一直要到很晚才得到响应。这就不仅是题材的问题，更是视野的问题。其次是探讨了描写大海的方式。在中国文学艺术的殿堂里，各个部类往往是相通的。对于水的描写，以往的理论家已经总结出一定的规范，无论是绘画还是诗歌，当写到水的时候，都要求不能局限在水本身，而要以衬托的形式写水。因此，倘若表现水的浩渺，则要结合与水发生关系的其他景物。此即姚铉所谓"赋水不当仅言水，当言水之前后左右"（王又华《古今词论》引，见唐圭璋《词话丛编》)。曹操非常出色地做到了这一点，在这篇作品里，他特别写到海里的山以及山上的树木，这样，就将大海的层次突显出来，增添了大海的气势和生机。而且，为了表现海的博大，更将日月星辰吐纳其中，这当然是出于想象，可是海的尽头，天水相连，也可以作为真实的错觉。调动地上之物和天空之物来写海，将天、地、水结合在一起，表现大海的壮阔和浩渺，这是一个非常开阔的视野，也暗合中国传统的写水之法，虽然可能是无心插柳，却创造了典范。复次是将情与景紧密交融。中国的诗歌创作一向强调情景交融，选取的意象不应是平泛之物，应该能够表达或象征作者的心志或情思，正如《文心雕龙·神思》中所说，应该"登山则情满于山，观海则意溢于海"。在这首诗里，除了最后两句套语出现了"咏志"，可以忽略不计外，通篇都是在写景，特别是"日月之行，若出其中；星汉灿烂，若出其里"四句，更是写出了大海的广阔无边、吞纳宇宙。这既有大海本身的规模作为基础，又有诗人的胸怀作为补充。联想当时的创作背景，作为一个立志扫荡群雄、统一天下的英雄，曹操的心志在这样的景物描写中显露无遗，正是情景交融的最好范例。读这首以写景为主的诗，如果要了解其中的情，本着知人论世的原则，不妨参照曹操其他的诗。如《蒿里行》："关东有义士，兴兵讨群凶。"是写征战之事。《短歌行》二首之二："周公吐哺，天下归心。"是写招贤之心。《龟虽寿》：

"老骥伏枥，志在千里；烈士暮年，壮心不已。"是写进取之志。《对酒》："对酒歌，太平时，……恩泽广及草木昆虫。"是写政治理想。通过"知人论世"和"以意逆志"，可以看出，正因为其志不小，所以面对大海，他才能写出其壮阔。情景交融本是中国古典诗歌的一般特色，原不必特别提出，但是就具体作品而言，其中也有优劣高低之分，因为面对着同样的景，描写的才能固然各有不同，所引发的情怀也可能是千差万别的，所以，谈到这一命题，不宜泛泛而论。

藏漾雪精神积学以储宝酌理以富才研阅以穷
照驯致以怿辞然后使玄解之宰寻声律而定墨
独照之匠窥意象而运斤此盖驭文之首术谋篇
之大端夫神思方远万涂竞萌规矩虚位刻镂无
形登山则情满于山观海则意溢于海我才之多
少将与风云而并驱矣方其搦翰气倍辞前暨乎
篇成半折心始何则意翻空而易奇言征实而难
巧也是以意授于思言授于意密则无际疏则千
里或理在方寸而求之域表或义在咫尺而思隔

《文心雕龙·神思》篇书影

但是，关于这首诗在文学史上的意义，还应该放在一个更大的背景中去认识，特别是和文体的发展联系在一起来思考。

上文说到，曹操的这首诗在中国诗歌史上是一个创举，但是，在中国文学史上，这却并不是第一篇出现海的作品。早在《诗经》里，就已经写到了海，如《小雅·沔水》："沔彼流水，朝宗于海。"先秦子书中，也多次提到海，如《庄子·秋水》："天下之水，莫大于海。万川归之，不知何时止而不盈；尾闾泄之，不知何时已而不虚。"不过还都太过简略，特别是还没有真正进入审美的情境。只有在赋的领域中，海才真正成为文学的题材。

文学史上的第一篇海赋是东汉班彪的《览海赋》。这篇赋是这样写的：

余有事于淮浦，览沧海之茫茫。悟仲尼之乘桴，聊从容而遂行。驰鸿濑以漂骛，翼飞风而回翔。顾百川之分流，焕烂熳以成章。风波薄其裔裔，邈浩浩以汤汤。指日月以为表，索方瀛与壶梁。曜金璆以为阙，次玉石而为堂。蕡芝列于阶路，涌醴渐于中唐。朱紫彩烂，明珠夜光。松乔坐于东序，王母处于西箱，命韩众与岐伯，讲神篇而校灵章。愿结旅而自托，因离世而高游。骋飞龙之骖驾，历八极而回周。遂竦节而响应，勿轻举以神浮。遵霓雾之掩荡，登云涂以凌厉。乘虚风而体景，超太清以增逝。魔天阖以启路，辟阊阖而望余。通王谒于紫宫，拜太一而受符。

《艺文类聚》卷八所载班彪《览海赋》

全篇可以分为四层。第一层是前六句，写自己之所以要览海，乃是由于来到海边，想起当年孔子曾经说过："道不行，乘桴浮于海。"（《论语·公冶长》）就迫不及待地要奔向大海，看个究竟。第二层是"顾百川"以下六句，描写大海的壮阔。这个百川汇聚之处，光彩夺目，波涛汹涌，一望无际，一直延伸到日月升起的地方。那个神秘的地方，有缥缈仙山，如方丈、瀛洲、壶梁，隐于其间。于是，自然引起第三层，即"曜金"以下十句，写神仙居住的世界，这里有金阙琼楼，仙草甘泉，明珠灿烂，满目生辉，还有仙人赤松子、王子乔、西王母、韩众（终）、岐伯，相与游处，于是无限向往，而写下了"愿结旅"以下十四句。作者驾飞龙，乘长风，披云霓，精骛八极，神游万仞，天阍为他打开天门，乃得以拜见天帝，接受教诲。

《览海赋》的出现是中国文学史上的一件大事，自该篇之后，至梁代之前，就先后出现了曹丕《沧海赋》、王粲《游海赋》（以上三国魏），潘岳《沧海赋》、木华《海赋》、庾阐《海赋》、孙绰《望海赋》（以上晋），张融《海赋》（南朝齐）、萧纲《海赋》（南朝梁）等。所以，梁朝的萧统在其《文选》中，就将此种作品与其他江河赋合称，立为"江海"一类。

诗与赋的关系非常密切。《文选》卷一班固《两都赋序》中说："赋者，古《诗》之流也。"这还主要是谈赋与以《诗经》为代表的诗的关系。后来，刘勰《文心雕龙·诠赋》："赋也者，受命于诗人，拓宇于楚辞也。"章学诚《校雠通义》卷三《汉志诗赋第十五》："古之赋家者流，原本《诗》《骚》，出入战国诸子。"刘熙载《艺概·赋概》："赋起于情事杂沓，诗不能驭，故为赋以铺陈之。"对赋进行文体意义上的辨体，是魏晋南北朝以后的事，在汉人心目中，既然诗赋同源，当然就可以并为一体。所以刘歆《七略》立《诗赋略》，班固《汉书·艺文志》沿之，都认为诗赋是一类。直到曹丕，在其《典论·论文》中仍然继承这一传统，将诗赋并称，提出"诗赋欲丽"的观点。我们现在讨论曹操这首诗，也可以纳入这个背景中来思考。

《文选》所载曹操《沧海赋》残句

我们注意到，从班彪《览海赋》之后，按照《文选》的记载，一直要到三国的魏，才有人接续写海赋的传统。事实上，《文选》也曾记载了曹操的一篇《沧海赋》，可惜仅存一句，无法得知其风貌。但是，这一事实至少可以说明，在文学史上，曹操是较早有意识地诗赋并用，来描写大海的。从这个角度入手，我们也可以具体看一看其间的传承。

从曹操撰写过《沧海赋》的事实来看，他无疑知道班彪的《览海赋》，因此，班氏之作，对其创作《观沧海》

应该有所影响。《览海赋》中对大海的描写："顾百川之分流，焕烂熳以成章。风波薄其裔裔，邈浩浩以汤汤。指日月以为表，索方瀛与壶梁。"也可以在《观沧海》中找到一点影子。不过，曹操显然扬弃了其中对神仙世界的描写和对游仙的追求（应该指出的是，由于大海的神秘形象，引起游仙之思，原是比较常见的。即使是曹操，也有时会遵循这一传统，如其《气出唱》三首之一〔驾六龙〕。不过，虽然是"行四海外"，以之联想神仙的境界，寄托游仙之思，这首诗中的海却只是起到了引起话题的作用，与《观沧海》终究不同），那些恣肆的铺叙，被后来的一些海赋接了过去，发展为用许多笔墨写海里物产之丰富，珍宝之奇特，境界之神秘等，如木华《海赋》等。曹操的诗从班彪的赋中借鉴了题材，却将意蕴大大提升，酣畅淋漓地表达了自己志在天下的雄心。

由于曹操的《沧海赋》已经亡佚，我们不知道他是否也曾以赋的形式借写大海以言其志，但他的《观沧海》确实如此，因此，我们也不妨合理推测，当时及后世的作家，是将其这两类作品当成一个整体来看待的，如此，也就不难找到他的一些影响。

赋和诗虽然有着密切的关系，但也有文体的规定性。体物写志是汉赋的重要特点，《文心雕龙·诠赋》说："赋者，铺也；铺采摛文，体物写志也。"这一点，与从《诗经》而来的传统有分有合。正如《汉书·艺文志》所说：

"大儒孙卿及楚臣屈原，离谗忧国，皆作赋以风，咸有恻隐古诗之义。"虽然汉大赋中并不是没有志意的表达，但总以铺叙排比为主体，所以陆机在《文赋》中提出"赋体物而浏亮"，就是对赋体文学的准确概括。像最能代表汉赋成就的司马相如的《天子游猎赋》和《子虚赋》《上林赋》，就是极尽夸张美饰之能事，最后也有·点讽谏，指出要存仁义，去淫乐，但却被淹没在满篇的夸饰之中，结果是本欲讽喻，反成鼓励了。所以《史记·司马相如列传》就说："扬雄以为靡丽之赋，劝百而讽一，犹驰骋郑卫之声，曲终而奏雅，不已亏乎？"诗的文体特征，或曰"缘情"，或曰"言志"，实则"情志"二字，原有相通之处。值得注意的是由大赋向抒情小赋的发展。由于各种因素的作用，特别是在文体上，诗赋之间的交融和互相影响，赋经过极盛的西汉大赋之后，至东汉又出现了抒情小赋，以张衡的《归田赋》为标志，至东汉末年赵壹的《刺世疾邪赋》、祢衡的《鹦鹉赋》，三国曹魏王粲的《登楼赋》、曹植的《洛神赋》等，而完全成熟。抒情小赋，"在篇幅上收缩而走向精致化，并一改汉大赋艰涩难懂之风习，追求语言的平浅，意象的简洁和情、事、景、理相交融的境界，开始向诗靠拢。至魏晋时，小赋成为赋作的主流"（郭建勋、罗慧《赋体与诗体之关系论略》，《湖南大学学报》2006年第1期）。抒情小赋中有着浓郁的情，也有着鲜明的志。在这个意义上，我们就可以对海赋的发展作一个判断。班彪的《览海赋》还有着非常明显的大赋特色，其铺张扬厉，在王粲的《游海赋》中仍有继承，可见西汉以来的传统，一直有着强大的生命力。但是，东汉以后，文学毕竟已经发生了变化，诗化的影响，也不能不在海赋中看到痕迹，因此曹丕的《沧海赋》就展现出与以往不大一样的特征。而具体勾勒这一过程，则正好可以看出曹操《观沧海》一诗的巨大价值。如果我们承认抒情赋的发展受到诗歌的影响，那么，在海赋的发展过程中，则可以提供一个具体的例子了。

前面已经说过，三国魏时，还有两个作家写过海赋，一是王粲，一是曹丕。王粲的《游海赋》写大海的广阔以及海中的各种奇异之物，主要是铺陈，基本上还是汉大赋的路数，而曹丕的《沧海赋》就起了变化，带有一定的抒情言志的色彩。这篇赋是这样写的：

美百川之独宗，壮沧海之威神。经扶桑而遐逝，跨天崖而托身。惊涛暴骇，腾踊澎湃。铿訇隐潾，涌沸凌迈。于是鼋鼍渐离，泛滥淫游；鸿鸾孔鹄，哀鸣相求。扬鳞濯翼，载沉载浮。仰唼芳芝，俯漱清流。巨鱼横奔，厥势吞舟。尔乃钓大贝，采明珠，搴悬黎，收武夫。窥大麓之潜林，睹摇木之罗生。上寒产以交错，下来风之泠泠，振绿叶以葳蕤，吐芬葩而扬荣。

先写大海的声威，次写大海里面的各种壮阔奇异的形象，最后表示要"钓大贝，采明珠，搴悬黎，收武夫。窥大麓之潜林，睹摇木之罗生"，等等，颇有高屋建瓴、探奇烛幽的气势。大海虽大，曹丕的气魄更大，他借此写出了高远的胸怀。曹丕另外一篇写水的《浮淮赋》可以与此相对照："溯淮水而南迈兮，泛洪涛之湟波。仰岩冈之崇阻兮，经东山之曲阿。浮飞舟之万艘兮，建干将之铦戈。扬云旗之缤纷兮，聆榜人之喧哗。乃撞金钟，爰伐雷鼓。白旄冲天，黄钺扈扈。武将奋发，骁骑赫怒。于是惊风泛，涌波骇。众帆张，群棹起。争先遂进，莫适相待。"这就不仅是在写水，更写出了王朝的声威，以及他本人笼罩宇宙的心志。曹丕是曹操的儿子，如果说，他在创作上受到了父亲的影响，当然是合情合理的。考虑到从班彪的《览海赋》到曹丕的《沧海赋》，突然增加了言志的因素，我们不妨也可以认为，曹操的《观沧海》正是其中的一道桥梁。至于后来西晋木华的《海赋》写海，非常丰富，也非常注意描写阔大之景，如："若乃大明抒辔于金枢之穴，翔阳逸骇于扶桑之津。影沙礜石，荡飏岛滨。于是鼓怒，溢浪扬浮。更相触搏，飞沫起涛。状如天轮，胶戾而激转，又似地轴，挺拔而争回。岑岭飞腾而反覆，五岳鼓舞而相磓。"将天地放在一起来思考，与曹操思路相似，只是赋写得更加铺张。最值得注意的是《海赋》的结尾："且其为器也，包乾之奥，括坤之区。惟神是宅，亦祇是庐。何奇不有，何怪不储。芒芒积流，含形内虚。旷哉坎德，卑以自居。弘往纳来，以宗以都。品物类生，何有何无。"直接指出海的广阔与人的气量可以放在一起来思考，这样的思路，或者也可能受到曹操这首诗的影响。

文学史上经常有这样的现象：真正的新创，不一定是写得最多的，有时候，一篇作品也能奠定"大家"的地位，就像唐代张若虚，以一篇《春江花月夜》赢得了"孤篇横绝，竟为大家"（王闿运《论唐诗诸家源流》）的美誉。在中国古代诗歌描写大海的系列里，曹操开了一个头，同时，也长期只是一个较为孤独的存在，可是这个存在却成为一个富有启发性的现象，引导后人在诗歌的这个领域继续进行探索。前面曾经引过《文心雕龙》中的论述，提到情景交融，要"观海则意溢于海"，既然诗言志，则按理说，身份、抱负和修养等都确定了，面对特定的景色，当能写出符合这些因素的特定的风格。但具体的创作实践却不一定必然如此。曹操之后，隋唐至少有两个皇帝写过海诗，一首是隋炀帝的《望海》："碧海虽欣瞩，金台空有闻。远水翻如岸，遥山倒似云。断涛还共合，连浪或时分。驯鸥旧可狎，卉木足为群。方知小姑射，谁复语临汾。"一首是唐太宗的《春日望海》："披襟眺沧海，凭轼玩春芳。积流横地纪，疏派引天潢。仙气凝三岭，和风扇八荒。拂潮云布色，穿浪日舒光。照岸花分彩，迷云雁断行。怀卑运深广，持满守灵长。有形非易测，无源讵量量。洪涛经变野，翠岛屡成桑。之罘思汉帝，碣石想秦皇。霓裳非本意，端拱且图王。"隋炀帝是亡国之君，唐太宗却是开启"贞观之治"的明君，但他们的诗虽然句法更为工整，字句更为整饬，气象却都比不上曹操。当然，后者归结于不愿像秦皇汉武求仙，而是要成就帝王之业，也仍然别有情怀。唐代宋之问有一首长诗题为《景龙四年春祠海》（一题《海》），多为想象之词，总体也比较拖沓，但其中有两句写得颇为壮阔："地阔八荒近，天回百川注。"这也是后来写海诗歌中的一个特点，即往往有句无篇。唐代另一位诗人李峤的《海》也是如此："习坎疏丹壑，朝宗合紫微。三山巨鳌涌，万里大鹏飞。楼写春云色，珠含明月辉。会因添雾露，方逐众川归。"只有"三山巨鳌涌，万里大鹏飞"二句显得比较生动。较之曹操的浑成，还是相差不少。至于众所周知的王之涣的《登鹳雀楼》："白日依山尽，黄河入海流。欲穷千里目，更上一层楼。"则是用了象征笔法，来写自己的胸怀，并没有展开笔墨去描写。在唐代，以海入诗并达到较高水准的，无疑要数李白。在这位著名的浪漫诗人笔下，大海展现了多姿多彩的样貌。像他的《登高丘而望远海》："登高丘，望远海。六鳌骨已霜，三山流安在。扶桑半摧折，白日沉光彩。银台金阙如梦中，秦皇汉武空相待。精卫费木石，鼋鼍无所凭。君不见骊山茂陵尽灰灭，牧羊之子来攀登。盗贼劫宝玉，精灵竟何能。穷兵黩武今如此，鼎湖飞龙安可乘？"描写生动，想象丰富，同时又借古讽今，意味深长。不过，李白的相关作品，仍然是游仙一路为多，受到班彪《览海赋》之类的影响较大，正面写大海，并借写海而抒情言志者，还是很少。不过，如果说将大海的壮阔与沉郁融为一体，李白确实发展了文学的表现手法，将大海的诗化描写，推向了一个新的层面，也是曹操之作的某种发展。唐代以后，写海的作品就更多了，甚至在词里，也是如此。宋代以海入词者已有探索，清代则更有进境。如乾嘉时期的词人陈榊有一首《望海潮·望海，次云木弟韵》："层波嘘噏，浮天无际，乾坤一气苍茫。闪烁金轮，初升远峤，遥瞻万里扶桑。变幻更无常。看龙宫鲛室，鲲鲎鼍梁。万派朝宗，百川归纳应称王。　　仙乡缥缈何方。望楼台隐现，鸾鹤飞翔。几点空青，知通属国，影摇云外帆樯。东海表洋洋。更盐花黑白，霜树红黄。决眦荡胸，六鳌策晓愿难偿。"写万派朝宗，百川归纳，以及延伸到众国来朝的大清气象。可以看到，曹操描写大海的方式，确实结出了丰硕的果实。

浓缩与弹性
——说李白《静夜思》

　　李白的《静夜思》，只有短短二十个字和四个极普通的意象，是什么缘故使它千百年来为人们传诵不止呢？当然，这是一首抒情小诗，以情取胜，无需争奇于字面。但是，古来像这样的抒情作品有许许多多，却大都湮没无闻，难道读者是对李白偏爱吗？通过反复诵读作品，我们发现，《静夜思》的一个很大的成功之处，在于它的弹性，或曰容量，以此来沟通想象，唤起读者的激情。这首诗如下：

　　床前明月光，疑是地上霜。
　　举头望山月，低头思故乡。

"床前明月光"这句诗并无惊人之处，古诗"明月何皎皎，照我罗床帏"与此意同。但古诗直陈，李诗蕴藉。一般来说，圆月最易引起游子的思乡之情，我们也就不妨将其想象为彼时彼地的情景。月明而又洒光于床前，由此可以想见夜之深；夜深而又于床前见明月，则游子之不寐就见于言外了。这正是古诗"忧愁不能寐"的意思。将古诗的三句化为一句，可以体会出其感情的饱满。

"疑是地上霜"这一句的意境，古代也曾有过，如梁简文帝《玄圃纳凉》："夜月似秋霜。"但着一"疑"字，便集中体现了游子恍惚的心态，也使诗歌的抒情性加强了。月光朦胧，景色迷离，最易引起幻觉，如无名氏《拟苏李诗》："明月照高楼，想见余光辉。"又如杜甫《梦李白二首》："落月满屋梁，犹疑照颜色。"然此处"疑"字的意义，还呈现了心态的突然变化和心理活动的丰富。床前的月光，如果仔细审视，决不会有此一"疑"，一定是结念长想之际，没有感到时间的流逝，而忽觉夜寒侵体，又见一片白茫茫的月光，霎时间，竟使游子怀疑降霜了。因此，前二句顺接，是一个通感的过程：由触觉（体寒）到视觉（见月）再到视觉的幻化（疑霜），心态的变化，完成于片刻，这最能体现浓缩的感情。而且，不疑别的东西，却疑"霜"，不用明说，一个"秋"字已见于言外。在中国古典文学中，向来有悲秋的传统情感，自宋玉以次，历代诗人才子都对秋天很敏感。这是因为，秋天是丰收的季节，又是凋零的时候，最容易引起事业无成之悲。试想，人生无过乎事业、家庭二事，当此之时，游子在外，求名未获，有家难归，感秋思乡，实在是可以理解的。这短短两句诗，集交代、描写、刻画、暗示为一体，我们不得不为其容量之大而惊叹。

"举头望山月，低头思故乡"二句显然源于晋《清商曲辞·子夜四时歌·秋歌》第十七首："仰头看明月，寄情千里光。"至此，游子的"疑"已落实了，即不再怀疑月光是秋霜，当然，这一点要读者的想象填补。中国古代人们观察宇宙，常于俯仰之间，完成一个过程。一俯一仰，神思飞驰，虽然宇宙无限，而在一瞬之间，或理或情，都已收诸神观。李白的这首诗，着重在对人生感情的体味，因此将空间的无限内涵，浓缩为一段思乡之情，不是用道理来说服人，而是用感情来打动人。游子的一举头一低头，只是空间高度的瞬间变化，但片时神游，已至故乡，这是借了想象的力量，才由现实的空间转至想象的空间，而沟通这一跨度的媒介，则是月光。谢庄《月赋》："隔千里兮共明月。"人纵然相隔千里，月光所及，却周于大地，因此，此地之月，就如同故乡之月。举头看见山月，低头必见月光，由此而联想故乡之月并进而想到故乡，细腻地刻画出游子心理活动的丰富。况且"山月"的意象，既高且远，本来就具有微妙的心理暗示作用，而"低头"句又集中言情，由实到虚，这样，使情感的波动，于虚实间生发，因此，吟诵起来回肠荡气，余味无穷。

这一首仅仅二十字的小诗，以其起伏的节奏，由实而虚,由虚而实,又由实而虚,于平淡中见浓郁,很能体现李白诗风的一面。

按:"举头望山月"一作"举头望明月",此据《全唐诗》、郭茂倩《乐府诗集》、王琦《李太白全集》和沈德潜《唐诗别裁》等,取用"山月"。

曲江之曲的心曲

——说杜甫《哀江头》

　　唐玄宗天宝十四载（755），安史之乱突然爆发。不久，长安失陷，玄宗仓皇奔蜀，肃宗在甘肃灵武即位。杜甫在从陕西前往灵武途中被叛军抓获，押到长安，于至德二载（757），写下了名作《哀江头》。

　　少陵野老吞声哭，春日潜行曲江曲。

　　江头宫殿锁千门，细柳新蒲为谁绿？

　　忆昔霓旌下南苑，苑中万物生颜色。

　　昭阳殿里第一人，同辇随君侍君侧。

　　辇前才人带弓箭，白马嚼啮黄金勒。

　　翻身向天仰射云，一笑正坠双飞翼。

　　明眸皓齿今何在？血污游魂归不得。

　　清渭东流剑阁深，去住彼此无消息。

　　人生有情泪沾臆，江草江花岂终极？

　　黄昏胡骑尘满城，欲往城南望城北。

全诗二十句，可分三段。第一段四句，写曲江的萧条冷落，并抒发诗人当时的感受。"少陵野老吞声哭"，起句沉痛，为全诗奠定了基调。曰"吞声"，曰"潜行"，则合动作与心理为一体，先从侧面暗示下文要写的曲江今昔盛衰。少陵，汉宣帝许后墓，在今陕西西安市长安区杜陵（宣帝墓）东南。杜甫曾在少陵北、杜陵西住过，故自称"少陵野老"或"杜陵布衣"。曲江，在长安东南，为当时权门贵族、文人雅士的游览胜地。曾经十年困守长安的杜甫，对曲江当然十分熟悉。因此，下面两句便写故地重游所见："江头宫殿锁千门，细柳新蒲为谁绿？"一个"锁"字，烘托出人去殿空的无限悲凉，而"细柳新蒲"却又在春风中返青变绿，生机盎然。"为谁绿"三字，内涵丰富，逗出以下对往昔繁盛的回忆。

二段以"忆"字领起，写玄宗游幸芙蓉苑，其侍从之盛，仪仗之华，使得苑中万物都倍添光辉，为下文极写杨贵妃作了铺垫。"昭阳殿里第一人"，正用汉昭阳宫赵飞燕喻拟杨妃之美，可知所谓"苑中万物生颜色"，也是一种夸张衬托的描写手法。"同辇随君侍君侧"又反用班婕妤事，既写贵妃专宠，又讥其无德。《汉书·外戚传》云："成帝游于后庭，尝欲与（班）婕妤同辇载，婕妤辞曰：'观古图画，圣贤之君，皆有名臣在侧，三代末主，乃有嬖女。今欲同辇，得无近似乎！'上善其言而止。"是此句之所出。下面四句对游幸进行具体描写，却独出匠心，只选取宫中女官——才人射鸟这一细节作陪衬，并代替习见的饮宴歌舞场面。唯才人一箭"正坠双飞翼"的出色表演，才逗出了杨妃的"一笑"；而杨妃这一笑，又暗示了身份的高贵与容止的矜持。因此，诗铺叙至此，便戛然而止。

以下即急转直下，抒写乐极之悲。"明眸皓齿"指代杨妃，并与前句"一笑"相呼应，使得两段之间陡中有承，转接无痕。这句用疑问语气，点出了马嵬兵变、杨妃被缢的悲剧。"血污游魂"不仅与"明眸皓齿"形成鲜明、沉痛的对比，而且紧承上段曲江游幸，将"今何在"与"归不得"落到了实处。紧接着的两句，则从玄宗和杨妃双方立言，进一步渲染两人之间一生一死的悲哀。清渭，在陕西；剑阁，在蜀中。玄宗亡命蜀中，故曰"去"，杨妃被缢死在渭水旁之马嵬，故曰"住"。生离死别，永无见日，诗人有感于此，也不禁悲从中来，泪下沾襟。这里"泪沾臆"承上"吞声哭"，"江草江花"承上"细柳新蒲"。末二句，诗人把思绪从历史的回忆和痛念中拉回，不得不直面"黄昏胡骑尘满城"的现实。而心情的沉痛使他陷入一种恍惚迷离的状态，以至于回家时，竟然"欲往城南望城北"，走反了方向。正如钱谦益《钱注杜诗》卷一所云："兴哀于无情之地，沉吟感叹，瞀乱迷惑，虽胡骑满城，至不知地之南北，昔人所谓有情痴也。"

这首诗写作者由忆旧而兴哀的感情活动，脉络非常清楚。值得注意的是，作者在对玄宗携贵妃作曲江游宴进行了大段铺叙后，并没有进一步去抒写亡国之痛，而是以同情的笔调对这两个人的命运表示了哀惋。这是因为杜甫的青少年时代是在"开元全盛日"中度过的，他曾把满腔的理想和抱负寄托在玄宗身上。因此，他对玄宗一直怀有一种特殊的感情，以至在凭吊先朝胜迹时，自然而然地对玄宗和杨妃的悲剧表示了哀悼和痛惜。

作为一个清醒的现实主义诗人，杜甫曾对玄宗的荒淫误国进行过尖锐的批判；而作为一个在开元盛世中成长起来的臣民，他又始终对玄宗有着一种特殊的感情。这两种倾向体现在不同的作品中，构成了这位诗人对他自己所生活的历史时代的一个整体的印象和理解——它们是矛盾的，又是统一的。这一点我们在阅读杜诗时是不应忽略的。

（与程千帆先生合撰）

季候与心情

——说杜甫《阁夜》与白居易《岁晚旅望》

　　杜甫来到四川之后，总的来说，生活较以往安定了一些。虽然由于严武死去，他不得不离开在成都居住了数年的草堂，但后来到了夔州，他在生活上仍然较为平顺。在这里，他有田地若干，雇佣了几个仆人，除了政治上的抱负无法实现外，生活上算得上是最为富足的时候了。但是，杜甫的秉性就是忠君爱国，无论穷达，其志不改。所以，尽管自己的生活相对安定，但诗人忧患的目光仍然不断扫视着现实社会，倾注着深深的感情，因此创作了不少诗篇。《阁夜》就是其中有代表性的一首，全诗如下：

　　岁暮阴阳催短景，天涯霜雪霁寒宵。

　　五更鼓角声悲壮，三峡星河影动摇。

　　野哭千家闻战伐，夷歌数处起渔樵。

　　卧龙跃马终黄土，人事音书漫寂寥。

这首诗写于大历元年（766），所谓"阁"，就是西阁，是杜甫当时寓居的地方。

已是一年将尽，诗人感到时光飞逝，快到什么程度呢？眼看日影越来越短，好像被时光一点一点地催迫。入冬之后，白天渐短，夜晚渐长，以此入诗者，不知凡几，但一个"催"字，却写出了诗人的独特感受，是他壮志未酬、年华老去心理的形象体现。

岁暮不仅是短景，还有具体的霜雪。本来，夔州虽然离杜甫的家乡没那么近，但说是"天涯"，还是有点夸张，不过在心理上，完全可以让他有"天涯"之感。正如中国民间的俗语，"雪前冷，雪后寒"。为什么是"寒宵"？正是由于霜雪刚"霁"，而且是在五更，所以才越发感到"寒"。这个"寒"的氛围，于是笼罩着整首诗。

五更之时，非常安静，因此人的注意力也容易集中。首先是听。鼓角是军营中报时或施令所用，之所以"悲壮"，是因为时局不靖，当时兵戈扰攘，战争不断，崔旰、郭英乂、杨子琳等军阀连年混战，未能停息，所以，这号角声声，正是当时四川局势的曲折表现，也是作者心情的展示。而由于雪"霁"，空气较为明净，所以天河更加清晰，倒映在水中，也可以看得更加清楚。但是，这当然也并不是单纯地写景。天河是天上之河，天宫是地上皇朝的折射，因此，这条在三峡湍急的流水中不断晃漾摇动的天河，也正应合着诗人面对令人忧心的国家局势动荡的情绪。

二句从耳之所闻，写到目之所见，前者是实，后者则实中带虚，因为其所居住的西阁，并不一定正在长江边；即使在长江边，也不可能看到整个三峡。但惟其如此，才见出境界的开阔，气象的宏大，历来评论家对这两句往往大加赞美，并非无缘无故。

颔联一写闻，一写见，至颈联则全写闻，而此闻又是从前面所闻发展而来，章法显得变化多端。由于战事连绵，百姓无法过安定的生活，于是"野哭千家"，形成痛哭的声浪，一波又一波，传入诗人的耳鼓。下一句所说的"夷歌"，也应该在这个脉络中理解。歌，歌谣之意。杜甫关心国事，同情民瘼，对乐府诗反映现实的精神非常推崇，自己的创作又常以旧题写时事，也非常深刻，成就巨大。因此，这里的"夷歌"和"野哭"有着共同的意蕴。正如北宋邵雍《渔樵问对》所展示的，这一对人物往往能够展示出兴亡的大道理。而这些，又都与"五更鼓角"密切相关。同样都是"闻"，但显然，前者实，后者虚，体现出作者高超的层次感。

然而，虽然自己深沉地忧国忧民，可是又有什么用呢？于是作者信手拈来蜀地的两个人物。一个是诸葛亮（号卧龙），这是以蜀为根据地，不断进取的典型；另一个是公孙述（左思《蜀都赋》曾称其"公孙跃马而称帝"），这是西汉末年的一个据蜀地而割据的典型。此二人虽然有贤有愚，都可以说是一时之杰，最后却都归于失败，化为黄土中的枯骨，那么，自己面对眼前人事的无奈，音书难达的失望，种种的寂寞无聊，也只能徒唤奈何，自我消解了。这里仍然可以使人体会到作者的忧愤和感伤。

这首诗"音节雄浑，波澜壮阔"（《唐宋诗醇》卷十七），深为后人所爱赏，而且，差不多五十年后，就有了回音，这就是白居易所创作的《岁晚旅望》：

朝来暮去星霜换，阴惨阳舒气序牵。
万物秋霜能坏色，四时冬日最凋年。
烟波半露新沙地，鸟雀群飞欲雪天。
向晚苍苍南北望，穷阴旅思两无边。

元和十年（815），白居易以太子左赞善大夫的身份上书言武元衡、裴度被刺事，被劾僭越，受到攻击，被贬为江州司马。这首诗写于他从长安到江州的路上。

正是岁末，时序变化，令人惊心。"星霜"指岁月，"朝来暮去"极言面对寒冬一天天逼近，心中充满无奈。寒冬到来，并不仅仅是大自然的变化，也是心灵敏锐的感受。张衡《西京赋》："夫人在阳时则舒，在阴时则惨，此牵乎天者也。"《文选》薛综注："阳谓春夏，阴谓秋冬。"作为普遍的天人感应，或许确实如此，尤其是刚刚在政治斗争中受到重大挫折的诗人，对这一点无疑更有着切身之感，所以特别点出"阴惨阳舒"。下面就具体描写"星霜"

变换之后的"气序"。秋天是万物凋零的时候，每一次寒霜，就带来一次凋零。凋年，出自鲍照《舞鹤赋》："去帝乡之岑寂，归人寰之喧卑。岁峥嵘而愁暮，心惆怅而哀离。于是穷阴杀节，急景凋年，凉沙振野，箕风动天。"本指光阴荏苒，一年将尽，但作者用这个典故，所谓"冬日凋年"，不仅指年光之年，也指年华之年。他所面对的，确实是冬日的萧瑟，而他的心灵，同样是一片萧瑟。被贬江州是白居易生活中的一道分水岭，这首诗中表达的情绪，可以从一个侧面说明这一点。颈联的意蕴可以有不同理解。若从积极的方面，则水面虽已逐渐结冰，仍有新沙之地袒露，而欲雪之时，一片阴霾，众鸟仍然振翅而飞，表现出生命力。但是，从全篇情调来说，似也不妨别作解释，即新沙地和众鸟都暗指朝中新得势之人，他们在这严酷的时节，仍然能够找到自己的位置，活得很是舒心。这让作者情何以堪，因此，傍晚时分，他四处眺望（所谓"南北望"，是一种省略式的写法），一片苍茫，穷阴（冬日的景象）和羁旅之思，都是无边无际。实际上，表达了他对现实的失望，以及对前程的迷茫。

对于这首诗，《唐宋诗醇》有一段评语："倚天拔地，字字奇警，与杜甫《阁夜》诗极相似。"推为"字字奇警"，或有过誉，但是不是和杜甫的《阁夜》极相似呢？

首先，二诗皆以岁暮节序开端，以苍茫寂寥作结，中间铺开所见、所闻、所思、所感，结构上基本一样。

其次，中二联有意识地用数字对仗，如前者的五更、三峡、千家、数处，后者的万物、四时、半露、群飞。用这些，将时间和空间按照情感特征加以安排，同时，大与小，远与近，实与虚等，也都融为一个有机的整体，所用的手法大致一样。

从风格上看，二诗都由个人身世，联想天下国家（当然白诗隐晦一些），境界阔大，情感沉郁，也是共同的一点。

当然，说是"极相似"，毕竟不是全相同，两篇作品仍然还是有各自的特色。

首先，从描写上来说，杜甫更重的是声，白居易更重的是色，所以，杜的中二联有三句都写声音，而白的中二联，则基本上都在写景象。至于虚实，杜点出人事，即所谓"野哭千家闻战伐，夷歌数处起渔樵"，将"战伐"对百姓的影响揭示出来，而白则将想要表达的迁谪之感隐藏在后面，由此也带来一个结果，即都是沉郁，相对而言，杜的程度更深一些。

其次，从结构上来说，杜诗的脉络更为曲折，如前人曾经指出的，杜诗的结句"人事音书漫寂寥"，"人事音书"四个字，前两个关合"野哭千家闻战伐，夷歌数处起渔樵"；后两个关合"天涯霜雪霁寒宵"和"三峡星河影动摇"。至于白诗，结构相对明快简单，结句"穷阴旅思两无边"，"穷阴"和"旅思"正好把前面所描写的一切全都收束。

　　所以，如果说白诗是有意学杜，应该可以成立；但若说"极相似"，倒也不一定完全如此。

　　白居易的诗歌创作学习杜甫，是文学史上众所周知的事实，但是，以往的论者更多涉及的，是其新乐府从杜诗中获得的资源，而对其他类型的作品，则或有所忽略。本文将这两首诗放在一起加以比较，重点讨论杜甫七言律诗对白居易的影响，在某种意义上，也可以视为了解李商隐、韩偓等人学习杜甫七言律诗的一座桥梁。

韩、苏的石鼓

　　韩愈和苏轼都是杰出的诗人，一个生活在唐代，一个生活在宋代，完全是两个时代的人，但他们之间在个性上却有一个很大的相似之处，就是好奇。好奇，表现在诗歌创作中，就是见到新鲜的东西，就有尝试并争胜的心态。在《火与雪：从体物到禁体物》一文中，我们曾经指出，韩愈看到杜甫写火的诗篇，就兴起模仿和争胜之心，而苏轼看到欧阳修以禁体写雪之作，也是一和再和，终于在难度上超过他的老师。诗歌创作，有时候看的是诗人的才力，有时候也要在看才力的同时，结合个性一起考虑。

　　那么，当苏轼面对韩愈时会怎么样呢？正好，他们二人都写了题为《石鼓歌》的七言古诗，而且，历来的批评家都认为，尽管从唐到清，文学史上写过这一题材的诗人还有不少，如唐代的韦应物也曾写了一篇《石鼓歌》，不能忽视，胡仔《苕溪渔隐丛话》就把韦、韩、苏三篇并言，但韩、苏二篇显然是个中翘楚，常被拿来一起讨论，可见，长久以来的共识，就是这两首才是棋逢对手，因此我们也不妨对其略作比较。

石鼓－田车（故宫博物院藏）

根据记载，石鼓于唐太宗贞观元年（627）在陕西凤翔被偶然发现，当时即以其奇特的造型、奇古的文字而受到关注。其后，虽有韩愈等人大力呼吁，但其命途多舛，在战火中多次蒙受损失，幸而保存下来，一共十面，今存北京故宫博物院。

若将韩、苏《石鼓歌》对读，首先可以发现，二者的主题不尽相同。

韩诗写于元和六年（811）。唐宪宗即位后，改元元和，政局视前较为稳定，一时颇有中兴气象，因此诗中说："方今太平日无事。"当时韩愈正任国子学博士，非常期待能够"柄任儒术崇丘轲"，因此感于石鼓的命运，即

"继周八代争战罢，无人收拾理则那"，希望能够将其荐诸太学，方便诸生讲解切磋，以振兴古学，启迪民心，去除浇薄之心，达到醇厚之境。但是，这种愿望却难以实现，既然是"怜我还好古，官途终险巇"（韩愈《寄崔二十六立之》），最终就不免"对此涕泪双滂沱"，"呜呼吾意其蹉跎"。所以，韩愈追求的复古，实则本于厌乱思治之心，不能仅仅从字面去理解。程学恂说："国初以来，诸公为七言古诗者，多规模此篇，其实此（疑缺一字）殊无深意。"（《韩诗臆说》）似失之偏颇。韩愈《答李秀才书》："愈之所志于古者，不惟其辞之好，好其道焉尔。"又《题（欧阳生）哀辞后》："愈之为古文，岂独取其句读不类于今者耶？思古人而不得见，学古道则欲兼通其辞，通其辞者，本治乎古道者也。"他所提倡的道，是恢复孔孟正统，摒弃佛老二教，申君臣大义，严夷夏大防。他之所以好古，其动机可以从这里看出。

石鼓－銮车（故宫博物院藏）

苏诗写于嘉祐六年（1061）。这一年，他二十六岁，正在凤翔签判任上。北宋建国以来，积贫积弱，国势不振，有识之士都非常忧虑。苏轼也有同样的感受，因此，他在这一年曾作有《应制举上两制书》和多篇制策，其后二年又作《思治论》，申述治国之道。在《应制举上两制书》中，他说："轼闻治事不若治人，治人不若治法，治法不若治时。时者，国之所以存亡，天下之所最重也。……故轼敢以今之所患二者告于下执事。其一曰：用法太严，而不求情；其二曰：好名太高，而不求实。"基于这一点，他就主张实行宽仁之政，以通上下之情。不过，他因此而对法治发表的议论，有些就未免书生气。在《思治论》中，他说："自澶渊之役，北虏虽求和，而终不得其要领，其后重之以西羌之变，而边陲不宁，二国益骄。以战则不胜，以守则不固，而天下常患无兵。……故为之说曰：发之以勇，守之以专，达之以强，苟知此三者，非独为吾国而已，虽北取契丹可矣。"还是可以见出他的忧国忧民之心，以及治国的抱负和在军事上体现出来的可贵见解。

所以，虽然受到韩愈的影响，苏轼此篇在主题上的侧重点并不相同，赞美周宣王中兴的业绩，批判秦国政治的苛暴，是其主要倾向。从对周宣王的赞美来看，外有北伐、东征之功，内有求贤进士之政，都是堪比文、武的事业，因此，大段铺叙之中，也就蕴含着苏轼富国强兵的深意。对于诗中所写到的《鸿雁》，纪昀不以为然，认为"与石鼓无涉"（王文诰《苏文忠公诗编注集成》卷三引）。但是，"《鸿雁》，美宣王也。万民离散，不安其居，而能劳来、还定、安集之，至于矜寡，无不得其所。"（陈奂《诗毛氏传疏》卷四）从这个意义来说，即使"与石鼓无涉"，却也与主题密切相关，不能呆看。

苏轼之作的后半部分，大段文字言及秦事，逸出题外，涉想甚奇。其所表现的内容是："自从周衰更七国，竞使秦人有九有。扫除诗书诵法律，投弃俎豆陈鞭杻。当年何人佐祖龙？上蔡公子牵黄狗。登山刻石颂功烈，后者无继前无偶。皆云皇帝巡四国，烹灭强暴救黔首。六经既已委灰尘，此鼓亦当遭击剖。传闻九鼎沦泗上，欲使万夫沉水取。暴君纵欲穷人力，神物义不污秦垢。"写对秦朝暴政的憎恶，却从其热衷刻石谈起，以与同样是石的石鼓作比较，所以，石鼓不显于秦，也是有定数，即所谓"是时石鼓何处避？无乃天工令鬼守"。这种跳出题外，又在题中的写法，某种程度上也符合苏轼"作诗必此诗，定知非诗人"的追求。对此，古代的批评家也看得很清楚，如翁方纲指出："凤翔，汉右扶风，周秦遗迹皆在焉。……所以此篇后段忽从嬴氏刻石颂功发出感慨，不特就地生发，兼复包括无数古迹矣。非随手泛泛作《过秦论》也。"（《石洲诗话》卷三）王文诰也说："用周、秦分段者，不但鼓之盛衰得失，可兴可感，本意以秦之暴虐形周之忠厚。"（《苏文忠公诗编注集成》卷三）都是站在周、秦对比的角度，来加以论述，其实也是苏轼提倡仁政思想的反映。后来，苏轼不满王安石，历陈变法之失，和这里的议论一脉相承。

韩、苏二作，主题不同，具体描写上也各有不同角度。

韩愈好古，他对石鼓的热衷，是希望荐诸太学，首先在观察上就非常细致："公从何处得纸本，毫发尽备无差讹。辞严义密读难晓，字体不类隶与科。"但即使好古，说到字体，固然难以认定，其辞其义，也是颇费斟酌。如此学识，亦有这样大的挑战，更遑论他人。但越是这样，越能显示出韩愈对其高古的赞赏，所以就大笔铺叙，状其形貌："年深岂免有缺画，快剑斫断生蛟鼍。鸾翔凤翥众仙下，珊瑚碧树交枝柯。金绳铁索锁钮壮，古鼎跃水龙腾梭。"不知其义，仍迷其形，即使无从落实，仍以形象性的语言加以描述，真是淋漓尽致，神采飞扬，这都可以看出韩愈对此物再现的兴奋和热切。至此，意犹未尽，于是再从侧面写："陋儒编诗不收入，二雅褊迫无委蛇。孔子西行不到秦，掎摭星宿遗羲娥。"这是陪衬之笔，正面实写，侧面虚写，都是说石鼓之可贵，两相对照，更有助于人们对石鼓的理解和认识，其形象也就呼之欲出了。

韩愈是对石鼓的再现充满激情，苏轼却意不在石鼓，只是借题发挥，所以正面描写所占篇幅甚少，而只是出之以考释文字："韩公好古生已迟，我今况又百年后！强寻偏旁推点画，时得一二遗八九。我车既攻马亦同，其鱼维鲔贯之柳。古器纵横犹识鼎,众星错落仅名斗。模糊半已隐瘢胝,诘曲犹能辨跟肘。"时代久远,文字难识,则器物之可贵自见,对石鼓的重视也就隐含其中,于是,下面就转入他所要表达的真正的意思,大力宣扬周宣王的勋劳:"厌乱人方思圣贤,中兴天为生耆耇。东征徐虏阚虓虎,北伏犬戎随指嗾。象胥杂沓贡狼鹿,方召联翩赐圭卣。遂因鼓鼙思将帅,岂为考击烦蒙瞍。何人作颂比《崧高》,万古斯文齐岣嵝。勋劳至大不矜伐,文武未远犹忠厚。"紧接着就阑入《过秦论》的意思:"自从周衰更七国,竞使秦人有九有。扫除诗书诵法律,投弃俎豆陈鞭杻。当年何人佐祖龙?上蔡公子牵黄狗。……六经既已委灰尘,此鼓亦当遭击剖。"一气贯注,感情充沛,对比强烈,爱憎分明。这是因为,苏轼诗中的主要形象其实并不是石鼓,而是抒情主人公自己,是抒情主人公借石鼓一事表达自己的情感、思考、见识。如果说,议论之中也能见出形象,这首诗就给出了生动的例子。当然,韩、苏和其当时的一些人都认定石鼓的年代为周宣王时,而现代不少学者则认为应是战国晚期秦国之物。确切的结论,还有待进一步研究。

韩、苏二诗,都以气势见长,正如《唐宋诗醇》论苏轼的对比之言:"雄文健笔,句奇语重,气魄与韩退之作相埒。"(卷三十二)但彼此的风格又有不同,对此,前人也有所指出,其中又以方东树所言较为中肯:"东坡《石鼓》，飞动奇纵，有不可一世之概，故自佳。然似有意使才，又贪使事，不及韩气体肃穆沉重。"（《昭昧詹言》卷一）"飞动奇纵"和"肃穆沉重"，确实是理解两篇作品风格特征的切入点之一，而具体也可以从两人的生活经历去思考。

韩愈写这首诗时，已经四十多岁，经历了宦海浮沉，还曾遭到贬谪。他一向秉持好古之心，却缺少知音。具体到作歌之由，是由于他欲将石鼓荐诸太学而不得，不仅好古之心再次受挫，而且复古理想也更显得渺茫。因此，虽然诗歌的气势雄壮，格调沉雄，从其经历来看，却不免带有压抑感，因此笔端出现沉郁肃穆，也是境由心生，不得不然。但苏轼就不同。他写这首诗时才二十六岁，已经考中进士，可谓少年得志，而又才情过人，抱负宏大。当时朝廷不断征求意见，他秉持一腔富国强兵之念，往往直言无隐，因此，在这种情境中，他写到《石鼓歌》里，也是痛快淋漓。其实，美宣王一段和"过秦"一段，都是其一贯主张，所以他写来毫不费力，自然就笔势飞扬。与其说他"有意使才"，不如说是在有意无意之间更好。

至于二诗的结构，也是各有特点。对于韩诗，论者多嫌其直，如朱彝尊说："以苍劲胜，力量自有余，然气一直下，微嫌乏藻润转折之妙。"（钱仲联《韩昌黎诗系年集释》卷七引）沈德潜也说："典重和平，与题相称，一韵到底，每易平衍。虽意议层出，终乏涛澜溔漫之观。"（钱仲联《韩昌黎诗系年集释》引《唐诗别裁集》，按今本《唐诗别裁集》无）这是因为，韩愈此诗由石鼓而起，一篇旨意都是悲慨荐石鼓于太学的意愿无法实现，通篇围绕此意加以描写，一气直下，务求昌达怀古之意。而苏轼不过是借石鼓之事而言情，回顾历史，寄意现在，但只能是在几个特定的点上有所勾连，因此无法字字扣住石鼓，于是笔势显得来去无端，起伏跳荡。翁方纲曾这样比较两篇作品："苏诗此歌，魄力雄大，不让韩公，然至描写正面处，以古器、众星、缺月、嘉禾，错列于后；以郁律蛟蛇，指肚钳口，浑举于前，尤较韩为斟酌动宕矣。而韩则快剑斩蛟，一连五句，撑空而出，其气魄横绝万古，固非苏所能及。"（《石洲诗话》卷三）认为韩、苏二诗各有所长，各具风格，可谓善于欣赏异量之美，洵为有见之言。

元白留下的诗板

　　这篇短文的题目叫"元白留下的诗板",读起来文字上可能有歧义,因此先要介绍一下什么是诗板。

　　诗板大约出现于唐朝,是伴随着中国诗歌的黄金时代而见之于世的。所谓"诗板",就是为题诗而准备的木板。唐人传播诗歌的重要方式之一就是在寺庙楼观等处题咏,几乎可以肯定,最初一定是题在墙壁上的,而且后来这种方式也一直延续着。但是,这种方式在施行的过程中,也存在着一些问题。首先,可供题咏之处是有限的,总有题满的时候;其次,题咏之人的水平参差不齐,有的不仅不能为所题咏之处增光,反而是抹黑了。这两个因素合在一起,就产生了新的问题,即从墙壁上刮掉谁的?怎样取舍?更不用说,洗去墙上的墨迹也不是一件容易的事。也许,正是由于这样的原因,让诗板应运而生。如果把诗题在木板上,则原来的作用不变,上面提到的问题也可以想出解决的方法了。

唐人盛行漫游之风，李白就不用说了，他的"仗剑远游"自是英风盖世，杜甫也不遑多让，他的《壮游》这样写道："东下姑苏台，……渡浙想秦皇。"在这样的漫游中，既可以开阔胸襟，也期待有所遇合，正是唐人时代精神的一种表现。唐代是一个开放的时代，唐人表达思想不喜欢掖掖藏藏，要追求功名富贵，就像李白那样，明确表示"仰天大笑出门去，我辈岂是蓬蒿人"！所以，他们在诗板上题诗，当然也有着明确的扬名的意图。《唐摭言》卷十三《惜名》一则载："李建州尝游明州慈溪县西湖，题诗，后黎卿为明州牧，李时为都官员外，托与打诗板，附行纲军将入京。"李建州的请托之事，足以说明，唐人对诗板的功能是多么重视。

但是，诗板虽然解决了一些问题，陈列的空间仍然是有限的，总有放满的时候。大约出现这样的情况时，那些寺庙楼观会有些为难，要除去哪一些，不仅有鉴赏能力的问题，也有人际关系的问题，谁知道无意之中会得罪哪一个？如果被撤除者以后发迹，更是一件不明不白的事。我们暂时还没有看到明确的记载，对类似的问题怎样处理，但是，我们却经常能够看到，撤掉诗板的行为往往由当权者或有重名者实行，如上面所引《唐摭言》，后面即接着说："后薛能佐李福于蜀，道过此，题云：'贾掾曾空去，题诗岂易哉！'悉打去诸板，唯留李端《巫山高》一篇而已。"明人胡震亨《唐音癸签》卷二十九也记载说："或问：'诗板始于何时？'余曰：'名贤题咏，人爱重，为设板。如道临寺宋、杜两公诗，初只题壁，后却易为板是也。'又问：'今名胜处少有宋、杜句，而此物正不少，奈何？'余曰：'亦有故事。刘禹锡过巫山庙，去诗板千，留其四；薛能蜀路，飞泉亭去诗板百，留其一。有此棘手，会见清楚在。'"薛能是地方官，刘禹锡是罢官经过，但声望正隆，由他们来决定何者撤，何者留，恐怕是那些寺庙楼观求之不得的。

现在就可以回到本题。元白二人撤板、留板之事，见于后蜀何光远《鉴戒录》卷七："长安慈恩寺浮图起于开元，至大和之岁，举子前名登游题纪者众矣。文宗朝，元稹、白居易、刘禹锡唱和千百首，传于京师，诵者称美，凡所至寺观、台阁、林亭或歌咏之处，向来名公诗板咸自撤之，盖有愧于数公之诗也。会元白因传香于慈恩寺塔下，忽视章先辈八元所留诗，白命僧抹去埃尘。二公移时吟咏，尽日不厌，悉全除去诸家之诗，惟留章公一首而已。"他们如此推重的章八元，字虞贤，桐庐人。大历六年（771）进士。贞元中调句容主簿，迁协律郎。章所写的是一首七言律诗，如下："十层突兀在虚空，四十门开面面风。却怪鸟飞平地上，自惊人语半天中。回梯暗踏如穿洞，绝顶初攀似出笼。落日凤城佳气合，满城春树雨蒙蒙。"就是这一首诗，让元白这两位当时的著名诗人和评论家撤去了其他有关作品。那么，是不是在章八元之前或同时确实没有什么歌咏慈恩寺的好诗呢？

碰巧的是，数十年之前，即天宝十一载（752）的秋天，唐代诗歌史上才刚刚出现了一组震烁千古的登慈恩寺塔的名篇，杜甫、高适、岑参、储光羲这足以代表盛唐精神的四个人都留有诗篇。这是一次文学史上的盛会，所以九百年之后，清初的王士禛还心向往之地说："每思高、岑、杜辈同登慈恩塔……一时大敌，旗鼓相当，恨不厕身其间，为执鞭弭之役。"将四篇作品加以优劣对比，是古代批评家非常喜欢做的事。一般说来，都以为杜、岑二作高于高、储二作，如沈德潜评岑作时说："登慈恩寺塔诗，少陵下应推此作，高达夫、储太祝皆不及也。"（高步瀛《唐宋诗举要》引）而评价杜、岑二作时，则又以杜作为高，如李子德所说："岑作高，杜作大；岑作秀，杜作奇。岑作如浩然《洞庭》，终以公诗'吴楚东南坼，乾坤日夜浮'为大。"（杨伦《杜诗镜铨》卷一引）既然大家都这么推崇，我们不妨引之如下："高标跨苍穹，烈风无时休。自非旷士怀，登兹翻百忧。方知象教力，足可追冥搜。仰穿龙蛇窟，始出枝撑幽。七星在北户，河汉声西流。羲和鞭白日，少昊行清秋。秦山忽破碎，泾渭不可求。俯视但一气，焉能辨皇州。回首叫虞舜，苍梧云正愁。惜哉瑶池饮，日晏昆仑丘。黄鹄去不息，哀鸣何所投。君看随阳雁，各有稻粱谋。"这篇作品高度地情景交融，虚实相间，前人美誉，当之无愧。

杜、高、岑、储都是当时著名的诗人，在唐人殷璠所选的《河岳英灵集》中，高适、岑参、储光羲都有诗入选，杜甫的诗虽未能入选，但有特殊的原因，学界研究已多。所以，这些登慈恩寺塔之作，按照水平看，也理应书写在慈恩寺中的诗板上。当然，由于缺乏资料，我们也还无法肯定是否真的如此，更无法肯定元白所撤除的诗板上，有没有这四篇作品，但如果真的有，相信人们都会为这四位诗人大大抱屈。

然而，我们更加感兴趣的，还是元白为什么单独留下章八元的这一篇，对之如此喜爱。前人已经多对此表示了不解，如宋人张戒就直接认为，章氏此作"乃乞儿口中语也"（《岁寒堂诗话》卷上）。清初的王士禛更是非常轻视，甚至疑惑"元白何以心折如此"（《池北偶谈》卷十八）？

慈恩寺是唐高宗做太子时为其母祈福时所建，寺中的塔则是永徽三年（652）玄奘所建。塔建好后，曾经历了多次毁坏，因而塔的层数也有五层、十层和七层的变迁。章八元的这首诗所描述的就是该塔呈现十层时的状况。首联写其高，突兀而直上虚空，位置高则风大。塔共十层，每层四扇门，因而有"四十门开"的描写。颔联写登顶后的感受，鸟飞平地和人语半空，都是强调高，由于和在平地上的经验不同，所以要怪，要惊。颈联转过来写攀登时的感受。梯子是回环曲折的，一径向上，真如穿洞；而一层层攀登，不知何时到头，突然来到最后一层，见到光明，就像笼中之鸟，突然得到自由，有无限的清爽。尾联以颂赞结之，写得得体，也把慈恩寺塔之高进一步强调出来。显然，这首诗的主要特色就是写得平实，都是非常切身的感受。张戒和王士禛讽刺他，乃是因为诗人只是耳目所及，切近一身，而没有扩展开去，所以像"乞儿"或"小儿"，缺少高远的胸次。试将章氏的"十层突兀在虚空，四十门开面面风"和杜甫的"高标跨苍穹，烈风无时休"比较，将章氏的"却怪鸟飞平地上，自惊人语半天中"和杜甫的"七星在北户，河汉声西流"比较，将章氏的"落日凤城佳气合，满城春树雨蒙蒙"和杜甫的"秦山忽破碎，泾渭不可求。俯视但一气，焉能辨皇州"比较，就可以看出，杜甫确实写得精彩，气象阔大，充满想象，却也太夸张了，和章氏的平实终是不同。

正是这份平实和切近，让元白欣赏。清人赵翼曾经总结中唐诗坛的创作说："中唐诗以韩、孟、元、白为最。韩、孟尚奇警，务言人所不敢言；元、白尚坦易，务言人所共欲言。"（《瓯北诗话》卷四）这种"尚坦易"，已经成为元和诗坛的重要追求之一，就如李肇《国史补·叙时文所尚》所指出的，元和以后，诗章"学浅易于白居易，学淫靡于元稹"。"坦易"或"浅易"，在进行描写时，当然要重视形似，把客观事物的形貌及其作者的感受用恰当的方式写出来，做到人人心中所有而笔下所无。章八元写登慈恩塔的诗出语浅易，描写琐细，刻画形象，正好符合元白提倡的标准。所以，他们把其他诗板撤掉，独留章八元之作，不是没有缘故的。当然，元白在具体创作中，也有追求神似而忽略形似的作品，但是，时代的风气毕竟还是有其主要的一面，张戒和王士禛也不能对此苛责。

还可以提一下许棠的《洞庭》一诗："惊波常不定，半日鬓堪斑。四顾疑无地，中流忽有山。鸟高恒畏坠，帆远却如闲。渔父闲相引，时歌浩渺间。"五代孙光宪《北梦琐言》卷二记载说："许棠有《洞庭》诗尤工，时人谓之'许洞庭'。"唐人写洞庭湖的诗，后世公认以孟浩然和杜甫的两首最好，前者题为《望洞庭湖赠张丞相》："八月湖水平，涵虚混太清。气蒸云梦泽，波撼岳阳城。欲济无舟楫，端居耻圣明。坐观垂钓者，空有羡鱼情。"后者题为《登岳阳楼》："昔闻洞庭水，今上岳阳楼。吴楚东南坼，乾坤日夜浮。亲朋无一字，老病有孤舟。戎马关山北，凭轩涕泗流。"孟之"气蒸云梦泽，波撼岳阳城"，杜之"吴楚东南坼，乾坤日夜浮"，真是写尽了洞庭湖的壮观。但是，孙光宪所记载的当时的"诗人"不提孟、杜二作，偏偏对许棠的这篇如此欣赏，是何道理？清人潘德舆就非常不解，他说："许棠有《洞庭》诗，号为'许洞庭'。然'四顾疑无地，中流忽有山'，语意平弱。'鸟飞应畏堕'，尤涉痕迹。惟'帆远却如闲'五字佳，然亦不必是洞庭诗。少陵、襄阳后，何为动此笔耶?"（《养一斋诗话》卷五）张戒评章八元的诗如"乞儿"，潘德舆则评许棠的诗"平弱"，有共同之处。这可能也要从时代的某种审美情趣来认识。许棠比元白的时代稍晚，在那个时候，人们对琐细、坦易、切近、平实之作仍很欣赏，所以才有了这样的评价。章、许二作的当下接受在一定程度上正好可以互相印证。

最是万物会人意

——说罗隐《魏城逢故人》

物与我的关系是中国古典诗词的重要构成方式之一，在具体的创作中被广泛涉及，但如何使用，又在乎一心。罗隐的《魏城逢故人》就有自己的角度：

一年两度锦江游，前值东风后值秋。
芳草有情皆碍马，好云无处不遮楼。
山将别恨和心醉，水带离声入梦流。
今日因君试回首，淡烟乔木隔绵州。

罗隐生在晚唐，处于乱世，屡试不第，到处漂流。这首诗是他漂流到四川时所作。魏城是剑南道的一个县，其地在今绵阳市。诗一题《绵谷回寄蔡氏昆仲》，绵谷即今四川省广元市。

锦江是成都的重要标志之一，而魏城离成都不远，所以，这里表示在春天和秋天，诗人两次到了成都，终于有机会和蔡氏兄弟见面。见面不易，分别亦难，因此写绿草也知人的心意，似乎在阻挡着马蹄前行，而云雾缭绕，也似故意将蔡氏兄弟居处遮住，以免回头眺望，触目伤心。但离别的伤感难以抑制，一路经行之处，山的景色，引起心中万般怅恨。醉，似为"碎"之误。这一句的情景关系，可以和辛弃疾《水龙吟·登建康赏心亭》并观："遥岑远目，献愁供恨，玉簪螺髻。"至于水，则是带有离声，萦绕在梦中。这一句又可以令人联想到秦观著名的《江城子》："便作春江都是泪，流不尽，许多愁。"全诗最后照应题目中的"回"字：走在路上，回望魏城，惟见高大的树木被笼罩在澹澹的云烟中而已。

书写朋友间的离情，在中国古典诗词中有不少名篇，这一首从总体来说并不特别突出，但是，"芳草"一句，却给全诗增加了不少亮色，甚至可以说，这首诗之所以能够在文学史上留下印迹，主要就是由于这一句。

草的意象是写离别之情时经常使用的。较早的，如淮南王刘安《招隐士》："王孙游兮不归，春草生兮萋萋。"以及白居易由此发展而来的著名的《赋得古原草送别》："离离原上草，一岁一枯荣。野火烧不尽，春风吹又生。远芳侵古道，晴翠接荒城。又送王孙去，萋萋满别情。"在词中，则有欧阳修《踏莎行》："候馆梅残，溪桥柳细。草薰风暖摇征辔。离愁渐远渐无穷，迢迢不断如春水。　　　寸寸柔肠，盈盈粉泪。楼高莫近危阑倚。平芜尽处是春山，行人更在春山外。"这些，都可以见出春草之上所笼罩着的浓浓的感情色彩。罗隐的诗也将春草（芳草）赋予了感情色彩，不过却转换角度，让其具有了主动性，这就将物与我的关系做了一定的调整，显得较为别致。

在文学史发展的过程中，任何一点新颖的东西，往往都会引起后世敏感的作家的兴趣，从而构成不同形式的传播链。清代词人谭献有一首《蝶恋花》：

庭院深深人悄悄。埋怨鹦哥，错报韦郎到。压鬓钗梁金凤小，低头只是闲烦恼。　　　花发江南年正少。红袖高楼，争抵还乡好？遮断行人西去道，轻躯愿化车前草。

对于这首词，清末词学批评家陈廷焯评价很高，略谓："'庭院深深'阕，上半传神绝妙，下半沉痛已极，所谓'情到海枯石烂时'也。"（《白雨斋词话》卷五）"情到海枯石烂时"，就是从末二句草的意象而来的，体现了一种坚定和执着。为了表达爱的心迹，为了留住爱人，她宁愿化作青草，用柔弱的身躯挡住远行的车辆。草能挡住车子吗？多半不能，惟其如此，才见出其"沉痛已极"，"所谓'情到海枯石烂时'也"。显然，这个思路和罗隐的诗深有渊源，只是表达得更为炽烈，更为决绝。

以物传情的写法，让物更有主动性，许多作家都感兴趣，有成就者往往能够写出特定的心得感受。如周邦彦《六丑·蔷薇谢后作》：

> 正单衣试酒，怅客里、光阴虚掷。愿春暂留，春归如过翼，一去无迹。为问花何在？夜来风雨，葬楚宫倾国。钗钿堕处遗香泽，乱点桃蹊，轻翻柳陌。多情为谁追惜？但蜂媒蝶使，时叩窗隔。　　东园岑寂，渐蒙笼暗碧。静绕珍丛底，成叹息。长条故惹行客，似牵衣待话，别情无极。残英小、强簪巾帻。终不似一朵，钗头颤袅，向人欹侧。漂流处、莫趁潮汐。恐断红、尚有相思字，何由见得？

这是周邦彦的名篇，其重要特色之一，是"借花起兴"，但"是花是己，比兴无端"（黄苏《蓼园词选》），主要表现在"长条故惹行客，似牵衣待话，别情无极"数句。作品写对于蔷薇花飘落的伤感之情，"不说人惜花，却说花恋人"（周济《宋四家词选》），将穿行在花园中，被蔷薇的枝条钩住衣裳，比喻成花不忍与人离别，所以用这种方式来倾诉衷肠。这种手法非常别致，能够创造一种陌生化，提供更为开阔的想象空间。同时，这个比喻也非常巧。落花时节，原来万紫千红、热热闹闹的东园一片岑寂，此人无限惋惜，"静绕珍丛底"，从心底里发出阵阵叹息。就在这种出神的状态下，他的衣裳被枝条钩住了，而蔷薇的枝条上是有刺的，也正符合这个特定的情境。另外，以美人比花，是非常传统的写法，这个"牵衣待话，别情无极"，带有这方面的暗示，而下面又写，摘下枝上的残英，勉强簪向巾帻，到底比不上鲜花盛开的时候，在美人钗头插上一朵，更加婀娜多姿。这样一来，前面的"牵衣待话，别情无极"就有了根，既别出心裁，又符合逻辑。这也成为周邦彦创作的特定家法，对后来的词人，特别是对南宋姜夔，有一定的影响。

王国维在《人间词话》中引"泪眼问花花不语，乱红飞过秋千去"等例子，提出了"有我之境"的观点："以我观物，故物皆着我之色彩。"以上所述，也都可以一定程度上作为这方面的例证。

背面丽人与烘托想象

——说苏轼《续丽人行》

在诗歌创作上，苏轼有着好奇和好胜的性格，往往对前人已涉及过的题材、体式、风格深感兴趣，或有所挑战，或有所调整，总之都是希望写出自己的特色。《续丽人行》就是一篇这样的作品。诗如下：

深宫无人春日长，沉香亭北百花香。
美人睡起薄梳洗，燕舞莺啼空断肠。
画工欲画无穷意，背立东风初破睡。
若教回首却嫣然，阳城下蔡俱风靡。
杜陵饥客眼长寒，蹇驴破帽随金鞍。
隔花临水时一见，只许腰肢背后看。
心醉归来茅屋底，方信人间有西子。
君不见孟光举案与眉齐，何曾背面伤春啼。

这首诗有小序："李仲谋家有周昉画背面欠伸内人，极精，戏作此诗。"说明是一首读画之作。周昉是唐代名画家，李仲谋应是苏轼的友人。苏轼在李家欣赏到一幅画，上面画的是一个背面打呵欠、伸懒腰的宫女，不禁想起杜甫著名的《丽人行》，于是调动想象，将这个宫女和杨家姊妹联系在一起，写了这首诗。

诗以一般的宫怨型写法开始。沉香亭在唐兴庆宫内，系玄宗用进贡的沉香木所建，玄宗曾和杨贵妃在此赏花，召李白赋诗，写成著名的《清平调》三首，中有"名花倾国两相欢""一枝红艳露凝香"等句。苏轼写作时心里有李白的名作，肯定也想到了唐玄宗、杨贵妃的故事。但当年与杨贵妃相映生辉的百花，在这里却对比出了另外的风貌。第一句确定了基调：不仅是"深宫"，而且是"无人"，独自幽居，充满寂寞，因此就倍感时间漫长，又不仅是作为自然现象的"春日迟迟"（《诗经·豳风·七月》）而已。薄梳洗，指薄施脂粉，显然是无心刻意梳妆打扮。这一句语含暗示，令人想起温庭筠的《菩萨蛮》："小山重叠金明灭，鬓云欲度香腮雪。懒起画蛾眉，弄妆梳洗迟。"由于这样的心态，看到燕舞，听到莺啼，就只觉得伤心。以上是写其寂寞，下面则写其美丽。所谓美丽，就是画家要表现的"无穷意"，而古人往往认为女子刚刚睡醒的情态非常美，如白居易《长恨歌》："云鬓半偏新睡觉，花冠不整下堂来。风吹仙袂飘飘举，犹似霓裳羽衣舞。"欧阳修《渔家傲》:"十月小春梅蕊绽。红炉画阁新装遍。锦帐美人贪睡暖。羞起晚。玉壶一夜冰澌满。"何以见得这是个美人呢?苏轼用"东风"来形容,"东风"是"东风面"的简称,也就是"春风面",语出杜甫《咏怀古迹五首》之三中的"画图省识春风面"。用汉元帝通过毛延寿的画图来判断王昭君容貌事,来写此美人之美,也巧妙地把两张图联系起来了。但这个美人展示的却是背面。既然是背面,怎么知道相貌姣美呢?绘画线条等可能是一个方面,"极精"应该有对画艺本身的赞赏,但更重要的,或许是称赞其塑造人物的方法。宋玉《登徒子好色赋》中描写东邻女的美貌是"嫣然一笑,惑阳城,迷下蔡"。阳城、下蔡都是楚国城市名。所谓风靡,就是全城的人都为之倾倒。作品是题画,因此可以这样写出作者的所见所感。但这首诗题为《续丽人行》,而《丽人行》是杜甫的名篇,二者必须有所关联,于是就又从杜甫的角度去写。《丽人行》是从杜甫的眼中看到杨氏兄妹的骄奢淫逸,所以《续丽人行》也采取这个角度,只是苏轼为杜甫设置了另外一个场景。在《丽人行》中,杜甫写"三月三日天气新,长安水边多丽人",无论是容貌,如"态浓意远淑且真,肌理细腻骨肉匀",还是服饰,如"翠微匐叶垂鬓唇""珠压腰衱稳称身",都是只有靠近才能看清楚的。但苏轼认为,以杜甫当时的处境,其实不大可能近距离地观察"丽人"(杨贵妃姊妹)的容貌服饰。什么处境呢?就是"杜陵饥客眼长寒，蹇驴破帽随金鞍"。这两句檃栝自杜甫《奉赠韦左丞丈二十二韵》："骑驴十三载，旅食京华春。朝扣富儿门，暮随肥马尘。残杯与冷炙，到处潜悲辛。"所以，杜甫只能远观，不仅是远观，而且只看到了一个背面。就是这个背面，让杜甫赞叹不已："心醉归来茅屋底，方信人间有西子。"但是，苏轼真的是像有些论者所说的，在这里是对杜甫有所调侃吗？恐怕未必。在苏轼心目中，杜甫是一个什么地位呢？其《书吴道子画后》有这样一段论述："智者创物，能者述焉，非一人而成也。君子之于学，百工之于技，自三代历汉至唐而备矣。故诗至于杜子美，文至于韩退之，书至于颜鲁公，画至于吴道子，而古今之变，天下之能事毕矣。"这个被赋予诗坛"集大成"桂冠的诗人，出现在诗里，有其深意。中唐诗人王建以善写新乐府而知名，其著名的《宫词》中有一首："树头树尾觅残红，一片西飞一片东。自是桃花贪结子，教人错恨五更风。"可以帮助我们了解苏轼的意思。这位美人，幽居深宫，虽然美丽，却遭冷遇。冷遇的原因，固然可能是和杨氏姊妹争宠而失败（或者暗示着梅妃），不免使人同情，但是，如果仅仅写到这一层，那就是落入了一般宫怨诗的老套。所以，苏轼要搬出他所崇敬的杜甫来发表见解，这就是全诗的最后两句："君不见孟光举案与眉齐，何曾背面伤春啼。"《后汉书·梁鸿传》："（梁鸿）为人赁舂，每归，妻为具食，不敢于鸿前仰视，举案齐眉。"这个典故一向用来形容夫妻的互敬互爱。诗中的这个美人确实有西施般的姿色，但是，她得到真正的幸福了吗？《红楼梦》中林黛玉写有《五美吟》，其中咏西施一首说："一代倾城逐浪花，吴宫空自忆儿家。效颦莫笑东村女，头白溪边尚浣纱。"虽然指向有所不同，但羡慕平常女子能够安稳过着平常生活而终老的思路是一样的。在杜甫看来，宫廷争斗中的胜利者如杨贵妃，固然是应该批判的对象（当然也有怜悯）；而宫廷争斗中的失败者，杜甫一方面为之悲悯，另一方面未尝不有所反思。这才是杜甫的境界，或者说，这才是苏轼心目中杜甫的境界。

苏轼的这首诗对杜甫原诗既有呼应，又有发展，创造了较为复杂的意蕴，体现了苏轼特定的思想感情，已如上述，而在表现方法上，也有可说者。

如上所述，苏轼在诗歌创作上有着好奇和好胜的性格特征，他发现了前人的探索之后，往往就会加以回应，并努力写出自己的新意。宋仁宗皇祐二年（1050），欧阳修任颍州太守时，曾汇集宾客，以"禁体物语"作咏雪诗，多用侧面描写，渲染烘托之法。苏轼对此非常感兴趣，不仅亦步亦趋，模仿一首，而且变本加厉，几乎完全一空依傍，创作难度更甚于其师，也成就了一段"弟子不必不如师，师不必贤于弟子"的佳话。

这种特定的创作方法，无疑是苏轼所深深喜爱的，在这首诗中也明显体现出来。

苏轼对诗与画的关系一向感兴趣，他不仅说过"味摩诘之诗，诗中有画；观摩诘之画，画中有诗"（《书摩诘〈蓝田烟雨图〉》），提出诗画合一论，而且对于诗画相通的具体表现手法，也有独特的认识："论画以形似，见与儿童邻。赋诗必此诗，定知非诗人。"（《书鄢陵王主簿所画折枝》之一）在他看来，无论是画还是诗，都要提供想象的空间，为了这个目的，哪怕对传形有所忽略，也是可行的。

可能正是由于这个原因，他对周昉的这幅背面美人图深感兴趣，周氏的这种表现手法，正和他的某种追求合拍，而且，也正是这种背面美人，创造了"无穷意"，可以让观者驰骋想象。所以他要用诗歌的形式再加以书写。

苏轼的学问大，在作品中，他几乎是信手拈来，就把一些典故糅合在一起。其中，值得特别提出的是他对宋玉《登徒子好色赋》的使用，即"嫣然一笑，惑阳城，迷下蔡"。事实上，从全篇背面美人的立意来说，还有更多承接宋赋的脉络。这篇赋写登徒子向楚王告状，说宋玉好色。宋玉说这是诬陷，并就此展开一段铺叙，说天下最美的女子都在楚国，楚国最美的女子都在我的家乡，而家乡最美的女子就住在我的隔壁。隔壁这个女子喜欢我，一连三年，每天都趴在墙头看我，可我毫不动心。那么这个女子是怎样的美呢？"增之一分则太长，减之一分则太短。著粉则太白，施朱则太赤。"宋赋完全不涉及正面描写，而是设置一些条件，付诸读者的想象，而这些条件又对每一个读者都是开放的空间，无论读者心中的美人是什么类型，都可以代入。这和周昉画背面美人的意图是一样的，背面美人的美，超越了具体的容貌特征，把美的想象交给画作前的欣赏者。而苏轼敏感地注意到前人的这些探索，虽言"戏作"，实则很是认真。他一贯喜欢将不同的文艺部类放在一起考虑，互相交叉，加以探索。这篇作品也是一个很好的例子。

北宋诗人韩驹有诗云："睡起昭阳暗淡妆，不知缘底背斜阳。若教转盼一回首，三十六宫无粉光。"这首诗，厉鹗《宋诗纪事》题为《题李伯时画背面仕女》。韩驹（1080—1135），字子苍，号牟阳，陵阳仙井（今四川井研）人。李公麟（1049—1106），字伯时，号龙眠居士，北宋舒州（今安徽桐城）人。韩驹曾学苏轼作诗，尤其受到苏辙的赏识，也服膺江西诗派的主张，可算作江西诗派的重要成员之一，曾季狸《艇斋诗话》所提到的江西诗派中的几个重要人物就有他："后山（陈师道）论诗说换骨，东湖（徐俯）论诗说中的，东莱（吕本中）论诗说活法，子苍论诗说饱参。"李公麟"画背面仕女"，或许是和周昉暗合，但韩驹所题的这首诗，却明显是模仿苏轼，但又"不及东坡之伟丽"（《苕溪渔隐丛话》后集卷三十四）。南宋的王十朋在《陈郎中赠韩子苍集》中称赞韩驹的诗："非坡（苏东坡）非谷（黄山谷）自一家。"但通过这首诗，可以看到他很关注苏轼诗作的创造性，在学苏上下过一定的功夫。

东西船与南北车

——从苏轼《泗州僧伽塔》说起

明人杨慎在《升庵诗话》卷八中说："唐人诗主情，去《三百篇》近；宋人诗主理，去《三百篇》却远矣。"虽然对宋诗趋向否定，不无可议，但所总结的特色却有一定的道理。所谓理，往往表现为理趣，而苏轼则是表现理趣的最重要的作家之一。如《泗州僧伽塔》：

我昔南行舟击汴，逆风三日沙吹面。
舟人共劝祷灵塔，香火未收旗脚转。
回头顷刻失长桥，却到龟山未朝饭。
至人无心何厚薄，我自怀私欣所便。
耕田欲雨刈欲晴，去得顺风来者怨。
若使人人祷辄遂，造物应须日千变。
我今身世两悠悠，去无所逐来无恋。
得行固愿留不恶，每到有求神亦倦。

退之旧云三百尺，澄观所营今已换。

不嫌俗士污丹梯，一看云山绕淮甸。

这首诗的具体创作时间尚有争论，但对于本文这不是特别需要解决。诗的开头写到的"昔"，是指治平三年（1066）苏轼护父丧归蜀，经汴河南行，到达泗州，一连三日阻于大风，舟子劝其向僧伽塔祷告。僧伽本西域人，俗姓何，唐代龙朔年间来到中原，修行传法，死在泗州，乃建塔供养，据说有求必应，非常灵验。苏轼依言求祷，果然如此。灵到什么程度呢？一炷香还未烧尽，旗子的飘向就改变了，由逆风变成了顺风。于是，清晨起锚行船，顷刻间，就把泗州城东的长桥远远抛在后面，到达洪泽湖中龟山时，还没到吃早饭的时间。这本是令急于赶路的诗人高兴的事，而且求祷之事在生活中也很常见，但苏轼却从中有所体悟，并加以追问，上升到哲理的层面进行思考。他的思考就是，大千世界，每个人都有自己的需求，这些需求，若放在同一时间，必然无法一并实现，即使是神灵也一定是无计可施。比如，耕种的人希望下雨，收割的人则希望天晴；行船时，碰到顺风会感到高兴，但此时从对面来的船就一定是逆风，肯定不高兴。如果大家都向神灵祷告，造物主怕是要一日千变了。其实，所谓一日千变，不过是一种比喻性的说法，因为在同一时间里，再怎么变，也无法满足所有人的要求。诗的后面写自己随运任化，听其自然，对于快和慢，留与行，都不会刻意追求，是他又从玄思中回到自己所进行的思考。

苏轼诗中的理趣，比较喜欢通过时空的转换去写，他的几篇著名作品，如《题西林壁》："横看成岭侧成峰，远近高低各不同。不识庐山真面目，只缘身在此山中。"写视角变化对于全面认识事物的重要性。又如《唐道人言天目山上俯视雷雨，每大雷电，但闻云中如婴儿声，殊不闻雷震也》："已外浮名更外身，区区雷电若为神。山头只作婴儿看，无限人间失箸人。"写同一时间的不同空间所导致的不同感受。都是脍炙人口，富有理趣。而这些理趣，往往都是在日常生活中悟得的。这正应了《大慧普觉禅师语录》中所说："佛法在日用处，行住坐卧处，吃茶吃饭处。"也可以和王阳明《传习录》"答欧阳崇一"所说的"日用之间，见闻酬酢，虽千头万绪，莫非良知之发用流行"互参。

同一时间里，某一行为无法让处于不同情境中的所有的人都满意，苏轼的这个看法肯定算不上什么发明，但写在诗中，仍然有其新鲜的感受。因此，不久就在他的学生张耒的诗中有了回应。张耒创作了一首《田家词》：

南风霏霏麦花落，豆田漠漠初垂角。
山边夜半一犁雨，田父高歌待收获。
雨多潇潇蚕簇寒，蚕妇低眉忧茧单。

人生多求复多怨，天公供尔良独难。

春天里，南风吹过，正是小麦灌浆、豆子发芽的时候，半夜下了一场及时雨，使得田父引吭高歌，非常高兴，因为这预示着一个好收成。然而，同样是面对这场雨，养蚕的妇人却是忧心忡忡，因为春雨伴随着春寒，蚕宝宝因畏寒而簇拥在一起，恐怕会影响蚕事。茧单，即茧薄。陆游《初夏闲居》诗之二："蚕簇尚寒忧茧薄，稻陂初满喜秧青。"所以，作者感慨，人生在世，所求不一，天公无法满足所有人的意愿，恐怕也会非常为难吧。苏轼诗中说："若使人人祷辄遂，造物应须日千变。"但既然无法"日千变"，因此就"天公供尔良独难"了。在这里可以看出这对师徒之间的传承。当然，说到苏轼的学生，也不是个个都服膺其老师的这种写法，范温《潜溪诗眼》记载："句法之学，自是一家功夫。昔尝问山谷：'耕田欲雨刈欲晴，去得顺风来者怨。'山谷云：'不如"千岩无人万壑静，十步回头五步坐"。'此专论句法，不论义理，盖七言诗四字三字作两节也。"黄庭坚认为苏轼这两句就句法论，不如杜甫《忆昔行》中的"千岩"二句（按杜诗原文作"千崖无人万壑静，三步回头五步坐"），但言下之意，还是承认其中的"义理"，只是，对这种"义理"，黄氏也要做些翻案文章，其《宫亭湖》这样写："左手作圆右作方，世人机敏便可尔。一风分送南北舟，斟酌神功宜有此。"

他认为，既然有神功，则在同一时间，可以既送南舟，也送北舟，让二者都满意。这显然是故为大言，不足深论。但是，江西诗派喜做翻案文章，这可以算作一例，而且也能够看出苏门师弟之间良好的互动关系，故在这里稍微涉及。

回到苏轼这首诗，到了南宋，仍然有人对这一写法感兴趣。南宋著名诗人方岳有一首《东西船》：

昨日东船使风下，突过乘舆快于马。
今日西船使风上，适从何来急于浪。
东船下时西船怨，西船上时东船羡。
篙师劳苦自相觉，明日那知风不转？
推篷一笑奚尔为，怨迟羡速无休时。
沙头漠漠杏花雨，依旧年时樯燕语。

如果说，张耒那首诗主要是对苏轼诗中"耕田欲雨刈欲晴"一句加以敷衍的话，那么，方岳这首诗就主要是从苏轼"去得顺风来者怨"一句加以发挥，将其具体化，情节化。使风，谓借用风力行船。诗中说，昨天向东行驶的船碰到顺风，今天向西行驶的船也碰到顺风，所以速度都很快，胜过车行、马腾、浪奔。这里就碰到同样的问题，即在同一天，如果东船之人高兴了，西船之人一定不高兴，反之亦然。面对这个带有点哲理的问题，辛辛苦苦在船上忙活的篙师却一点也不感到迷惘，因为凭借直觉经验，这就是一种平常的自然现象，今日此风，明日焉知不是彼风？怨迟怨速之心实在是要不得。是谁在"怨迟怨速"？作者没有明说，或许指的是乘船的人。果真如此的话，将撑船的人和乘船的人进行比较，不同身份，具有不同的得失之心，也是对苏轼原作写法的一个发展。尤其是地位较为低微的劳动者说出这样平常却又通达的见识，更见出作者的立意所在。作品特别点出东船和西船，是因为中国地势的走向大致是西高东低，江河多为东西向，以此来写行船，正合其宜。方岳推崇苏轼，曾有《水调歌头·平山堂用东坡韵》，感慨"人间俯仰陈迹，叹息两仙翁"（指欧阳修和苏轼），他对苏轼作品中的一些创造性表现加以关注，原是题中应有之义。

这种两个方向之间不可调和的矛盾，也可以用在陆路的行车上。王国维著名的《鹊桥仙》这样写：

沉沉戍鼓，萧萧厩马，起视霜华满地。猛然记得别伊时，正今夕、邮亭天气。　　北征车辙，南征归梦，知是调停无计。人间事事不堪凭，但除却、无凭两字。

王国维对自己词体文学的创作非常自信，其自序《苕华词》说："余之于词，虽所作尚不及百阕，然自南宋以后，除一二人外，尚未有能及余者，则平日之所自信也。虽比之五代北宋之大词人，余愧有所不如，然此等词人亦未始无不及余之处。"王国维论词重五代北宋，但即使对于他所推崇的一些五代北宋的大词人，他也认为有"不及余之处"，这个"不及余之处"，重要的表现之一，就是在词的创作中有意识地注入了理趣，而且非常成功。词写征人在驿站中一个难眠的夜晚，耳中所闻，是戍鼓和马鸣之声，眼前所见，是满地霜华，一片白茫茫，于是猛然想起当时和伊人离别时，也正是这样的天气。此情此景，让他倍感离别的痛苦，而这种感受又巧妙地用肉体和精神在方向上的难以调停来加以表现。主人公不想和伊人分别，但又不得不分别，于是乘坐车辆，向北行去；但是，他的感情，却执拗地背道而驰，要回到伊人身边。这个"无计"的调停者是谁？是他自己，还是造物主？这可以留给读者想象。无论是苏轼的作品，还是张耒、方岳的作品，说到其中的无可调和，都是两个不同的客体，而王国维却将其安放在同一个主体身上，似乎可以说，是在借鉴苏轼时又有了自己的一些变化。当然，这种南北方向的不可调和，更强调的是情，而不是理，与苏轼等人的写法不在一个层面，但这种情感却正是人类的一种具有普遍意义的无奈（王国维赞赏李后主写自己帝王感受的词是"俨有释迦、基督担荷人类罪恶之意"，也是上升到人类的普遍情感去思考的），从这个角度看，就又有了理的成分。因此，就逼出了最后的哲理性非常强的两句："人间事事不堪凭，但除却、无凭两字。"无凭，无所依仗，大致上也可以理解为变动不居。人世间所有的事都是无法永恒的，只有"无法永恒"这个概念是永恒的。从个人的具体生活中抽象出来的这个理念，真是令人赞叹。王国维的词中不少都有这种理趣，其《人间词话》引樊炳清语说："樊抗父谓余词如《浣溪沙》之'天末同云'、《蝶恋花》之'昨夜梦中''百尺朱楼''春到临春'等阕，凿空而道，开词家未有之境。余自谓才不若古人，但于力争第一义处，古人亦不如我用意耳。"樊氏所提到的，和这首词的类型还不是完全相同，从理趣来说，较为相同的，还是其《鹧鸪天》中的"频摸索，且攀跻。千门万户是耶非。人间总是堪疑处，唯有兹疑不可疑"数句，但就在词体文学上的创造性来说，精神却是一致的。

仕途进退与山林之思

——说黄庭坚《呈外舅孙莘老二首》

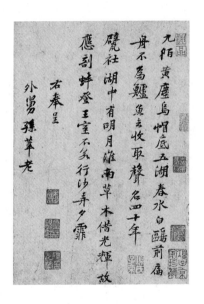

对于读书人来说，走上仕途，建功立业，自然是人生的重要追求。但是，官场又意味着心灵束缚，行动拘牵，所以，山林生活、野逸情趣始终是精神的向往。嘉祐六年

（1061），苏轼和弟弟苏辙在京城参加制科考试，寓居怀远驿，共读韦应物诗，"至'安知风雨夜，复此对床眠'，恻然感之，乃相约早退，为闲居之乐"（苏辙《逍遥堂会宿二首》）。从此，"夜雨对床"就成为他们兄弟之间的重要话头，这年十一月十九日，苏轼被任命为凤翔签判，与苏辙在郑州分别时，写诗就提到"寒灯相对记畴昔，夜雨何时听萧瑟？君知此意不可忘，慎勿苦爱高官职"（《辛丑十一月十九日，既与子由别于郑州西门之外，马上赋诗一篇寄之》），后来又一提再提，而这一年，苏轼不过二十五岁，还远远谈不上"功成身退"。不过，这不妨视为宋代士大夫精神追求的一个影像。黄庭坚是苏轼的学生，他在书写兄弟之情时，也很喜欢"夜雨对床"的意象，曾经写有《和答元明黔南赠别》一诗："万里相看忘逆旅，三声清泪落离觞。朝云往日攀天梦，夜雨何时对榻凉。急雪脊令相并影，惊风鸿雁不成行。归舟天际常回首，从此频书慰断肠。"因此，他用诗歌的形式来表达退隐之思，也很自然，下文要分析的这两首就是这一情趣的表现：

> 九陌黄尘乌帽底，五湖春水白鸥前。
> 扁舟不为鲈鱼去，收取声名四十年。

> 冁社湖中有明月，淮南草木借光辉。
> 故应剖蚌登王府，不若行沙弄夕霏。

这二首诗为送别孙觉之作。孙觉,字莘老,高邮人,尝登进士第。初与王安石善,后论事不合。历知湖、庐、苏、福等州,官至御史中丞。《宋史》本传云:"以疾请罢,除龙图阁学士兼侍讲,提举醴泉观,求舒州灵仙观以归。"黄庭坚是孙觉的女婿,诗歌中充满着为岳父求仁得仁的喜悦。前一首中,所谓"九陌",汉长安城中有八街、九陌,此指都城大路。骆宾王《帝京篇》:"三条九陌丽城隅,万户千门平旦开。"黄尘,九陌上的滚滚尘土,比喻尘世。李贺《梦天》:"黄尘清水三山下,更变千年如走马。"乌帽,即乌纱帽,通常为官者所服。这一句说,孙氏为官,如行都城大道,黄尘扑面,全是世俗之气,精神上很不畅快。一个"底"字用得生动。做官之人,戴上乌纱帽,本是荣耀之事,但高马轩车,行在九陌之上的这个人,乌纱帽的下面那些不为人所了解,只有自己如鱼饮水、冷暖自知的是什么呢?只是满身满面的黄尘。这个带有几分幽默的写法,正是黄庭坚特有的风格。历史上的五湖有好几处,此指太湖。《国语·越语下》云:"范蠡……遂乘轻舟以浮于五湖,莫知其所终极。"这句用范蠡弃官而游于五湖之上的故事,表现啸傲江湖的乐趣,再将自由自在、漫无机心的白鸥与之并举,更表现出对潇洒日月的向往。用"五湖"来写隐逸之趣,是常见的写法,如唐人崔涂《春夕》:"水流花谢两无情,送尽东风过楚城。胡蝶梦中家万里,子规枝上月三更。故园书动经年绝,华发春唯满镜生。

自是不归归便得，五湖烟景有谁争。"黄庭坚用对仗的手法，将两种情境加以对照，非常有画面感。鲈鱼，《世说新语·识鉴》："张季鹰辟齐王东曹掾，在洛，见秋风起，因思吴中菰菜羹、鲈鱼脍，曰：'人生贵得适意尔，何能羁宦数千里以要名爵！'遂命驾便归。"张翰因思念家乡的美食而辞官，历来被作为一桩佳话，可是，作者却指出，主人公乘扁舟而归，不是像张翰（季鹰）那样，为了家乡的鲈鱼脍，也就是说，和故土之思没有关系。这就太不同寻常了，这个悬念，理所当然地会引起读者的好奇，因此，末句就直接作答，告诉读者，主人公的求归是要"收取声名"，告别官场，去过逍遥自在的生活。

这里说的归隐，就是回到家乡，所以第二首就从孙觉的家乡高邮来写，但仍不离辞官主题。高邮多湖泊，甓社湖是其中较著者。所谓"明月"，指明月珠，相关记载见沈括《梦溪笔谈》卷中《异事》："嘉祐中，扬州有一珠甚大，天晦多见。初出于天长县陂泽中，后转入甓社湖中，又后乃在新开湖中。凡十余年，居民、行人常常见之。予友人书斋在湖上，一夜忽见其珠甚近，初微开其房，光自吻中出，如横一金线。俄顷忽张壳，其大如半席，壳中白光如银，珠大如拳，烂然不可正视。十余里间，林木皆有影，如初日所照。远处但见天赤如野火，倏然远去，其行如飞，浮于波中，杳杳如日。古有明月之珠，此珠色不类月，荧荧有芒焰，殆类日光。"对此，任渊注云："此诗引用，以比莘老。"（《山谷诗集注》卷十）传说中，孙觉见到"大珠"的这年，就考上了进士。清初，高邮孙宗彝写《秦邮八景》，其第一首《甓社珠光》云："甓湖之上夜光悬，川泽珍奇岂偶然。莘老行藏元磊磊，玭珠隐现故娟娟。牟尼色洒三千界，合浦灵回五百年。云奏不须烦太史，平成忻已戴尧天。"就明确把孙觉的行藏和这个"大珠"联系在一起。扬州自来被称为淮南第一州，所以甓社湖的这颗大珠出现，整个淮南都是草木生辉。剖蚌得珠，《三国志·蜀志·秦宓传》："甫欲凿石索玉，剖蚌求珠，今乃随、和炳然，有如皎日，复何疑哉！"末二句的意思可以从《庄子》中得到启发。《庄子·秋水》："庄子钓于濮水，楚王使大夫二人往先焉，曰：'愿以境内累矣！'庄子持竿不顾，曰：'吾闻楚有神龟，死已三千岁矣，王巾笥而藏之庙堂之上。此龟者，宁其死为留骨而贵乎，宁其生而曳尾于涂中乎？'二大夫曰：'宁生而曳尾涂中。'庄子曰：'往矣！吾将曳尾于涂中。'""龟曳尾"即比喻自由自在的隐居生活。作者所表达的意思是，虽然孙觉见珠能够走上仕途，得到发展，但为物所累，怎比得上在湖边闲走，欣赏夕阳。"夕霏"句，出自谢灵运《石壁精舍还湖中作》："昏旦变气候，山水含清晖。清晖能娱人，游子憺忘归。出谷日尚早，入舟阳已微。林壑敛暝色，云霞收夕霏。芰荷迭映蔚，蒲稗相因依。披拂趋南径，愉悦偃东扉。虑澹物自轻，意惬理无违。寄言摄生客，试用此道推。"正是以此表达在大自然中的乐趣。黄庭坚了解孙觉的经历和志向，对他归隐之事早有期待。在《外舅孙莘老守苏州留诗斗野亭庚申十月庭坚和》一诗中，他这样写："谢公所筑埤，未叹曲池平。苏州来赋诗，句与秋气清。僧构擅空阔，浮光飞栋甍。维斗天司南，其下百渎倾。贝宫产明月，含泽遍诸生。槃礴淮海间，风烟侵十城。籁箫吹木末，浪波沸庖烹。我来秒摇落，霜清见鱼行。白鸥远飞来，得我若眼明。佳人归何时，解衣绕厢荣。"这首诗写于元丰三年（1080），其作意，据史容说："莘老在熙、丰间，以言事屡黜，自苏州徙福州、徐州，时犹未还也。'归何时'者，望其归故里也。"（《山谷外集诗注》卷八）所以，黄庭坚对其岳父的归隐，真是由衷地高兴。

李泽厚在《美的历程》中曾经提出，中国的隐逸传统在六朝门阀时代基本上是一种政治性的退避，而到了宋代，则转变为社会性的退避（《美的历程》九《宋元山水意境》）。人们寻求出世，往往不仅是出于政治的动机，而是要在思想上跳出现实社会，情趣上追求别一境界。虽然其中可能还有不同表现，但确实也是一个敏锐的观察。这首诗的主人公身在廊庙而寄心林泉，以世俗为羁绊，以出世为人性的复归，其心灵的曲线也一定程度上反映了当时知识分子共同的精神面貌。《冷斋夜话》卷二评这首诗云："山谷寄傲士林，而意趣不忘江湖。"可见，作者喜孙觉得归，备加推扬，也流露出自己的意趣所在。本诗不仅刻画出孙觉的形象，也反照出了诗人的自我形象。正因为此，我们认为这首诗是小中见大，有着广泛的代表性。当然，这一切都是建立在功成名就，及早抽身的思想基础上的。

功成身退是宋代士大夫非常追求的精神境界，但是，什么是功成，何时才算功成，却并没有一个标准答案。中国历史上，二疏辞官归里之事广泛传诵。疏广为太子太傅，疏受为太子少傅，位高权重。但疏广认为："'知足不辱，知止不殆'，'功遂身退，天之道'也。今仕至二千石，宦成名立，如此不去，惧有后悔。"（《汉书·疏广传》）于是，上疏请求辞官，二疏叔侄遂一起回归故里。西晋之时，张协写《咏史》，就称颂了二疏的事迹，但晋宋之际陶渊明的《咏二疏》更有名："大象转四时，功成者自去。借问衰周来，几人得其趣？游目汉廷中，二疏复此举。"苏轼曾经遍和陶诗，对这首诗当然不会陌生，曾点出其意旨："此渊明《咏二疏》也。渊明未尝出，二疏既出而知返，其志一也。"黄庭坚对苏轼的相关创作非常了解，曾有《跋子瞻和陶诗》："子瞻谪岭南，时宰欲杀之。饱吃惠州饭，细和渊明诗。彭泽千载人，东坡百世士。出处虽不同，风味乃相似。"他对苏轼与陶渊明的相通之处颇有会心，在自己的创作中贯穿这种精神，也非常自然。如果说，这种精神在前代主要作为一种理想标格，更多是停留在理念中的话，到了宋代，则在很大程度上得到了实践。所以，对于孙觉的选择，黄庭坚认为张扬了宋人的文化品格，乃大加歌颂。到了南宋，另外一个功成身退的典型范成大也可以为此提供佐证。范成大仕途较为顺畅，曾官至参知政事，晚年退隐石湖，过了十年的闲适生活，可见，孙觉所为，其道不孤。

这两首诗中，第一首更加有名。除了其表达的意蕴之外，还有句法上的特色。"九陌"二句，显然从杜甫《公安送韦二少府匡赞》"时危兵甲黄尘里，日短江湖白发前"而来，格律工整，对仗严密，形象地铺开两幅用以对比的画面，并以突转的形式，点出作者的命意所在。而三四两句则一气而下，流动顺畅，毫不费力。前后相形，严整而有变化，呈现出一种错落之美。

书写梦境与以小见大

——说陆游《五月十一日，夜且半，梦从大驾亲征，尽复汉、唐故地。见城邑人物繁丽，云：西凉府也。喜甚，马上作长句，未终篇而觉，乃足成之》

在中国古代的诗人中，陆游是较喜欢、较擅长书写梦境的，他的创作，往往非常明确地体现了梦境所营造的"愿望的达成"（弗洛伊德语），成为他理想追求的重要补偿。如下面这首诗：

天宝胡兵陷两京，北庭安西无汉营。

五百年间置不问，圣主下诏初亲征。

熊罴百万从銮驾，故地不劳传檄下。

筑城绝塞进新图，排仗行宫宣大赦。

冈峦极目汉山川，文书初用淳熙年。

驾前六军错锦绣，秋风鼓角声满天。

首蓿峰前尽亭障，平安火在交河上。

凉州女儿满高楼，梳头已学京都样。

唐人写诗，往往以汉比唐，宋人则往往以唐比宋，所以一开始就说"天宝"。唐玄宗天宝十四载十一月，安禄山在范阳起兵，同年十二月十二日攻入洛阳，次年六月占领长安，此即所谓"陷两京"。北庭指北庭都护府，安西指安西都护府，分别管辖天山南北路，是唐朝设在西域的最高行政和军事机构。安史之乱后，这两个都护府的驻军被大量调往内地平叛，因此其地先后落入吐蕃、回鹘之手，此即所谓"无汉营"。陆游的这首诗作于南宋淳熙七年（1180），上距北庭、安西失守之时，尚不足四百年，更不用说五百年。如此写法，乃是极言其时间之长，以见作为"圣主"的宋孝宗御驾亲征，是多么的难得。

以下就写亲征的军威。熊、罴是两种猛兽，这里比喻从驾的军队都是劲旅。剑锋所指，那些已经沦入敌手的汉唐故地闻风归附，即不待用兵，只要用一纸讨敌文书，就可以大功告成。传檄下，犹言传檄而定，《史记·淮阴侯列传》："今大王举而东，三秦可传檄而定也。"城，或指受降城。汉代有受降城，为接受匈奴投降之地。唐亦有受降城，位于河套北岸，筑成后，先后为安北都护府、单于都护府、天德军、振武军等重要军事机构的治所。进新图，犹言收复了那些绝塞之地。在古代，地图意味着地形、防务等，是重要的机密，倘若献上地图，那就往往意味着投降。上文提到安史之乱后，河西、陇右曾被吐蕃侵占，唐宣宗大中四年（850），"沙州首领张义潮奉瓜、沙、伊、肃、甘等十一州地图以献"（《新唐书·吐蕃传下》）。这就是唐代发生过的"进新图"，或也是陆游此诗之所本。既然取得了这样重大的胜利，皇帝就在行宫中排列了隆重的仪仗，宣布大赦天下，庆祝这个不世之功。收复了失地，极目望去，都是汉家江山，一切的文书当然都使用了当朝皇帝孝宗的年号。皇帝的亲军都穿上了华美的服装，秋风中，鼓角喧天，威风凛凛。苜蓿峰（按当作"烽"）在于祝（今新疆乌什）的葫芦河附近，如此边远的地方，到处设置了堡垒，而安西都护府所在的交河一带，也稳妥地设置了平安火，一切都在掌握之中，展示了大宋的赫赫声威。以上都是说一路征战，所向披靡。那么，曾经是沦陷区的民众是怎样的感受呢？和陆游并列为"中兴四大诗人"的范成大在其《天街》一诗中曾这样写道："州桥南北是天街，父老年年等驾回。忍泪失声询使者，几时真有六军来?"这回，"驾前六军错锦绣"，六军真的来了，陆游没有写"父老"的心情，而是写少女们的欢快，而这种欢快又是用了一个颇具特色的行为来表现的："凉州女儿满高楼，梳头已学京都样。"这一结，不仅形象生动，而且开启了很大的想象空间。

读这首诗，首先令人关注的就是陆游对"淳熙"的感情，梦中恢复汉唐故地之后，他非常明确地指出"文书初用淳熙年"，显然其中有着他对宋孝宗的深深期待。宋孝宗是南宋比较有为的皇帝，隆兴元年（1163）即位以来，励精图治，锐意恢复。他先是为岳飞平反，然后就任用张浚为统帅，北伐中原，虽遭遇失败，不得不与金人媾和，但北向之心始终未曾消歇。正如《宋史·孝宗本纪》中所评价的："高宗以公天下之心，择太祖之后而立之，乃得孝宗之贤，聪明英毅，卓然为南渡诸帝之称首，可谓难矣哉。即位之初，锐志恢复，符离邂逅失利，重违高宗之命，不轻出师，又值金世宗之立，金国平治，无衅可乘，然易表称书，改臣称侄，减去岁币，以定邻好，金人易宋之心，至是亦寝异于前日矣。故世宗每戒群臣积钱谷，谨边备，必曰：'吾恐宋人之和，终不可恃。'盖亦忌帝之将有为也。"陆游人生中的重要经历大都与孝宗朝有关，特别是隆兴二年（1164），张浚主持北伐，陆游时任镇江通判，力说张浚用兵（《宋史·陆游传》），后因此获罪，遭到罢官。乾道八年（1172），王炎宣抚川陕，驻军南郑，陆游被任命为干办公事，亲自投身军旅活动中，并代王炎拟《平戎策》，制订北伐中原的战略计划，可惜没有得到认可。进入淳熙，陆游已经五十岁了，按照一般情形，可以说已到了人生的暮年，所以他对于自己的政治追求，有着格外强烈的愿望。淳熙元年（1174），参知政事郑闻以资政殿大学士出任四川宣抚使，陆游时任蜀州通判，曾上书郑氏，提出北伐之议，却未被采纳。他在这一年写的《长歌行》，其中有"岂其马上破贼手，哦诗长作寒螿鸣"二句，大概就能表达他此时的心态。淳熙二年，范成大任四川制置使，陆游虽有所期待，最后仍无所成，不过他还是对范成大寄予希望，淳熙四年，范奉召还京时，陆游赠诗《送范舍人还朝》，希望"公归上前勉书策，先取关中次河北"，并且"因公并寄千万意，早为神州清虏尘"，把自己的心愿带给朝廷。还是这一年，他又代中原失地的百姓立言："遗民忍死望恢复，几处今宵垂泪痕。"（《关山月》）最重要的是，他终于又被孝宗关注，于淳熙五年秋从四川回到杭州，受到召见，先后被任命为福州、江西提举常平茶盐公事。可以看出，淳熙年间倾注了他太多的热情，寄托了他太多的期待，而且，淳熙五年和六年他处境的变化又是直接由于皇帝的关注，这难免又勾起他的悬想。因此，他把这个梦设置在淳熙七年，有着内在的合理逻辑。

虽然人们往往批判南宋文恬武嬉，偏安一隅，不思进取，但事实上，在当时文人的作品中，北望中原、系念失地的声音，一直不曾消失。但如果对同类作品加以比较，陆游有着一定的独特性，就像这一篇中展示的，他不仅要收复被金兵占领的失地，而且要恢复汉唐故地。就如凉州，汉武帝时，作为汉代十三州之一，辖有武威郡、酒泉郡、金城郡、敦煌郡、陇西郡、汉阳郡、武都郡、安定郡、北地郡、张掖郡、张掖属国、居延属国，是汉朝制衡西北的重要基地。至唐代，太宗分全国为十道，凉州属陇右道。唐玄宗时，改凉州为武威郡，辖姑臧、神鸟、天宝、昌松和嘉麟五县。虽然安史之乱中曾被吐蕃占据，但后又重新归附于唐朝。总的来说，在汉唐盛世，凉州都是国家重镇，雄踞西北。但自从宋朝明道元年（1032），李元昊攻占甘、凉二州，此后凉州就被西夏所占据，也就是说，凉州并不是被灭了北宋的金人所占据，而是很早就落入西夏之手了，一直到陆游写这首诗的时候，仍然如此。北宋自开国开始，就是强敌环伺，面对的对手有辽、西夏、金等，作为一个汉族建立的王朝，和之前的汉唐声威不可同日而语。所以，陆游这个梦，是一个穿透历史的梦。他不仅要恢复北宋失去的疆土，而且要重现汉唐的荣光，这种气度在南宋甚为罕见。他的另一首题为《凉州行》的诗，可以说和这一首如出一辙："凉州四面皆沙碛，风吹沙平马无迹。东门供张接中使，万里来宣布袄敕。敕中墨色如未干，君王心念儿郎寒。当街谢恩拜舞罢，万岁声上黄尘端。安西北庭皆郡县，四夷朝贡无征战。旧时胡虏陷关中，五丈原头作边面。"皇帝施恩于边庭，从此，安西、北庭归附，"四夷朝贡"，这正是一幅汉唐盛世图景。现实中的陆游不可能到过凉州，但他知道凉州作为雄镇边关对于一个多民族的大国的重要性，所以，在梦境中，他不说收复汴京，而说收复凉州。因为，能够收复凉州，肯定已经收复了汴京，而且其象征意义又肯定超过仅仅收复了汴京。事实上，他所心驰的北方，希望活动的地方，往往都是类似的。另如《十一月四日风雨大作》："僵卧孤村不自哀，尚思为国戍轮台。夜阑卧听风吹雨，铁马冰河入梦来。"轮台即唐北庭都护府所辖的一个县，陆游希望能够"为国戍轮台"，其实也类似于做梦。但这些都让我们看到了陆游的格局，即使是梦，也做得和别人不一样。

这首诗还有一个非常独特的地方，就是用了"以小见大"的描写手法，即末二句所写。御驾亲征，收复凉州，凉州百姓当然欢欣鼓舞。为了表现这种感情，陆游集中笔墨，描写了她们的发式，通过她们的发式变化这样一个细节，来写战争胜利带来的新气象。服装和发式往往是文化的重要象征之一。金朝入主中原后，在相当一段时间里，以暴力手段要求汉人改变原来的服装和发式。如天会七年（1129）六月，"行下禁民汉服及削发，不如式者死之"（宇文懋昭《大金国志》卷五《太宗文烈皇帝三》）。通过实行这样的严酷措施，使得这方面的变化非常明显。乾道六年（1170），范成大出使金国，曾写下日记《揽辔录》，对这些现象有所记录。他说，中原汉人的胡化，"最甚者衣装之类，其制尽为胡矣。自过淮（河）以北皆然，而京师尤甚"。"男子髡顶，月辄三四髡，不然亦间养余发，作椎髻于顶上，包以罗巾，号曰蹋鸱，可支数月或数年。村落间多不复巾，蓬辫如鬼，反以为便。""妇人之服不甚改，而戴冠者绝少，多绾髻，贵人家即用珠珑璁冒之，谓之方髻。"陆游在其《得韩无咎书寄使虏时宴东都驿中所作小阕》记韩元吉的观察，则是："舞女不记宣和妆，庐儿尽能女真语。"（《剑南诗稿》卷四）所以，陆游从发式的变化上来写，并不是无缘无故的。至于为什么"学京都样"，这是因为，首都作为政治、经济、文化中心，往往能够引领生活的风气，引起流行。朱祖谋校《云谣集》载唐人《内家娇》，其第二首就这样说："及时衣著，梳头京样。"可见京城女性的发式对于其他地方的女性有着很大的吸引力。陆游就关注过京城女子的首饰衣服，其《老学庵笔记》卷二："靖康初，京师织帛及妇人首饰衣服，皆备四时。如节物则春旛、灯球、竞渡、艾虎、云月之类，花则桃、杏、荷花、菊花、梅花皆并为一景，谓之一年景。"《宋史》卷六十五《五行志三》则记载："咸淳五年（1269），都人以碾玉为首饰。有诗云：'京师禁珠翠，天下尽琉璃。'"也就是说，当时京城禁止佩戴珠翠饰品，而流行琉璃饰品，因此也在社会上流行开来。这虽然是南宋后期的事，但京城与地方的这种关系，此前也肯定如此，陆游不可能不清楚。当然，从实际情况看，南宋的服饰其实已经一定程度上受到少数民族的影响，或许也正是由于这种情形，陆游才如此热衷地要为凉州女儿改变发式。在他心目中，当然有一种纯正的"京都"发式存在，所以就以此作为收复失地的象征，也使得这首诗的结尾非常别致，可以引发很多的阅读想象。

意重与主宾

——谢榛《四溟诗话》辨析一题

　　谢榛《四溟诗话》卷三有这样一段话："太白《赠浩然》诗，前云'红颜弃轩冕'，后云'迷花不事君'，两联意颇相似。刘文房《题灵祐上人故居》诗，既云'几日浮生哭故人'，又云'雨花垂泪共沾巾'，此与太白同病，兴到而成，失于点检，意重一联，其势使然。两联意重，法不可从。"

　　所谓"意重"，在这里的意思，就是指随意写来，不讲诗法。但谢氏这样论法，却是失之于太拘泥了。什么叫法？法就是准绳。然而，法却并不是一成不变的，如果要求后人一概遵从前人，那么，还有什么创造发展？所以中国有句老话，叫作"文无定法，文成法随"。比如杜甫《秋兴八首》里的两句诗："香稻啄余鹦鹉粒，碧梧栖老凤凰枝"，句法构造突破前人，给人一种艺术化了的情意之美，但历代讥其不通的大有人在，这在本质上，与谢榛的论述同病。同时，就谢榛对二诗的评价来说，他显然忽视了作者的感情因素。诗是感情的产物，读诗至不通时，以情逆之，则往往就会读通。

首先看李白的《赠孟浩然》：

> 吾爱孟夫子，风流天下闻。
> 红颜弃轩冕，白首卧松云。
> 醉月频中圣，迷花不事君。
> 高山安可仰，徒此揖清芬。

如果按谢榛的说法推论，那么，不仅"红颜"和"迷花"两句，就是整个中二联都是说隐而不仕，即所谓"意重"，但从情、理、事三者来考察，应该说，"红颜"一联所写，是因客观原因造成的，而"醉月"一联，则是由写客观的原因进而写其主观愿望。《新唐书》卷二百三《孟浩然传》："……诏浩然出，帝问其诗，浩然再拜，自诵所为，至'不才明主弃'之句，帝曰：'卿不求仕，而朕未尝弃卿，奈何诬我？'因放还。"如果我们仔细体会一下"红颜弃轩冕"的"弃"字，它的出处便在这里，作为动词，它表示被动的意思。孟浩然的一生，始终处于仕与隐的矛盾之中，但终于是怀才不遇，因此，他的诗歌多带有怨抑的情绪。而自从"红颜"时被"弃"，直到"白首"仍是布衣，那么，他的"醉月""迷花"，不过是借以浇平胸中的块垒，排遣人生的落寞而已，他的"不事君"，因为想事君而不得，并不是因了"迷花"的缘故。因此，"红颜"句和"迷花"句实际上是两层意思，一主一宾，清清楚楚，不能说是"意重"，在诗法上也无可指责。

再看刘长卿（文房）的诗。刘诗《全唐诗》卷一百五十一题作《题灵祐和尚故居》：

> 叹逝翻悲有此身，禅房寂寞见流尘。
> 多时行径空秋草，几日浮生哭故人。
> 风竹自吟遥入磬，雨花随泪共沾巾。
> 残经窗下依然在，忆得山中问许询。

在这首诗里，"几日"和"雨花"二句都是写哭，因此，谢榛认为"意重"，出了法，但是，通观全诗，"多时"一联是说的往日，而"风竹"一联则是说的目前，在意义和感情上，都呈现了一种递进关系，即以往日的哀痛来衬托今日的悲伤，以见今日重来故居，悲苦的心情更加郁烈，如果从主宾角度来看，那么今日是主，往日是宾，二者不能混为一谈。意味深长的是，"意重""主宾"都在前人论法的范畴，现在，出了一法，却入了另一法。由此，也足以证明中国古典诗歌表现手法的丰富性，如果孤立、片面地看问题，就会做出错误判断。

中辑　谈词

斜阳在目

在中国古典诗词中，斜阳（或夕阳等）是经常出现的意象，作家们用这个意象传递思想，表达感情，写出了不少脍炙人口的作品，留下了不少耳熟能详的名篇佳句。北宋词人晏殊就是其中的一位。

晏殊曾被称为北宋词家之"初祖"（冯煦《六十一家词选例言》），其词堂庑不大，但写景言情，都非常有表现力，而且意蕴丰富，"斜阳"一语，就是他常用的意象。抒写别情，是"斜阳只送平波远"（《踏莎行》）；表达寂寞，是"斜阳独倚楼"（《清平乐》）；回忆往事，是"醉后不知斜日晚"（《木兰花》）；感慨时光，是"夕阳西下几时回"（《浣溪沙》）。在他的眼里，"斜阳"似乎是能呼吸、有生命，而且可以了解他的一种存在，却又并不是纯客观的。晚明沈际飞也注意到了词体文学中"斜阳"的这种功能，他说："斜阳在目，各有其境。"（《草堂诗余正集》）这个"境"，不仅在不同的作家身上如此，在同一个作家身上，也是如此。

王国维说："能写真景物、真感情者，谓之有境界。"（《人间词话》）晏殊的词作之所以有境界，重要的原因也就是真。在《浣溪沙》（一曲新词酒一杯）中，主人公在小园中独自徘徊，眼中的天气、楼台、燕子都似去年，依然如故，唯独人事发生了巨大变化。以已变之人的眼看似乎未变之物，抚今思昔，乃倍感"无可奈何"。这时，看到夕阳正从西方落下，便极自然地在物与我之间产生联想，想到它这一"西下"，不知何时才能回来。事实上，夕阳西下，并非一去不回，到了第二天，太阳仍会升起，只是，这里的夕阳无疑带有主人公主观的影子，因此，即使重见，也已经不复原来之物了，正如过去的美好时光，一经消逝，也就永远不再回来。这个由夕阳引发的联想，确实是精彩，既自然，又曲折，实际上是人人眼中之景，也是人人心中之情，而一经晏殊拈出，就显得别有会心。《清平乐》（红笺小字）写情人间的相思，欲以书信传达深情，却又觉得鱼雁都不可靠，于是"惆怅此情难寄"，和唐人张籍的"行人临发又开封"（《秋思》）真是各有其致，于是，登上西楼，面对远山，看着夕阳冉冉落下。温庭筠《望江南》："梳洗罢，独倚望江楼。过尽千帆皆不是，斜晖脉脉水悠悠。肠断白苹洲。"也是定格于斜阳之中，但面对的是江水，晏词中的主人公则是面对遥山。面对遥山，有着曲折的思致。欧阳修《踏莎行》："平芜尽处是春山，行人更在春山外。"苏轼《金山寺》："试登绝顶望乡国，江南江北青山多。"都是写山挡住了视线，但风格各有不同，可以互参。俞陛云对夕阳之中的这种情境描写，评价甚高："既鱼沉雁杳，欲寄无由，剩有流水斜阳，供人愁望耳。以景中之情作结束，词格甚高。"（《唐五代两宋词选释》）

晏殊用斜阳所创造的境界，令人涵咏，味之无穷。不妨再看《踏莎行》：

祖席离歌，长亭别宴。香尘已隔犹回面。居人匹马映林嘶，行人去棹依波转。　　画阁魂消，高楼目断。斜阳只送平波远。无穷无尽是离愁，天涯地角寻思遍。

上片写行人，下片写闺人。离别之后，行人固然是依依不舍，频频回首，闺人更是登上高楼，愁怀无限。词的重点是在下片，写闺人看着行人的船渐渐远去，直到消失在远处的水平线，唯见斜阳映着层层水波，好像在替她相送。温庭筠的《望江南》写伫立高楼的思妇，是盼望行人归来，此词却是相送，而"斜晖脉脉"和"斜阳只送平波远"则有相同处，其所展示出来的感情力量也一样的动人。若说渊源，又不能不提到李白的《送孟浩然之广陵》："孤帆远影碧空尽，唯见长江天际流。"但晏殊此语，貌似平淡，实际情深至极。不仅人无法送，连目也无法送，只能斜阳代送；而斜阳又无法送船，只能送"平波"。不仅写出了楼上之人的无奈、惆怅和孤独，也写出了江上之人的无奈、惆怅和孤独。所以，这一句的表现力历来得到评论家的称赞，如沈际飞说："沁人毛孔皆透。"（《草堂诗余正集》）王世贞说："淡语之有致者。"（《艺苑卮言》增补附录卷九）

晏殊词中的斜阳，也和不少作者一样，喜欢用在作品的结尾，即以景语作结。如《踏莎行》（小径红稀）："一场愁梦酒醒时，斜阳却照深深院。"主人公在暮春之际思念远别的情人，满怀愁绪，睹物伤情，只好借酒排遣，可是酒醒之后，又复增添愁怀。这时的她，或许在咀嚼梦中的情形，或许在回味送别时的伤感，或许在清理别后的思念，总之，主人公一定是千头万绪，心乱如麻，但所有这些，均没有一个字的表露，却突然推出一幅画面："斜阳却照深深院。"戛然而止，如截奔马。斜阳代表着时间的消逝，深院暗示着空间的幽邃，在这样一个特定的时空中，主人公的情态自可以引发读者丰富的联想。这个结尾，历来得到人们的赞赏，如沈际飞《草堂诗余正集》："结'深深'妙，着不得实字。"沈谦《填词杂说》："（结句）更自神到。"宋人沈义父《乐府指迷》说："结句须放开，含有余不尽之意，以景结尾最好。"用来评价此篇，非常恰当。

但这也并不是绝对的。沈祖棻先生著名的《浣溪沙》：

　　芳草年年记胜游。江山依旧豁吟眸。鼓鼙声里思悠悠。　　三月莺花谁作赋，一天风絮独登楼。有斜阳处有春愁。

这首词写于 1932 年，作者当时还是一个大学二年级的学生。此前一年，发生了九一八事变，这是作品的大背景。记录了年年胜游的芳草依旧，入眼江山，也和过去一样，激发诗情，只是耳畔多了鼙鼓声，因而唤起悠悠情思。《汉书·艺文志》："不歌而诵谓之赋，登高能赋，可以为大夫。"阳春三月，莺啼花开，谁能为之作赋？能够为之作赋的，当然就是"大夫"，也就是有使命感、责任心的士，在这篇作品中，"登高"就是"登楼"，而登楼所见，却是"一天风絮"。这一句，让人想起贺铸的《青玉案》："试问闲愁都几许，一川烟草，满城风絮，梅子黄时雨。"也让人想起辛弃疾的《水龙吟》："落日楼头，断鸿声里，江南游子。把吴钩看了，阑干拍遍，无人会，登临意。"于是逼出了结句："有斜阳处有春愁。"佛家有"月印万川"之说，此句写斜阳，为一，处处映照，则为万。处处斜阳，处处春愁，则此愁无所不在，充塞天地间，其艺术效果，正如周邦彦《兰陵王》中"斜阳冉冉春无极"一句，谭献在周济《词辨》卷一的评语中评道："'斜阳'七字，微吟千百遍，当入三昧，出三昧。"沈词这一句，也一样，可以"入三昧，出三昧"。程千帆先生在《说"斜阳冉冉春无极"的旧评》一文中曾指出："'斜阳冉冉'，是形容时间即将消逝。'春无极'，则是形容空间杳无边际。"这个思路，其实也可以借来理解沈祖棻先生的这一句，尽管其中还有绮丽的悲壮与缠绵的悲愁的风格之别。

正因为沈祖棻先生的这一句词中有着深厚的历史积淀，又对时代有着呼之欲出的暗示，特别是以斜阳和江山搭配，有着鲜明的时代感，所以一下子就能为当时人所体会和理解，并加以激赏，她被冠以"沈斜阳"的雅号，并不是偶然的。因此，她的这首词，也就为古典诗词中的斜阳书写，注入了新鲜的因素。

《贺新郎》的词情

　　词是一种特定的文学样式。清人万树《词律》录有词牌600多调，而王奕清等奉敕所编的《钦定词谱》，则收800多调。这么多的词牌，都有一定的调式，构成不同的长短句形式。那么，这些不同的词牌，对声情有没有特定的要求呢？

　　这是一个复杂的问题，能否总结出一种具有规律性的现象，也一直引起人们的兴趣。当一个创作者，要用词这种形式进行创作时，之所以选择这一个词牌，而不选择那一个词牌，肯定是有着内心的想法，这里面是否有着对特定词牌所表达的声情所进行的体认呢？

　　夏承焘先生认为作者可以根据自己的思想感情和内容需要去选择那些适合进行相关表达的词牌。他在《唐宋词欣赏》一书中指出，选择词牌有三种方法：第一，从声、韵方面探索，包括字声平拗和韵脚疏密；第二，从形式结构方面探索，包括分片的比勘和章句的安排；第三，排比前人同词牌作品，看他们用这个词牌写哪种感情最多、最好。前两种比较偏于形式上的观察，后一种则主要是指声情。按照夏先生的看法，总结排比前人使用同一词牌进行创作的作品，自然能够了解某一词牌最合适的声情。

夏先生和龙榆生先生是好朋友，这一类的想法或许他们曾经有所讨论，所以，龙先生很注意总结词牌和声情之间的关系。比如，他在《填词与选调》一文中就指出："至《念奴娇》《满江红》《贺新郎》三调，例以入声韵为准，取入声之逼侧，以尽情发泄壮烈之怀抱。……然用入声韵则慷慨激越，用去、上韵则沉咽悲凉。故知平仄配合，与协韵差别，皆能影响于表情也。《念奴娇》与《满江红》音节之高亢，亦缘句末多仄声字，而韵协入声。且《念奴娇》之双结，并用四言与六言句法，四言句既以仄声字佳，六言句又作仄平平仄平仄，读之自见拗怒。《满江红》上下阕各有七言二句，或对或不对，句末字又悉用仄声，与律诗之以平对仄者异趣，两句相犯，而声容遂趋激越。"

龙先生这里提到了三种词调，我们不妨主要看一下《贺新郎》。对于《贺新郎》，龙榆生先生有具体的论述："大抵用入声部韵者较激壮，用上、去声部韵者较凄郁，贵能各适物宜耳。"夏承焘和吴熊和先生合著的《读词常识》也认为，《贺新郎》的"词调与文情"属于"豪放激越"。对此，我们不妨还原到具体的历史场域中予以考察。

关于《贺新郎》，一般的文献记载都认为最早出自苏轼之手，其本事，自南宋就已经众说纷纭。如曾季狸《艇斋诗话》说《贺新郎》是苏轼在杭州万顷寺作，因寺中有榴花树，且是日有歌者昼寝，故有"石榴半吐""孤眠清熟"之语。认为是因见歌者昼寝于石榴树下而作。陈鹄《西塘集耆旧续闻》卷二引陆辰州语，说是晁以道在看到东坡真迹后转告他说：苏轼有妾名朝云、榴花。朝云客死岭南，惟榴花独存，故苏词下阕专说榴花，并有"待浮花浪蕊都尽，伴君幽独"之语。值得提出的是杨湜《古今词话》所载："苏子瞻守钱塘，有官妓秀兰，天性黠慧，善于应对。一日，湖中有宴会，群妓毕集，唯秀兰不至，督之良久方来。问其故，对以沐浴倦睡，忽闻叩门甚急，起而问之，乃乐营将催督也。子瞻已恕之，坐中一倅怒其晚至，诘之不已。时榴花盛开，秀兰折一枝藉手告倅，倅愈怒。子瞻因作《贺新凉》，令歌以送酒，倅怒顿止。"除了记载了一个具体的故事外，还对这个词牌做出了解释。词牌之名，曾季狸《艇斋诗话》和赵彦卫《云麓漫钞》都明确记载是《贺新郎》，但杨湜认为是《贺新凉》，所以，后人也往往认为最初应是《贺新凉》，后来才误作《贺新郎》的。但胡仔《苕溪渔隐丛话》引了杨湜此语后，发表议论说："东坡此词，冠绝古今，托意高远，宁为一妓而发耶！"既然连这个所谓本事都否定了，则《贺新凉》一说自然也就不成立了。也许，这是由于词中有"乳燕飞华屋，悄无人、桐阴转午，晚凉新浴"，而附会出来的，毕竟"贺新郎"一语，若望文生义，和词的内容确实不相干。但是，在词的发展历程中，词牌的意思和作品内容缺少直接联系的情形也不是没有，这也不一定构成强大的理由。陈斌曾撰有《苏轼〈贺新郎〉作时与作意综述》一文，具体总结了历来关于此词的作时与作意的若干种不同的说法，关于作时，有杭州通判任上作、任翰林学士时作、杭州知州任上作、某次贬官之后作、谪居黄州时期作、谪居惠州时期作等六种观点；关于作意，有为官妓秀兰而作、为侍妾榴花而作、万顷寺纪游而作、为侍妾朝云而作、寄托身世之感作等五种观点。

　　探讨声情，一般来说，发轫之作是较为重要的，尤其苏轼又是这样具有盛名的词人，其产生重要的影响力自不待言。事实也是如此，此词作为音乐文学，在宋代就非常著名。据南宋陈鹄《西塘集耆旧续闻》卷二记载，此词当时为"世所共歌"，"人皆知其为佳"。王质的《红窗怨·即事》则还原了听曲、唱曲的情形："帘不卷，人难见。缥缈歌声，暗随香转。记与三五少年，在杭州、曾听得几遍。　　唱到生绡白团扇。晚凉初、桐阴满院。待要图入丹青，奈无缘识如花面。""生绡白团扇"，正是苏轼此词中的成句，"晚凉初、桐阴满院"，则檃栝了"悄无人、桐阴转午，晚凉新浴"数句。堪称研究宋代音乐文学的珍贵记录。苏轼的这首词不仅在宋代的文学生活中占有重要地位，在历代接受的经典化过程中，也堪称翘楚。据陈景周《苏东坡词历代传播与接受专题研究论稿》一书统计，在宋、明、清三代的相关词选中，此词在苏轼词中的入选次数位居第二，仅次于《水龙吟》（似花还似非花）。

据邓元煊《中国历代词分调评注—贺新郎》一书统计，宋词中关于《贺新郎》一调的创作，共有 130 人，作品 430 首左右。从声情的角度看，苏轼此作处于什么位置呢？

清人黄苏在《蓼园词选》中评此词末四句："是花是人，婉曲缠绵，耐人寻味不尽。"今人薛砺若《宋词通论》就通篇立论："此词写来极纡回缠绵，一往情深。丽而不艳，工而能曲，毫无刻画斧斫之痕。"总的来说，倾向从婉约一路去认识。比苏轼小四十岁的叶梦得对苏轼的文学成就非常仰慕，其词集中的第一首《贺新郎》："睡起流莺语。掩苍苔、房栊向晚，乱红无数。吹尽残花无人见，惟有垂杨自舞。渐暖霭、初回轻暑。宝扇重寻明月影，暗尘侵、上有乘鸾女。惊旧恨，遽如许。　　江南梦断横江渚。浪粘天、葡萄涨绿，半空烟雨。无限楼前沧波意，谁采蘋花寄取。但怅望、兰舟容与。万里云帆何时到，送孤鸿、目断千山阻。谁为我，唱金缕。"这首词，据宋人卢宪《嘉定镇江志·附录》："《舆地纪胜》：少蕴初登第，（调）润州丹徒尉，郡守器重之，俾检察征税之出入。务亭在西津上，叶尝以休日往，与监官并栏杆立，望江中有彩舫依亭而南，满载皆妇女。诣亭上，见叶，再拜致词曰：'学士隽声满江表，妾辈乃真州妓也。今日太守私忌，故相约绝江此来。不度鄙贱，敢以一杯为公寿，愿得公妙语持归，夸示淮人，为无穷光荣。'酒数行，其魁捧花笺以请，叶命笔立成，即今所传《贺新郎》词也。"（台北成文出版社 1983 年据道光二十二年刊宋元镇江志本影印，第 3063 页）叶梦得绍圣四年（1097）登进士第，如此，作词时不过二十岁左右，宋人刘昌诗则具体认为叶"赋此词时年方十八"（《芦浦笔记》卷十）。叶梦得既仰慕苏轼，他效法苏轼的风格进行创作，原是题中应有之义。但是，其中也已经见出一点变调，宋代张侃评价其"豪逸而迫近人情，纤丽而摇动闺思"，今人评价其"纤丽而豪逸"，都能在看似矛盾的风格中，体察其创造。到了比叶梦得小五岁的周紫芝手里，他创作的《贺新郎》，就几乎完全走另外一条道路了。周词写道：

白首归何晚。笑一椽、天教付与，楚江南岸。门外春山晚无数，只有匡庐似染。但想像、红妆不见。谁念香山当日事，漫青衫、泪湿人谁管。歌旧曲，空凄怨。 将军未老身归汉。算功名过了，唯有古祠尘满。谁似渊明拼得老，饱看云山万点。况此老、斜川不远。终待我他年，自剪黄花，一醉重阳盏。君为我，休辞劝。

这就和苏轼初创的风格完全不同。其后，经过张元干（《贺新郎·送胡邦衡待制赴新州》）等人，至辛弃疾，都沿着这种风格，达到登峰造极的程度。辛弃疾非常喜欢用《贺新郎》（也有《金缕曲》等别称）一调进行创作，一生共写了23首，题材较为广泛，诸如登临怀古、议论政事、临歧送别、咏物赋情等，都可以此调为之。试举其最著名的几首，如送别咏怀的《别茂嘉十二弟》：

绿树听鹈鴂。更那堪、鹧鸪声住，杜鹃声切。啼到春归无寻处，苦恨芳菲都歇。算未抵、人间离别。马上琵琶关塞黑。更长门、翠辇辞金阙。看燕燕，送归妾。　　将军百战身名裂。向河梁、回头万里，故人长绝。易水萧萧西风冷，满座衣冠似雪。正壮士、悲歌未彻。啼鸟还知如许恨，料不啼清泪长啼血。谁共我，醉明月。

写自己的寂寞和苦闷的《邑中园亭，仆皆为赋此词。一日，独坐停云，水声山色，竞来相娱。意溪山欲援例者，遂作数语，庶几仿佛渊明思亲友之意云》：

甚矣吾衰矣。怅平生、交游零落，只今余几。白发空垂三千丈，一笑人间万事。问何物、能令公喜。我见青山多妩媚，料青山见我应如是。情与貌，略相似。　　一尊搔首东窗里。想渊明、《停云》诗就，此时风味。江左沉酣求名者，岂识浊醪妙理。回首叫、云飞风起。不恨古人吾不见，恨古人、不见吾狂耳。知我者，二三子。

写友情的《陈同父自东阳来过余，留十日。与之同游鹅湖，且会朱晦庵于紫溪，不至，飘然东归。既别之明日，余意中殊恋恋，复欲追路。至鹭鸶林，则雪深泥滑，不得前矣》：

把酒长亭说。看渊明、风流酷似，卧龙诸葛。何处飞来林间鹊，蹙踏松梢微雪。要破帽、多添华发。剩水残山无态度，被疏梅、料理成风月。两三雁，也萧瑟。　　佳人重约还轻别。怅清江、天寒不渡，水深冰合。路断车轮生四角，此地行人销骨。问谁使、君来愁绝。铸就而今相思错，料当初、费尽人间铁。长夜笛，莫吹裂。

虽然题材不同，但或沉郁苍凉，或激扬飞动，体现了极大的创造力，基本上奠定了后世《贺新郎》一调的主导风格。所以，龙榆生先生指出的，"大抵用入声部韵者较激壮，用上、去声部韵者较凄郁"，"激壮"和"凄郁"之类，乃基本上是对辛弃疾此类作品的生动说明。龙榆生《唐宋词格律》云："传作以《东坡乐府》所收为最早，惟句读平仄，与诸家颇多不合。因以《稼轩长短句》为准。一百十六字，前后片各六仄韵。"具体的，更以辛弃疾的

《贺新郎·别茂嘉十二弟》为定格。他之所以不取最早创调的苏轼之作，反而以作于南宋的辛弃疾之作来作为标准，或许就是因为辛弃疾的作品确立了《贺新郎》一调的基本声情。后来南宋刘克庄的《贺新郎》（北望神州路），乃至清代初年顾贞观的《贺新郎》（寄吴汉槎宁古塔，以词代书。丙辰冬，寓京师千佛寺，冰雪中作）等，都是沿着这一路风格发展的。最突出的是清初一些词人聚集在北京，由曹尔堪首唱，兴起了一场大规模的"秋水轩唱和"，吸引了数十位词人，创作了数百篇作品，影响遍及大江南北，用的调子正是《贺新郎》（《金缕曲》），其以"剪"字为尾韵，写出了那个特定时代的悲慨苍凉。陈维崧作为辛弃疾的最杰出的继承者，也喜欢写《贺新郎》，陈廷焯《白雨斋词话》就注意到了这一点："其年《贺新郎》调，填至一百三十余首之多，每章俱有苍莽中见骨力，精悍之色，不可逼视。"（卷三）所以，龙先生以词体文学大盛时期的宋代作为思考对象，以宋代代表性作家辛弃疾作为典型代表来讨论此调，是有意义的。

虽然《贺新郎》一调在宋代渐渐确立了主导风格，但这个调子也很具有开放性。一般来说，它确实很适合写激扬悲慨的情怀，但它也能导向比较喜庆的情绪。这一趋向大概与周紫芝将苏轼的创调加以改变同时，代表作家是黄人杰等人。黄是乾道二年（1166）进士，大约比周紫芝（1082—1155）的年辈稍晚，很可能是看到了周紫芝的改造，而有了仿效之心。他的贡献是用《贺新郎》写寿词，至少写了三首，其中的一首如下：

急雨收庚暑。倚三峰、祥光万丈，晓窥临汝。金石台边人语闹，惊怪麟书夜吐。又却是、重生申甫。笔底波澜翻瀚海，更风流，不减王文度。冰共雪，是标架。　　双兔有底人间住。为萍江，一齐洗尽，吏奸民蠹。见说玉堂新有诏，趣近尧天尺五。看紫阁黄扉平步。我有新翻长寿曲，愿淮波、衮衮长东注。波未竭，寿无数。

虽然没有指明是寿词，但末几句"我有新翻长寿曲，愿淮波、衮衮长东注。波未竭，寿无数"，意思已较为清楚。另外两首分别题为《寿刘秘书》《寿中书舍人》，前者：

垛翠云蓬远。日乌高、炎官直午，暑风微扇。二六尧蓂开秀英，跨海冰轮待满。怪院落，笙箫如剪。太乙然藜天际下，度卯金仙子，生华旦。依日月，近云汉。　　经时持橐明光殿。问江乡年来有几，只君方见。入座夫人难老甚，炯炯金霞照眼。笑指点、琼舟权劝。愿得调元勋业就，为红泉石磴轻轩冕。归共作，赤松伴。

后者：

　　突屼金仙屋。素秋深、长空霁雨，万山如浴。惊破元
戎呼小队，来看飞泉喷玉。正晚谷、清镜圆熟。还是紫微
初度至，对禅关、自奏长生曲。留杖屦，倚松竹。　　汉
中念远眉休蹙。问擎天挂地，个事只今谁独。看领召环回
鹢首，笑把江神要束。任碾破、澄波新绿。去了中兴台辅
叶，挂貂蝉莫受风埃触。归绿野，种瑶簌。

写得都有喜气。其后，不少词人也都跟进，到南宋时，像
魏了翁就写了八首。

　　可能是受到宋代《贺新郎》可以作为寿词的启发，清
代的词人就真的用这个调子来"贺新郎"了。以前曾有人
说，以《贺新郎》为词牌写的词大多感伤悲愤，不适合用
来祝贺新婚，这是目光只局限在宋代，没有看到清代。清
人写成"贺新郎"的，屡见不鲜。试举几个例子。如
余怀《贺新郎·贺周龙客新婚》：

　　今夕是何夕。翠屏开、风云四会，神仙双谪。画烛锦
茵迷阆苑，咫尺银河不隔。剪一片、芙蓉秋色。裘马翩翩
真少俊，把红兰、斜倚支机石。香世界，拥珠璧。　　挥
毫顾曲吴天碧。恰相逢、洛阳才子，风流南国。堂上老人
丝竹兴，不美崔家三载。更唤取、桓伊吹笛。词赋邹枚喧

四座，况尊前、麟脯麻姑擘。人竞看，乘鸾客。

陆震《贺新郎·送胡式金归歙新婚》：

> 昨岁兼今岁。算他乡、两人相聚，欢如兄弟。一夕兰舟俄送别，锦缆何人能系。嘱君去、此行须记。莫倚故园琴瑟好，便天涯、轻把埙篪弃。书巫趁，春潮寄。　　香奁讵惜千金费。却途经、广陵市上，旧饶珠翠。明镜盘龙天下少，可爱新磨似水。归照见、玉容尤喜。路过西泠逢越女，更买他、十幅缭绫腻。合欢被，宜先制。

谢玉树《贺新郎·新婚词赠何芷渊四勿》二首之二：

> 合唱求凰曲。洞房中、珠围翠绕，花团锦簇。良会如鱼新得水，波面锦鳞六六。看对对、同游比目。烛影摇红纱映碧，合欢床、并坐人如玉。谁得似，比肩陆。　　鼓琴鼓瑟融融乐。早传闻、名斋德耀，性娴贞淑。屈指明年春信到，定长宜男草绿。更一索、何妨再索。玳瑁梁间双燕子，话呢喃、似美人同宿。红日上，睡酣足。

由此看来，即使用入声韵也能写得喜气洋洋。

在这个意义上，我们可以进一步思考声情的规定性。一种词牌是否更加倾向于某一种特定的声情，往往有着时代的规定性。可能在某些特定的历史时期，这个原则能够成立，但是放在整个文学史中，就有很多特殊情况出现。特别是，词这一种文体原先和音乐的联系紧密，很可能的情形是，当作品付诸演唱时，会造成一种定势，以后填词，可能就会按照这种定势去操作。但是，当词的音乐功能渐渐淡化，其中难免会出现一些变化，而到了清代，词的创作已经基本上和音乐没有关系了，其更加自由，当是题中应有之义。另外，清人的创作也往往较为随意，不那么守规范，这时，再拿原来的音乐标准来加以要求，或者简单地执前以律后，无疑就不是那么必要。当然，到了清代，有些词人在创作时，往往会刻意遵从词牌的字面意思，以之体现创作上的某种追求。一个集子中，各种词牌都是如此，非常有特色。从这个角度加以思考，也可能得到另外的启发。

在有情和无情之间

——从苏轼《八声甘州》说起

词史发展，苏、辛并称，已为世人所共知，二人之间的传承关系，也是长久以来的话题。如果从具体的作品看，确实也能找到彼此之间的某些渊源。

元祐六年（1091），苏轼被召为翰林学士承旨，离开了担任知州两年的杭州，前往汴京。临别时，写《八声甘州》一词，送别友人：

有情风万里卷潮来，无情送潮归。问钱塘江上，西兴浦口，几度斜晖。不用思量今古，俯仰昔人非。谁似东坡老，白首忘机。　　记取西湖西畔，正春山好处，空翠烟霏。算诗人相得，如我与君稀。约他年、东还海道，愿谢公雅志莫相违。西州路，不应回首，为我沾衣。

一开头，如"突兀雪山，卷地而来"（郑文焯《大鹤山人词话》）。写潮来潮去，有情无情，以一个"风"字贯穿其中。风卷潮来是有情，风送潮去是无情，这是为什么？潮是汹涌澎湃的，是有涨有落的，而大潮又是钱塘江的重要特色之一。如此，就将在杭州产生的无法遏制的离情用一种特定的方式展示出来了。以潮水暗示感情之激荡，以涨落暗示时间之变迁，风卷潮来，就如当年来此主郡；风送潮去，就如现在离此远去。但就前者言，人有情，风亦有情；就后者言，风无情，人仍有情。所谓无情，不过说出了人在世间的无奈之感而已。

既然潮是钱塘江的重要特征，下面就顺势写和友人在西兴（即西陵）的数度观潮。"斜晖"承上潮归而来，既点出关注对象，潮来又复潮归，更为寄意后者；又点出时间情境，潮归正是在傍晚时分。而夕阳西下，作为中国古典诗词的一个传统意象，也渲染了离愁别恨。

可是，离别之事，古已有之。本来，就如王羲之《兰亭集序》中所说："向之所欣，俯仰之间，已为陈迹，犹不能不以之兴怀。"也如李白《把酒问月》中所说："今人不见古时月，今月曾经照古人。古人今人若流水，共看明月皆如此。"古今兴废聚散，原是一理，所以，应该有着超越的心态，忘掉机心，无所挂碍。这是苏轼能入而又能出的心态的体现。

尽管如此，人生总难免有无法忘情者，于是下片具体写西湖风光，笔致则集中在春山之中的"空翠烟霏"。空翠有若干意思，这里应从王维《山中》"山路元无雨，空翠湿人衣"出；烟霏，云烟弥漫。苏轼有一组著名的描写西湖的诗，题为《饮湖上初晴后雨二首》，其第一首："水光潋滟晴方好，山色空蒙雨亦奇。欲把西湖比西子，淡妆浓抹总相宜。"虽然表示出阴晴浓淡，各有其美，但是在将要离别杭州的时候，他对西湖印象更深的，似乎还是朦胧之美。

但是，杭州的美景令人留恋，杭州的人情更令人留恋。此处具体来说，比较有代表性者，就是他的老朋友道潜（别号参寥子）。道潜是著名诗僧，苏轼很欣赏其诗才，而且，他也可以算得上是苏轼的知音和执着的追随者。苏轼有《次韵僧潜见赠》一诗，王文诰辑注："僧道潜，字参寥，於潜人，能文章，尤喜为诗……过东坡于彭城，甚爱之，以书告文与可，谓其诗句清绝，与林逋上下，而通了道义，见之令人萧然。坡守吴兴，会于松江。坡既谪居，不远二千里，相从于齐安。留期年，遇移汝海，同游庐山，有《次韵留别》诗；坡守钱塘，卜智果精舍居之……坡南迁，遂欲转海访之。以书力戒，勿萌此意，自揣余生必须相见……。"（《苏轼诗集》卷十七）这里提到，苏轼谪居黄州，道潜不远二千里前去探望。后来苏轼谪居海南，道潜甚至打算跨海追随。苏轼的一生中，结交了许多诗友，但是能像参寥这样的确实罕见，于是他由衷地感叹道："算诗人相得，如我与君稀。"《晋书·谢安传》："安虽受朝寄，然东山之志，始末不渝。"东山在今南京江宁区，当年谢安曾隐居于此，这里是期待着有朝一日从汴京东还，二人相约，能如谢安一样，得遂隐居之志，不仅自己有这样的坚定意愿，也鼓励友人树立信心。"西州路"句，亦典出《晋书·谢安传》："羊昙者，太山人，知名士也。为安所爱重，安薨后，辍乐弥年，行不由西州路。"既然是一定能够实现这个意愿，当然参寥子就不会像羊昙一样痛哭于西州路了。

这种来去之间，体现出有情和无情的写法，强调了作者所要表述的重点，是这首词的一个重要特色。也许这一点被辛弃疾注意到了，因此，他的《祝英台近》也有类似之处：

宝钗分，桃叶渡，烟柳暗南浦。怕上层楼，十日九风雨。断肠片片飞红，都无人管，更谁劝、啼莺声住。　　鬓边觑。试把花卜归期，才簪又重数。罗帐灯昏，哽咽梦中语。是他春带愁来，春归何处。却不解、带将愁去。

开头三句写离别：地点是桃叶渡。渡在南京秦淮河上，因晋代王献之和其小妾桃叶在此分别，并写有《桃叶歌》而得名，此渡从此就成为离别的象征。景色是杨柳堆烟。南浦是送别之地，江淹《别赋》："春草碧色，春水渌波。送君南浦，伤如之何。"提到柳树，是由于长期以来就有折柳送别的习俗，而"柳暗"则说明时间已至暮春。人物动作是分钗。白居易《长恨歌》："惟将旧物表深情，钿合金钗寄将去。钗留一股合一扇，钗擘黄金合分钿。"夫妇或情人间分钗赠别也是一种习俗，而且南宋尚存。后面就主要写分别之后，而主人公则是一位女子。

登高望远本是表达怀念之情的自然行为，至少在王粲的《登楼赋》中就已经表达得非常充分，而且形成了文学中的书写传统。可是，词中的主人公却是"怕上层楼"，为什么呢？因为"十日九风雨"。暮春时节连日的风雨交加，不仅遮住望远的视线，而且凋残花朵，触目惊心，自然不敢看，也不忍看。但虽然不敢看、不忍看，毕竟是看到了。看到的是什么呢？就是"片片飞红"。这"片片飞红"令她断肠，也生出怨愤：美丽的花朵飘落，为何全无人管？这个写法无理而有情，道出心中的无限怜惜，就如《红楼梦》中的林黛玉所写《葬花词》："花谢花飞飞满天，红消香断有谁怜。"但林作缠绵，辛作激愤，各有特色。不仅落红片片没有人管，啼莺声声，也没有人管，这就更强化了前面所表达的思绪。啼莺往往是书写暮春时的典型物象，如南朝梁丘迟《与陈伯之书》："暮春三月，江南草长。杂花生树，群莺乱飞。"寇准《踏莎行》："春色将阑，莺声渐老。"用鸟声的啼鸣来预示春天的消逝，也是辛弃疾喜欢用的手法，《贺新郎·别茂嘉十二弟》："绿树听鹈鴂，更那堪、鹧鸪声住，杜鹃声切。啼到春归无寻处，苦恨芳菲都歇。”

下片将笔墨集中在女主人公身上。以花瓣数目来占卜丈夫或情人的归期，是女子特定的行为方式，如此书写，并不特别，特别的是“才簪又重数”：才把花簪上鬓发，偷眼望去，生怕数错，于是马上取下来重数。这个特写极为生动，刻画出女主人公细微复杂的心灵活动。唐人张籍有《秋思》：“洛阳城里见秋风，欲作家书意万重。复恐匆匆说不尽，行人临发又开封。”这个“临发又开封”和“才簪又重数”，有着异曲同工之妙。白天思之不已，于是自然带入梦中，而梦中哽咽，是相见时的喜极而泣，还是不得相见的伤感，却又并不明说，留下了想象的空间。最后逼出一番责问：春天到来时将愁带来，现在春天走了，为何不将愁一起带走？也是无理而有情。但其中又有特定的感情意绪，这就是体现了时序迁移和心灵波动。早春之际，两人离别，直到暮春，仍未重逢。因此，将春送愁来而未带愁去，写得非常自然。

不少批评家都注意到了这首词的最后几句非常精彩，因此尝试为其寻找渊源。如陈鹄《西塘集耆旧续闻》卷二：“辛幼安词：‘是他春带愁来，春归何处。却不解、带将愁去。’人皆以为佳，不知赵德庄《鹊桥仙》词云：‘春愁元是逐春来，却不肯、随春归去。’盖德庄又本李汉老《杨花词》：‘蓦地便和春，带将归去。’大抵后之作者，往往难追前人。”是从后不如前的角度说的。刘克庄《后村诗话》前集："雍陶《送春》诗云：'今日已从愁里去，明年更莫共愁来。'稼轩词云：'是他春带愁来，春归何处。却不解、和愁将去。'虽用前语，而反胜之。"则是从后胜于前的角度说的。但其思路，都是从春和愁的关系立论。如果将视野放开一些，则这种表达和苏轼的"有情风万里卷潮来，无情送潮归"或许也有渊源。苏轼所写的是有情和无情，辛弃疾所写的是有心和无心，虽然不一定像上述赵德庄等那样直接，甚至模式上也有差别，但是一来一往之间，也有相近的逻辑理路。考虑到两篇作品都是写别情，也考虑到苏辛之间的关系，那么把这个问题提出来，也许不是没有意义的。

诗词同题与自是一家

李清照在其著名的《词论》中曾说苏轼等人的词是"句读不葺之诗",虽然带有批评的意思,却也说出了苏轼词创作的一个重要特点。事实上,这正是苏轼自己的主观追求,最明显的就是他写了一些回文、檃栝、集句词,确实是把诗歌的一些表现手法移植到词里来了,尽管也不一定是他的首创。

清人刘熙载在其《艺概》中曾评价苏轼:"东坡词颇似老杜诗,以其无意不可入,无事不可言也。"这可能有点夸张,但是,在苏轼的心中,可能真的就曾经想过,能用诗写的题材,应该也能用词来写。他在密州知州任上的那次打猎给我们留下了两篇同题作品,一篇是词:《江城子·密州出猎》;一篇是诗:《祭常山回小猎》。前者鼎鼎大名,已经众口传诵,后者则知者较少。不妨先看一下:

青盖前头点皂旗，黄茅冈下出长围。

弄风骄马跑空立，趁兔苍鹰掠地飞。

回望白云生翠巘，归来红叶满征衣。

圣明若用西凉簿，白羽犹能效一挥。

作品写于熙宁八年（1075）十月，当时是"祭常山回"。常山在今诸城市南二十里，山上有神祠，是每逢干旱时的祈雨之处。常山之得名，即与此有关，苏轼在《雩泉记》中就记载说："东武滨海多风，而沟渎不留，故率常苦旱，祷于兹山，未尝不应，民以其可信而恃，盖有常德者，故谓之常山。"

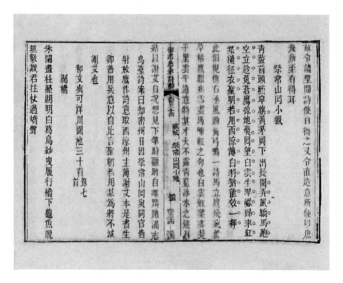

《唐宋诗醇》书影

诗的首句写阵容之盛。知州出行，有其特定仪式。青盖，青色的车盖，宋代官员乘车时所用。据北宋高承《事物纪原》卷八："今天子用红黄二等，而庶僚通用青。"青盖旁边又有皂旗簇拥，尽显威风。次句写围猎的地点：黄茅冈。冈在常山东南，势稍平。苏轼和叫"黄茅冈"的地名颇有缘分，三年之后，他离开密州，改知徐州，就和好友王巩等游于云龙山畔的黄茅冈，因酒醉不支，便随意卧在一块大石上，余兴未尽，作诗一首："醉中走上黄茅冈，满冈乱石如群羊。冈头醉倒石作床，仰看白云天茫茫。歌声落谷秋风长，路人举首东南望，拍手大笑使君狂。"可能就是"黄茅冈"这三个字让他想起了三年前出猎的狂放，因而才这样脱略形骸。三四两句写围猎情形。马跑得很快，好像御风而行，腾跃之间，似乎蹄不点地，恍然立于空中。趁，追逐。这是写围猎之时，兔子受惊，满地乱跑，放出苍鹰，掠地而飞，可以想见，一番追逐，苍鹰攫起兔子的英姿。五六两句写围猎结束，凯旋而归。回头再看刚才的驰骋之地，只见常山上漂浮着朵朵白云，一片祥和，而秋色正浓，红叶飘飞，片片落在军服上，好像红花点缀，油然生出自豪感。三四两句写得有气势，节奏快，气氛紧张，而至五六两句则舒缓下来，形成鲜明对比，同时也使得作品更有意蕴，所以不少批评家都很称赞这两句，如方东树《昭昧詹言》卷二十："五六境象佳。" 纪昀："五六写得兴致。"（王文诰辑注《苏轼诗集》卷十三引）对于有追求，有抱负的士大夫来说，打猎的意义往往不限于打猎本身，这也是操练身体，磨砺意志，表达理想的一种特定的方式，所以，末二句就从这个方面落笔。圣明，指皇帝。西凉簿，指晋朝西凉主簿谢艾。据《晋书·张重华传》所载，张重华据西凉，以主簿谢艾为将军，率步骑三万，进军临河，攻麻秋。谢艾冠白帢，踞胡床指麾处分，大败之。白羽，白色的羽毛扇。谢艾本是书生，作为一个儒将，被重用后不断打胜仗，成为苏轼仰慕效法的对象，所以苏轼用这个典故，表达自己希望被朝廷所用，有所作为的愿望。张重华作为西凉的首脑，不次擢拔谢艾，多次取得对后赵的胜利，而苏轼生活的年代，宋朝的西北边疆常有战端，想起这些，苏轼不禁也有所希冀。

东坡狩猎处

对于这次围猎，显然苏轼的印象非常深刻，因此不仅写了一首诗，而且也写了一首词：

老夫聊发少年狂。左牵黄，右擎苍。锦帽貂裘，千骑卷平冈。为报倾城随太守，亲射虎，看孙郎。　　酒酣胸胆尚开张。鬓微霜，又何妨？持节云中，何日遣冯唐？会挽雕弓如满月，西北望，射天狼。

诗词对读，其中有一些描写明显可以互相印证。如"千骑卷平冈"其实就是"黄茅冈下出长围""弄风骄马跑空立"的意思，只有在地势平缓的地方，才能这样跑马，否则，像苏轼在《百步洪》中所写的"骏马下注千丈坡"，就基本上是不可能的。"圣明若用西凉簿，白羽犹能效一挥"，也就是词中所表达的："会挽雕弓如满月，西北望，射天狼。"只是有直白和含蓄的不同。

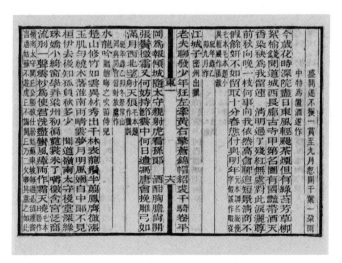

彊村丛书本《东坡乐府》

苏轼的这首诗虽然写得也还不错，但在他的作品中，特色并不突出，和同一题材的词相比，影响力更是不可同日而语。主要原因在于，在诗歌创作的传统中，这样的表述方式已经耳熟能详。《唐宋诗醇》中就评价说："此似规橅右丞'风劲角弓鸣'一诗，马立鹰飞，宛然'草枯鹰眼疾，雪尽马蹄轻'之句也；'白云''红叶'亦是'千里云平'遗意。"（卷三十四）宋人对王维此篇非常赞赏，像梅尧臣在仁宗庆历年间就径直写有《拟王维观猎》一诗："白草南山猎，调弓发指鸣。原边黄犬去，云外皂雕迎。近出长陵道，还看小苑城。聊从向来骑，回望夕阳平。"梅尧臣是苏轼非常尊敬的前辈，对苏有知遇之恩，当年苏轼在开封应试，作为参评官的梅尧臣对其《刑赏忠厚之至论》非常欣赏，曾大力向主考官欧阳修推荐，以至苏轼最后获得了第二名的好成绩，苏轼因而感慨"向之十余年间闻其名而不得见者，一朝为知己"（《上梅直讲书》），并在《上梅直讲书》中表达自己"遇知梅公之乐"（储欣《唐宋八大家类选》卷九）。他追随梅尧臣，对王维《观猎》有所学习，也很正常，至于在诗中表现出的希望受到赏识、有所作为、效力疆场、建功立业，在苏轼之前的古典诗歌中早已屡见不鲜。所以，将苏轼这首诗放在诗歌的传统中，就显现不出特别的过人之处。

同样是写这次出猎，词就不同了。首先，无论是题材还是风格，这篇作品在词的发展历史上都别具一格。众所周知，从晚唐到北宋，相当长的一段时间里，词的创作环境与酒筵歌席有关，词的创作内容与美人爱情有关，正如五代欧阳炯在《花间集叙》中所说："则有绮筵公子，绣幌佳人。递叶叶之花笺，文抽丽锦；举纤纤之玉指，拍按香檀。不无清绝之辞，用助娇娆之态。"这种词适合怎样演唱呢？南宋的王灼在《碧鸡漫志》卷一中曾有总结："古人善歌得名，不择男女……今人独重女音，不复问能否，而士大夫所作歌词，亦尚婉媚，古意尽矣。"他认为竞唱"婉媚"的词，失去了"古意"，实际上，也确立了另一种传统。他所描述的现象得到了一些批评家的印证，如南宋王炎在其《双溪诗余自序》中说："长短句宜歌不宜诵，非朱唇皓齿，无以发其要妙之声。"元代陶宗仪在其《南村辍耕录》卷二十七更指出演唱时的禁忌："男不唱艳词，女不唱雄曲。"从这个角度来看苏轼的这首词，就可以看出作者是主动突破传统，刻意为之。他创作了这篇作品后，非常得意，写信给友人鲜于子骏说："近却颇作小词，虽无柳七郎风味，亦自是一家。呵呵！数日前猎于郊外，所获颇多。作得一阕，令东州壮士抵掌顿足而歌之，吹笛击鼓以为节，颇壮观也。"（《与鲜于子骏》）他说自己的这篇作品可以"令东州壮士抵掌顿足而歌之，吹笛击鼓以为节"，仅此一点，就可以看出是多么与众不同。七年之后，苏轼谪居黄州时作有《念奴娇·赤壁怀古》，可谓这种风格的又一次尝试。文学史上流传的那一段他和幕僚的著名对话，颇可加以对照："东坡在玉堂日，有幕士善讴，因问：'我词比柳词何如？'对曰：'柳郎中词，只好十七八女孩儿，执红牙拍板，唱"杨柳岸，晓风残月"；学士词，须关西大汉，执铁板，唱"大江东去"。'公为之绝倒。"（俞文豹《吹剑续录》）"绝倒"就是大笑，和前面他自己忍不住得意而写出的"呵呵"，这两次笑，在词史上意义重大，因为他已经自觉意识到，自己"指出向上一路，新天下耳目"（王灼《碧鸡漫志》卷二），开创了词的创作的新境界。因此，所谓"自是一家"，既针对了苏轼以前的词史题材与风格传统，也体现了他在词中展现真性情、真面目的鲜明的个人印记。

当然，更主要的是这首词本身也写得非常好。首先，词中塑造了一个生动的自我形象。这个形象给人的最直观的印象就是"狂"，不是一般的狂，而是"少年狂"，这可能和他的太守身份不符，但意气所至，能够冲决一切心灵桎梏，所以不仅左手牵狗，右手架鹰，招呼部众，沿冈疾驰，而且由于全城百姓的围观（这可能是夸张性的描写），更亲自上阵，显示身手。而这一切，由于酒酣，就更加被激发出来。但是，如果仅仅是一个饮多了酒，放飞自我，如杜甫所写的"裘马颇清狂"（《壮游》）的形象，虽然也可爱，但可能缺少内涵，而苏轼则将这个"狂"导向"会挽雕弓如满月"，导向"西北望，射天狼"，则意蕴就得到升华，而且与围猎这一行为本身就具有的指向有机结合起来了。

其次，全篇都展示出建功立业的追求和豪情。作者写这篇作品时，按照周岁计算的话，还不到四十，可是已经自称"老夫"。一般人可能认为，这是因为宋代的审美情趣追求"老苍"，但放在这里不一定合适。在这一篇中，苏轼自比孙权，而在前面提到的另一篇代表作中，则提到"遥想公瑾当年，小乔初嫁了，雄姿英发"，对周瑜进行了热切地歌颂。在非常重要的决定天下三分的赤壁之战中，领孙权之命出战的周瑜只有三十四岁，而东吴主孙权年龄更小，不过二十七岁。苏轼在自己的这两篇代表作中这样写，应该不是偶然的。词的下片提到"持节云中，何日遣冯唐"，说的是汉文帝时，魏尚为云中太守，"其军市租尽以飨士卒，出私养钱，五日一椎牛，飨宾客军吏舍人，是以匈奴远避，不近云中之塞"。但是，"坐上功首虏差六级，陛下下之吏，削其爵"。冯唐认为这样的处罚太严重，不合比例原则，而文帝也欣然接受，于是，"是日令冯唐持节赦魏尚，复以为云中守"，同时，也"拜唐为车骑都尉，主中尉及郡国车士"（《史记·冯唐列传》）。这件事说的是汉文帝被冯唐说服，重新起用魏尚，和苏轼当时的太守身份也符合。不过，这里也提到冯唐。冯唐在汉文帝时只是个郎官，"景帝立，以唐为楚相，免。武帝立，求贤良，举冯唐。唐时年九十余，不能复为官"（同上）。所以，王勃在《滕王阁序》中有"冯唐易老"之叹。因此，从自然年龄来看，不到四十岁当然不能算老，但是，对一个祈求建功立业的人来说，当然可以算老，或者感觉上已经很老。苏轼在暗含着对老去无成的忧虑和现实生活中的"少年狂"之间的书写，体现了很大的张力，因而也很容易打动人心。

所以，如果说到个性化，词无疑更能代表苏轼的独特气质，而长短句的跳荡灵动，配合着所写的内容，也显得相得益彰。这真是一个奇妙的现象：苏轼本来希望通过向诗歌靠拢，来开拓词境，但是写出来之后，词的成就却超过了他视为标的的诗。

要说用诗和词写同一题材，在苏轼集子中并不止上面的例子，只是范围可以放宽一点，不一定限制在同时同地。

仍然是在密州知州的任上，熙宁九年（1076）中秋，苏轼又写出了另一首词史上的名篇：《水调歌头·丙辰中秋，欢饮达旦，大醉，作此篇，兼怀子由》，而两年之后，他在徐州知州任上，也是中秋的晚上，他又写了一组五言古诗，怀念弟弟苏子由。诗题为《中秋月寄子由三首》，其中提到友人赵呆卿的信正好是日到达，里面言及两年前自己的那首《水调歌头》，说明苏轼在写作这组诗时，心中有着《水调歌头》，事实上，里面的一些句子，如"三更歌吹罢，人影乱清樾"；"悠哉四子心，共此千里明"；"尝闻此宵月，万里同阴晴"，都能看到那首词的影子。苏轼和苏辙兄弟情深，常常形诸笔墨，堪称文学史上的一段佳话，这一组诗在这个系列中当然也可以占有一席之地，而且，思路跳荡，也很能见出苏诗的一些特色。不过，若是和《水调歌头》相比，还是有所逊色。尤其是，词中从深挚的手足之情上升到夐绝的宇宙意识，推及到人类普遍的情感，那又是一般作品达不到的境界了。

无计与无据

——从程垓说到华长发

离情别恨是词中常见的题材，而如何书写，则又因人而异，各有不同，北宋程垓的《酷相思》一首是个中名篇，颇得后人称赞。词云：

月挂霜林寒欲坠。正门外、催人起。奈离别如今真个是。欲住也、留无计。欲去也、来无计。 马上离魂衣上泪。各自个、供憔悴。问江路梅花开也未？春到也、须频寄。人到也、须频寄。

这首词的本事，据《词苑丛谈》卷七，是程垓"与锦江某妓眷恋甚笃"，离别时所写。首句写景，颇见笔力。时在冬季，一夜之间，树林布满霜华。月挂树梢，可见已近天明。近天明的时候，天气较寒冷，这具有科学的道理，也是人们的常识，常见之于诗词之中，如晚唐韩偓

《懒起》："昨夜三更雨，临明一阵寒。"五代毛文锡的《醉花间》："昨夜雨霏霏，临明寒一阵。"程垓怎么写呢？他写挂在树梢的月亮好像也不胜寒意，冷得似乎要掉下来。如此写景，心思才力都很不一般。天气寒冷，难免恋床，何况有情人在一起，更是难舍难分。但是无奈，门外已经催促。是谁在催促？词中没有明说。或许是鸡鸣？或许是马嘶？或许是仆人？创造了想象的空间，于是逼出下面一句："奈离别如今真个是。""真个"是词中常用的词语，往往能够表达一种特殊的意绪。程垓之前，有苏轼《江城子》："墨云拖雨过西楼。水东流。晚烟收。柳外残阳，回照动帘钩。今夜巫山真个好，花未落，酒新篘。"程垓之后，有纳兰性德《山花子》："人到情多情转薄，而今真个悔多情。"苏词表达一种实现的惊喜，纳兰词表达一种被验证后的无奈，程词与纳兰词是同一思路，其表现方式，略如元稹怀念妻子的《遣悲怀》："昔日戏言身后事，今朝都到眼前来。"程垓的这一句隐含很多情事，省略了不少内容，即在此以前，无数次地想象离别，无数次地害怕离别，那都还是盘旋在脑海中的，然而现在，好像是猝不及防，离别真的到来了。这个"真个"，确实极其富有表现力。仿佛是为了印证这个突然性，作者在下面展示了无计可施的犹豫彷徨："欲住也、留无计；欲去也、来无计。"非常不想离开，但是却找不到留下来的理由；纵有万种不舍，还是要离去，心中就憧憬着有朝一日还能重逢，但又觉得找不到再来的理由。晏几道《鹧鸪天》："从别后，忆相逢，几回魂梦与君同。今宵剩把银釭照，犹恐相逢是梦中。"写离别之后，一直悬想重逢的情形，最终确也重逢。程词写得跨度大，也是从离别悬想日后，却感相见无日。因此，这里写的，竟俨然就是永别了。

于是，下面就写具体的离别，离开的一方是"马上离魂"，留下的一方是"衣上泪"，两个人都是依依不舍，自然是"各自个、供憔悴"。憔悴是由于深情，深情必定相思，相思则需要有所寄托，这就引出"折梅寄远"的典故。南朝乐府《西洲曲》："忆梅下西洲，折梅寄江北。"陆凯《赠范晔诗》："折花逢驿使，寄与陇头人。江南无所有，聊赠一枝春。""春到""人到"皆写居人之语，不避絮叨，反复叮嘱。虽然没有明说，但显然她在计算着日子：行人到达目的地之时，就是春天来到之时，因此嘱其折梅相寄，而且要"频寄"。用南朝乐府和陆凯诗意，不仅是典故，更是他们的实际情境，真是恰如其分，非常得体。

这首词是程垓的名篇，在词史上深得好评。如毛晋《书舟词跋》："秦七、黄九莫及也。"许昂霄《词综偶评》："人人之所欲言，却是人人之所不能言，此之谓本色。"

正是由于这首词有这样的艺术魅力，也就吸引了后世词人的学习和模仿，其中比较突出的一篇是清初词人华长发的同调之作：

两载吴山并越水，又值荷风清暑。算年来踪迹真无据。待归也、留无计。待留也、归无计。　　终夜潺湲孤枕起，总是离人泪。试问江帆开也未。人去也、书难寄。书去也、人难寄。

华长发字商原，江苏无锡人，曾经协助顾祖禹编纂《读史方舆纪要》，著有《语花词》。华氏仕途不顺，到处漂泊，词中多写离情。如《浪淘沙·客中午日》："小饮昼开筵，竹细风凉。催人节序恁匆忙。只有葵榴能伴我，客里端阳。"《浣溪沙·舟雨》："乡梦欲随流水去，愁怀都付五更钟。"《满江红·旅中感怀》："同学人夸车十乘，半生我负书千卷。笑而今、踪迹类飘蓬，何曾惯。"但他写得最好的还是这首《酷相思》。

华长发是无锡人，他在吴越一带漂泊，地理空间并不是太遥远，而且只有两年，也不是太漫长。这个两年，应该是实指，就像韦庄著名的《女冠子》："四月十七，正是去年今日，别君时。"把时间写得很具体。从这些情况看，华长发所试图强调的，主要是"无据"。这个"无据"，就是王国维《鹊桥仙》所说的"无凭"（"人间事事不堪凭，但除却、无凭两字。"）。世事无常，难以掌控，任凭命运之手的操弄，一个"算"字，写出心中的种种不甘，却又无可奈何。具体表现则是"待归也、留无计。待留也、归无计"。对漂泊在外的人来说，故园永远有着巨大的向心力。既然在羁留之地无法实现自己的追求，当然也就要考虑返回故乡；然而，倘若这个追求尚未达成，而且也不知什么时候才能达成。那么，就还是应该留下来再努力，果然如此，则什么时候又是归去的日子呢？何况这里还有如此留恋的一段感情，因此在离别之际，想到漂泊在外，进退失据，归留之间，难以两全，真是万般无奈，难以为怀。

上片写行人，下片则写居人。行人徘徊不忍去，却又不得不去，固然非常伤感，而居人亦是恋恋不舍，临别之时，终夜下泪，悲不能禁。"终夜潺湲"语义双关，由于住处靠近江边。那潺湲的流水，就是离人流不尽的泪水。这当然也有传承，如李频《眉州别李使君》："离人自呜咽，流水莫潺湲。"齐己《送人游塞》："那堪陇头宿，乡梦逐潺湲。"还有秦观《江城子》："便做春江都是泪，流不尽，许多愁。"但华的这一句写得较为浓缩，也有自己的追求。知道行人终究会走，就更加留恋这不多的相处时间，于是乃有"试问江帆开也未"一句。柳永著名的《雨霖铃》有"都门帐饮无绪，留恋处、兰舟催发"的描写，说的是舟子的催促，以见离人不想离开却又不得不离开的无奈。但此处的"试问"却是写居人的语言和心态，思致委婉，而且非常生活化。居人的询问，说明她在一点点计算时间，也就是珍惜开船前的分分秒秒，其实心里是无奈接受离别的现实的，因而自然从"江帆"过渡到别后。两情相悦，空间本来不是问题，可是，居人对他们之间的未来，实在没有信心，她这样给出了自己的预设："人去也、书难寄。书去也，人难寄。"因为就如离人自己对"踪迹真无据"的描述，这一别，即使自己想寄信，恐怕也因不知其人行踪，难以寄达。如此表述，尚属常见，下面一转，陡生波折，更见精彩，意谓即使知道行人的行踪，可以寄信，自己却不能随信而被"寄"去，来到行人的身边，那么，寄信的意义恐怕要减轻不少吧。前人写相似的感情，不少都是以无从寄信而倍感惆怅，此处却翻进一层，就提供了一点新鲜的感受。

从结构脉络和表现手法上看，华词全自程词出，有着浓厚的模仿痕迹，但其中也有自己的一些发挥和改变，写出了一点新意。应该怎样认识这个问题呢？

清代是词体文学创作的复兴时期。清词发展的重要特征之一，就是由于对词史已经有了全面的掌握，清代词人往往敏锐地注意到前代词人作品中的独特之处，或主题，或题材，或手法，或语词，有时进行模仿，有时加以改造，有时强化某一重点，有时反其意而行之……，总之都带有他们自己的认识，从而形成词体文学接受史的重要一环，即在具体创作中展示对于词史的认识。华长发的这篇作品并不是完全的自我作古，但在清初词学复兴的大背景中，这样的创作以模拟并稍加变化的方式再现了词史上优秀作品的魅力，为时人提供了学习的范式，因而也就显示出了特定的价值。

稼轩与白石

　　姜夔和辛弃疾的关系是词学史上的一个饶有兴味的话题，清人精研词学，不少学者都指出姜夔学辛，如周济《宋四家词选目录序论》："白石脱胎稼轩，变雄健为清刚，变驰骤为疏宕。"谭献《复堂词话》中也有大致相同的意思："白石、稼轩，同音笙磬，但清脆与镗鞳异响。"指出姜学辛，最为明显的证据是姜夔曾有两首次韵词，分别是《永遇乐·次稼轩北固楼词韵》和《汉宫春·次稼轩韵》，被认为是效稼轩之体。如刘熙载《艺概·词曲概》"辛姜气味相通"条："张玉田盛称白石，而不甚许稼轩，耳食者遂于两家有轩轾意。不知稼轩之体，白石尝效之矣。集中如《永遇乐》《汉宫春》诸阕均次稼轩韵。其吐属气味皆秘响相通，何后人过分门户耶？"其"吐属气味"怎样相通，夏承焘、吴无闻在《姜白石词校注》中曾分析前者："这首词中的'有尊中酒差可饮，大旗尽绣熊虎'以及'中原生聚，神京耆老，南望长淮金鼓'等句，气派阔大，接近辛词的镗鞳之声。"说得非常准确。

姜夔和辛弃疾的主体风格并不一样，就如周济所说，一个雄健，一个清刚，一个驰骤，一个疏宕；以及谭献所说，一个清脆，一个镗鞳。因此也有人认为姜并不学辛。不过，在文学创作上，是否学习和怎样学习，原有不同的情形，不能一概而论，在我看来，姜确有学辛之处，但并不一定仅仅从那两首次韵词的角度看。

宋光宗绍熙二年（1191），姜夔到石湖拜访在那里过着退隐生活的范成大，住了一个月，创作了两首著名的词，一为《暗香》，一为《疏影》。不仅当时范成大非常欣赏，"把玩不已"（姜夔序），而且很快就获得大名，甚至被宋末著名的词学批评家张炎誉为"前无古人，后无来者"（《词源》）。姜夔的这两首词，写法非常独特，可能在总体上来说，确实是"前无古人"的，但其中也难免看到前人的一些痕迹。这里仅以《疏影》为例，讨论一下辛弃疾的影响。

苔枝缀玉，有翠禽小小，枝上同宿。客里相逢，篱角黄昏，无言自倚修竹。昭君不惯胡沙远，但暗忆、江南江北。想佩环、月夜归来，化作此花幽独。　　犹记深宫旧事，那人正睡里，飞近蛾绿。莫似春风，不管盈盈，早与安排金屋。还教一片随波去，又却怨、玉龙哀曲。等恁时、重觅幽香，已入小窗横幅。

这首词在写法上有一个很大的特点，即以若干典故贯穿。"苔枝缀玉"三句，典出旧题柳宗元《龙城录》："隋开皇中，赵师雄迁罗浮，一日天寒日暮，在醉醒间，因憩仆车于松林间酒肆傍舍，见一女子淡妆素服出迓师雄。时已昏黑，残雪对月色微明，师雄喜之，与之语，但觉芳香袭人，语言极清丽。因与之扣酒家门，得数杯相与饮，少顷有一绿衣童来，笑歌戏舞亦自可观。顷醉寝，师雄亦憟然，但觉风寒相袭久之。时东方已白，师雄起视，乃在大梅花树下，上有翠羽啾嘈相顾，月落参横，但惆怅而尔。""客里相逢"三句，用杜甫《佳人》典，写"幽居在空谷"的"绝代佳人"，定格的形象是："天寒翠袖薄，日暮倚修竹。""昭君"四句，写王昭君远嫁匈奴之事。表现昭君之怨，早期大抵集中于不被赏识，后来也多写异域飘零，尤其在文学作品中，更为强烈。此四句主要檃栝了杜甫《咏怀古迹五首》其三："群山万壑赴荆门，生长明妃尚有村。一去紫台连朔漠，独留青冢向黄昏。画图省识春风面，环佩空归夜月魂。千载琵琶作胡语，分明怨恨曲中论。"其中说到"朔漠"，当然肯定有沙尘，这也不是杜甫的发明，早在南朝，沈约《昭君辞》就写道："日见奔沙起，稍觉转蓬多。胡风犯肌骨，非直伤绮罗。"隋代薛道衡的同题之作也写道："夜依寒草宿，朝逐转蓬征。却望关山迥，前瞻沙漠平。"杜甫之后，白居易《王昭君》二首之一也写道："满面胡沙满鬓风，眉销残黛脸销红。愁苦辛勤憔悴尽，如今却似画图中。""犹记"三句，用寿阳公主事。《太平御览》卷三十"时序部十五"引《杂五行书》："宋武帝女寿阳公主人日卧于含章殿檐下，梅花落公主额上，成五出花，拂之不去。皇后留之，看得几时。经三日，洗之乃落。宫女奇其异，竞效之，今'梅花妆'是也。""金屋"，用汉武帝刘彻事。据《汉武故事》："（刘彻）年四岁，立为胶东王。数岁，长公主嫖抱置膝上，问曰：'儿欲得妇不？'胶东王曰：'欲得妇。'长主指左右长御百余人，皆云不用。末指其女问曰：'阿娇好不？'于是乃笑对曰：'好！若得阿娇作妇，当作金屋贮之也。'"以美人比花是古代常见的思路，所以后人也以"金屋藏娇"表达对花的爱惜。据说晋人石崇喜爱海棠，曾经对花感叹："汝若能香，当以金屋贮汝。"（王路《花史左编》卷十六）近人鲁迅《惜花四律》之二："剧怜长逐柳绵飘，金屋何时贮阿娇。"至此，可以看得很清楚，这是以五个典故相连缀，而且展示的都是女子的形象，显然是刻意的安排。

南宋范开写《稼轩词序》，这样评价辛词："果何意于歌辞哉，直陶写之具耳。故其词之为体，如张乐洞庭之野，无首无尾，不主故常；又如春云浮空，卷舒起灭，随所变态，无非可观。无它，意不在作词，而其气之所充，蓄之所发，词自不能不耳。"这种以意为之的风格，重要体现之一就是以文为词，刘辰翁对此评价说："词至东坡，倾荡磊落，如诗如文，如天地奇观，岂与群儿雌声学语较工拙，然犹未至用经用史，牵《雅》《颂》，入《郑》《卫》也。自辛稼轩前，用一语如此者，必且掩口。及稼轩横竖烂漫，乃如禅宗棒喝，头头皆是。"（《辛稼轩词序》）而以文为词又有多种不同的表现，其中重要的一点是使用赋法。如《贺新郎·别茂嘉十二弟》：

绿树听鹈鴂，更那堪、鹧鸪声住，杜鹃声切。啼到春归无寻处，苦恨芳菲都歇。算未抵、人间离别。马上琵琶关塞黑，更长门、翠辇辞金阙。看燕燕，送归妾。　　将军百战身名裂。向河梁、回头万里，故人长绝。易水萧萧西风冷，满座衣冠似雪。正壮士、悲歌未彻。啼鸟还知如许恨，料不啼清泪长啼血。谁共我，醉明月。

此词写离别之苦，用了五个著名的离别典故。第一个典故是王昭君远嫁匈奴，所谓"马上琵琶"，晋代石崇所作《王明君词一首并序》，序中是这样说的："王明君者，本是王昭君，以触文帝讳改焉。匈奴盛请婚于汉元帝，以后宫良家子昭君配焉。昔公主嫁乌孙，令琵琶马上作乐，以慰其道路之思。其送明君，亦必尔也。其造新曲，多哀怨之声，故叙之于纸云尔。"（《文选》卷二十七）猜测昭君出塞时，送行的人在马上弹琵琶，"以慰其道路之思"，可能后来就附会成昭君本人弹琵琶了，像宋代艾性夫《昭君出塞图》就说："一朝结束嫁荒陲，一马前导五马随。老奚并辔相笑语，双袖自抱琵琶啼。"第二个典故是阿娇被汉武帝立为皇后，日久失宠，被幽闭长门宫事。第三个典故是写春秋时卫庄公妾戴妫生子完，庄公死后，完继立为君，却被州吁杀掉。戴妫离开卫国时，庄公之妻庄姜送之。《诗经·邶风》中有《燕燕》一诗，相传即为庄姜送别戴妫而作。第四个典故言李陵、苏武赠别之事。李陵兵败被俘后，不得已投降匈奴，而苏武出使匈奴，被留十九年。苏武回国时，这一对好友依依惜别。李陵《与苏武诗三首》之三："携手上河梁，游子暮何之？徘徊蹊路侧，恨恨不能辞。行人难久留，各言长相思。安知非日月，弦望自有时。努力崇明德，皓首以为期。"据说就是在"河梁"分别时所作。第五个典故说燕太子丹请荆轲去刺杀秦王，据《史记·刺客列传》，荆轲行前，"太子及宾客知其事者，皆白衣冠以送之。至易水之上，既祖，取道，高渐离击筑，荆轲和而歌，为变徵之声，士皆垂泪涕泣。又前而为歌曰：'风萧萧兮易水寒，壮士一去兮不复还！'复为羽声慷慨，士皆瞋目，发尽上指冠。于是荆轲就车而去，终已不顾"。这些都是离别愤怨之事，所以陈模《怀古录》卷中评云："尽集许多怨事，合与李太白《拟恨赋》相似。"若从结构上来说，也可以说是很像江淹《别赋》，可以用

《别赋》中的"别方不定，别理千名"来加以概括。辛弃疾的这首《贺新郎》描绘了五类人物的五种不同情况的离别，其在章法结构上的重要特色是一气而下，打破了上下片的界限。姜夔《疏影》用五个写梅典故贯穿，也是打破上下片的界限。就此而言，姜夔似乎确实是对辛弃疾的写法有所借鉴。

（宋）马麟《暗香疏影图》　台北"故宫博物院"藏

但是，《贺新郎》铺叙许多典故，"尽集许多怨事"，基本上是一个平面的结构，就如梁启勋《词学》下编所评，是"语无伦次之堆垒法"，而《疏影》中的用典，却不是那么简单。

《疏影》中的典故虽然都是写梅花，但有意蕴的变化，也有层次的区别。第一个典故用赵师雄罗浮山梦见梅花仙子事，是写枝头梅花，开得喧闹热烈。第二个典故用杜甫《佳人》事，是写梅虽美丽，但寂寞孤独，无人欣赏，只能独抱清高。第三个典故用昭君远嫁匈奴，眷恋故乡事，是暗寓梅花虽经严寒霜雪，仍然坚持品格，不忘初心。以上为上片，写盛开之梅。第四个典故用寿阳公主事，写梅花飘落。第五个典故用汉武帝刘彻金屋藏娇事，暗指梅花凋落之后无人怜惜。可以看得很清楚，从大的结构来说，上下片的典故所体现的内涵分为两层。周济《宋四家词选》评《暗香》："前半阕言盛时如此，衰时如此。后半阕想其盛时，想其衰时。"《疏影》的上下片其实也是在盛衰之间做文章。只是，即使是写盛时，也有不同的层面，并不单一。所以，对于辛弃疾的《贺新郎》，姜夔的《疏影》是有所借鉴的，但却是同中有异。

但是，辛弃疾以典故连缀进行创作的尝试并不只有《贺新郎》一首。如《水龙吟·登建康赏心亭》：

楚天千里清秋，水随天去秋无际。遥岑远目，献愁供恨，玉簪螺髻。落日楼头，断鸿声里，江南游子。把吴钩看了，栏干拍遍，无人会、登临意。　　休说鲈鱼堪脍。尽西风、季鹰归未。求田问舍，怕应羞见，刘郎才气。可惜流年，忧愁风雨，树犹如此。倩何人、唤取红巾翠袖，揾英雄泪。

许多年前，程千帆先生指导我写赏析时，分析过这首词，指出这首词下片的主体以三个典故连缀而成。第一个典故是写张翰思念故乡，辞官归里之事。《世说新语·识鉴》："张季鹰（翰）辟齐王东曹掾，在洛见秋风起，因思吴中菰菜羹、鲈鱼脍，曰：'人生贵得适意尔，何能羁宦数千里以要名爵？'遂命驾便归。"这是词人在百无聊赖中产生的消极念头。第二个典故用刘备指责许汜"求田问舍"事。《三国志·魏志·陈登传》："许汜与刘备并在荆州牧刘表坐，表与备共论天下人，汜曰：'陈元龙（按陈登字元龙）湖海之士，豪气不除。'……备问汜：'君言豪，宁有事邪？'汜曰：'昔遭乱过下邳，见元龙。元龙无客主之意，久不相与语，自上大床卧，使客卧下床。'备曰：'君有国士之名，今天下大乱，帝主失所，望君忧国忘家，有救世之意，而君求田问舍，言无可采，是元龙所讳也。何缘当与君语？如小人，欲卧百尺楼上，卧君于地，何但上下床之间邪？'"这个典故承上转折，意谓在这国难当头之际，自己如果真的走上了归隐的道路，不仅辜负了平生壮志，而且也将为天下英雄豪杰所耻笑。第三个典故用桓温伤感流年事。《世说新语·言语》："桓公（温）北征，经金城，见前为琅琊时种柳已十围，慨然曰：'木犹如此，人何以堪！'攀枝执条，泫然流泪。"这又是一转，意谓词人虽然不甘沉沦，可是空有才华，不被重用，眼见时间一天天流逝，人也渐渐老去，国势却仍然如此使人忧愁，处于这种境况下，真是感到无可奈何。

从这个角度看，姜夔确实是对辛弃疾以文为词（确切地说，是以赋为词）的手法有所学习，敏锐地注意到了典故的使用方法。不过，他是从《贺新郎》中学习了铺叙，从《水龙吟》中学习了层次，并在自己的作品中揉为一体，有所变化。当然，周济在《宋四家词选》中对辛弃疾的《贺新郎》有创造性的解读，他认为上下片所用的那些典故，看似平面，实际上有层次："上片北都旧恨，下片南渡新恨。"这是从比兴寄托的观念出发所作的带有非常主观化的思考，但果真如此的话，则更能看出辛、姜之间的渊源。

姜夔比辛弃疾小十几岁，谊属晚辈，他对这位矢志报国，锐意进取，能够建功立业，而又文采过人的前辈充满尊敬，密切关注，原是题中应有之义，而辛弃疾的词作在当时也确实有着重大的影响力。辛弃疾《水龙吟》作于宋孝宗淳熙元年（1174，一说作于孝宗乾道四年至六年［1168—1170]），《贺新郎》作于宋孝宗淳熙八年（1181）后辛弃疾隐居铅山的一段时间里，而姜夔的《疏影》则作于宋光宗绍熙二年（1191）。从这个时间来看，姜夔由于关注辛弃疾的创作而有所学习，也是非常有可能的。

空际转身的神力

——说吴文英《高阳台·落梅》

梅是宋代人最重要的精神象征之一，咏梅之作，也是车载斗量，不胜枚举，而且表现角度各种各样，争奇斗艳，构成了宋代文化的一个重要侧面。尤其到了南宋，词坛咏物之风大盛，咏梅词更是发展到了一个新的阶段。吴文英的《高阳台·落梅》就是其中的重要代表。

宫粉雕痕，仙云堕影，无人野水荒湾。古石埋香，金沙锁骨连环。南楼不恨吹横笛，恨晓风、千里关山。半飘零，庭上黄昏，月冷阑干。　　寿阳空理愁鸾。问谁调玉髓，暗补香瘢。细雨归鸿，孤山无限春寒。离魂难倩招清些，梦缟衣、解佩溪边。最愁人，啼鸟晴明，叶底青圆。

此篇写落梅，在宋代咏梅词中角度较新。将近十年前，我曾撰文对整首词有所分析。不过最近重读，又有一点心得，主要想谈谈"南楼"二句。

古乐府横吹曲中有笛曲《梅花落》，历代文人雅士多喜用其双关意，相关作品甚多。即如吴文英这一句，可以引发联想的，就有李白《与史郎中钦听黄鹤楼上吹笛》："一为迁客去长沙，西望长安不见家。黄鹤楼中吹玉笛，江城五月落梅花。"高适《塞上听吹笛》："雪净胡天牧马还，月明羌笛戍楼间。借问梅花何处落？风吹一夜满关山。"元稹《使东川·汉江上笛》："小年为写游梁赋，最说汉江闻笛愁。今夜听时在何处，月明西县驿南楼。"吴文英从这样的作品中得到启发，在这首词中，把虚实之间的关系，体现得更为细腻。他主要是用了"不恨"和"恨"这样的表现手法。传统写法中，听到笛曲《梅花落》多是有恨的，可是这里偏偏说"不恨"，其实是为了后面的"恨"预留地步。"南楼"和"千里关山"，在空间上是鲜明的对比。楼里的笛声营造的气氛已经非常浓郁，但这毕竟还只是气氛，而晓风吹过，千里关山中，梅花纷纷凋落，那才是真的惊心动魄，令人无限怅恨。主人公身在南楼，但就写落梅而言，是虚；千里关山，本是想象，但就落梅而言，又是实。

吴文英的这首词，历来评价都很高，如陈廷焯《白雨斋词话》："梦窗《高阳台》一篇，既幽怨，又清虚，几欲突过中仙咏物诸篇，是集中最高之作。"这是从咏物词的写作上说的，是一个整体性的判断。如果集中在词中的局部，则"南楼"二句尤其得到激赏。周济在《介存斋论词杂著》中特别指出吴文英词的艺术特色："梦窗立意高，取径远，非余子所及。每于空际转身，非具大神力不能。"到了陈洵手中，就把"空际转身"落实到了"南楼"句上："'南楼'七字，空际转身，是觉翁神力独运处。"（《海绡说词》）怎么理解这个"空际转身"？

陈廷焯在《白雨斋词话》中这样解释："题是楼，偏说'伤春不在高楼上'，何等笔力。其文极曲，其情极真。"细味其意，首先要转，其次要转得灵活，不露痕迹，无所凭借，却又不离题意，意脉在暗中贯通。若说"不恨……恨"这样的句法，并不始于吴文英。北宋苏轼《水龙吟》有云："不恨此花飞尽，恨西园、落红难缀。"南宋辛弃疾《贺新郎》有云："不恨古人吾不见，恨古人、不见吾狂耳。"但意脉比较畅通，即使转折，痕迹也比较明显，不过，按照吴文英的思路，使用这样的句法，有助于创造独特的效果。近人张伯驹就对此有自己的思考，他说："梦窗《高阳台·落梅》词：'南楼不恨吹横笛，恨晓风、千里关山。'《丰乐楼》词：'伤春不在高楼上，在灯前欹枕，雨外熏炉。'清嘉道后词人最善学此句法。"（《张伯驹集》）张伯驹所引的第二个例子是《高阳台·丰乐楼分韵得如字》："修竹凝妆，垂杨驻马，凭阑浅画成图。山色谁题，楼前有雁斜书。东风紧送斜阳下，弄旧寒、晚酒醒余。自销凝，能几花前，顿老相如。　　伤春不在高楼上，在灯前欹枕，雨外熏炉。怕舣游船，临流可奈清臞。飞红若到西湖底，搅翠澜、总是愁鱼。莫重来，吹尽香绵，泪满平芜。"众所周知，晚清曾经出现了一个学习吴文英的热潮，他所指出的"嘉道后"，不知是否就是指的这一个时期。张伯驹对清词下过很大的功夫，曾经有《清词选》刊行，他的这个观点值得注意。不过，由于文献的限制，我们暂时还不能对张氏所说的这个"嘉道后"做出较为完整的判断，但不妨借助这一思路，对清代顺治以迄雍乾年间的词坛做一检视，结果发现，张氏的这个看法，能够在顺治以迄雍乾年间的词坛找到一些线索，由此也可以从一个侧面探讨吴文英词的接受过程。从《全清词》的《顺康卷》可以看出，在《高阳台》一调中，模仿张氏所说的这两种句法的词人还比较少，说明吴文英词在这方面受关注的程度还不够高，而到了雍正、乾隆年间，情况就不同了，不过，从运用的情况看，也还有区别。相对而言，如"南楼"句那样的"空际转身"，比较难于模仿，如吴省钦《高阳台·题张蕉衫〈平山堂唱和诗〉后》："长堤不恨红心草，恨绿杨、扫尽风流。"江昱《高阳台·悼亡》："伤心不恨红兰蒌，恨潘仁分浅，翻促华年。"（有时，即使不用《高阳台》一调，也明显是从吴文英而来，如王汝璧《八声甘州·南阳滞雨，用吴梦窗韵》："不恨淹留羁旅，恨四愁唱断，元魄难醒。"）内涵都显得没那么复杂，可见，吴文英那样的心思才力，实在是可遇不可求。比较起来，《丰乐楼》一篇的句法就比较容易模仿，比较明显的几个例子，如储秘书《高阳台·舟中立春》："春心不在梅梢上，在玉人、双燕钗头。"徐涵《高阳台·荼䕷》："伤心不在逢花瘦，在西园宴罢，暗锁铜镮。"潘允喆《高阳台》（小春二日，同澧塘、藕塘、海玛旅园看菊，乘兴登西城，周览荒园，古树一带，红叶参差，颇有山林之趣。步出西溪门，溪光山翠，染我襟袖。分咏，以"旅园看菊"四字为韵，分得园字）："闲情不在蘼芜径，在斜阳鸦背，红叶鸥边。"

当然，上面所举的例子还不够全面，并不足以做出充分的判断，但也足以说明。清代的词人对吴文英词的兴趣是不断增强的，他们也渐渐从句法上对吴词有所体认，并尝试加以模仿。

词体写成的诗史

——说杨士凝《哨遍·儿辈不知学诗，书此以警，并示侄孙鎔》

中国是一个诗歌的王国，在社会生活中，诗歌有着重要的地位，因而，不仅写诗的风气很浓，论诗的风气也很浓。

论诗之作，本来多由文来承担，毕竟发议论是文的重要功能之一。但是，先贤早就说过"兴观群怨"的话，最初虽然是特指《诗经》，却也不妨延及一般意义上的诗。既然如此，则诗歌功能进一步扩充，也是题中应有之意。

于是，到了中国古典诗歌创作的集大成者杜甫手里，就出现了《戏为六绝句》，开创了以诗论诗的风气。其后，得到不少诗人的响应，从而成为中国文学批评的重要样式之一。杜甫的发轫之作是六首，后来的学习者也多以大型组诗的形式进行创作，甚而又加以发扬光大，其中尤以元好问的《论诗三十首》为规制盛大，因此，明清以降，得到不少人的模仿，如王士禛有《戏仿元遗山论诗绝句》

三十二首，袁枚有《仿元遗山论诗》三十八首，谢启昆有《读全唐诗仿元遗山论诗绝句一百首》，张晋有《仿元遗山论诗绝句廿四首》等。显然，诗人们不仅认识到这是一种独特的论诗形式，而且要借助这一形式，较为全面地发表自己对诗歌史的看法，因此才比较重视篇幅。正如郭绍虞所指出的："评论作家作品的大型组诗，涉及面广，自成系统，可以作为诗学批评史读。其中统论历代作家的，如元好问、王士禛、屈复、姚莹、况澄、朱庭珍、李希圣、邓镕诸家所作，可以作古代诗歌史或诗歌批评读；专论一代作家的，如虞钤、冯煦论六朝人诗，谢启昆、俞国琛论唐诗，焦袁熙、谢启昆论宋诗；还有专论金元明清的，这些都可以作为断代的诗歌史或诗歌批评史来读；论一个地区的，如论湖北诗，论四川诗，论广东诗，都可以作为地方文学史的重要参考资料；再如论女子诗，则可以作妇女诗歌史或艺文志读。"（郭绍虞、钱仲联、王遽常《万首论诗绝句》序）

词发展到清代，艳称中兴，表现功能也大大扩展。词本是应歌的产物，抒情性很强，在发展的过程中，逐渐注入各种因素，以之进行议论者越来越多，到了清代，以词论词的作品远超前代，在类型与形式上也得到充分开拓，更以特定的形式探讨了词学理论，反映了词坛生态，从而进一步开阔了词的创作空间。

词体的文学批评功能既然被开发出来，那就并不一定只是论词，也能论诗文。比如下面杨士凝的这首《哨遍·儿辈不知学诗，书此以警，并示侄孙铨》：

何莫学诗，诗可以兴，达政能专对。薄风谣，变体楚骚衰。祖河梁、五言新派。近体开，黄初建安极盛，后先汉晋中间魏。叹七子余波，六朝接响，风格绮靡难改。有唐兴，正字辟蒿莱。分初盛，李杜帜登台。光焰摩霄，蚍蜉撼树，震惊聋瞆。　　唉。韩子潮来。盘空硬语狂澜殆。碎剪昌谷锦，奚囊中、世多怪。守换骨神丹，死难割爱。张王元白尘头拜。撷中晚风华，西昆乐府，幻出散花诗界。玉山樵，盒语戏新裁。轻薄子，流入曼声谐。宋眉山、才豪一代。琳琅咳唾天外。补化收功倍。可知诗教，关乎世运，不是寻常文彩。孰怜小子面墙哉。拥诗城、不学何待。

杨士凝（1691—1740），字笠乘，江苏武进人，康熙五十六年（1717）举人，官单县知县。著有《芙航诗禊》《燕香词》。杨士凝对于以词论词有所关注，其《水龙吟·题许子山立〈小树词〉卷首》，以"花间二主，草堂双七"对许氏的词进行评价，可见他也顺应了扩大词的表现功能的大趋势。他的这首《哨遍》更为独特，基本上就是以词体文学的形式，勾勒出他心目中的几个能够代表诗歌发展趋势的节点，带有史的意涵，也可以说是学诗指引。《哨遍》一调，据万树《词律》："此词长而多讹。又其体颇近散文，平仄往往不拘。""颇近散文"，正适合这样铺叙，而此调始自苏轼，苏所作乃檃栝陶渊明《归去来辞》，后来人用此调创作，也多有模仿苏轼以之檃栝者，如姚之骃《哨遍·檃栝〈逍遥游〉》，姚炳《哨遍·檃栝〈秋水篇〉》等。这个"檃栝"，也正符合本篇的内容，即檃栝特定的诗史。

作品从孔子对诗的看法写起。《论语·阳货》："子曰：'小子何莫学夫诗。诗，可以兴，可以观，可以群，可以怨。'"《论语·子路》："子曰：'诵诗三百，授之以政，不达；使于四方，不能专对。虽多，亦奚以为。'"此即前三句所言，而此词的创作缘起是"儿辈不知学诗"，开宗明义，用孔子教诲学生的话，也算是切题。风谣，指《诗经》的十五国风。《南齐书·皇后传》："后妃之德，著自风谣，义起闺房，而道化天下。"《风》《骚》并称，在两汉时就已经开始，班固《离骚序》引刘安《离骚传》："《国风》好色而不淫，《小雅》怨诽而不乱，若《离骚》者，可谓兼之。"可视为较早的文献，至沈约，其《宋书·谢灵运传论》提到建安诗人的创作渊源时，就明确指出："原其飙流所始，莫不同祖《风》《骚》。"杨士凝显然也是持同样的观点，将《国风》《离骚》作为诗歌创作的源头。下面就讲到五言诗的兴起。"祖河梁"，指苏武、李陵河梁送别之诗，传统上被视为五言诗之祖，尽管受到后人很多的质疑。但自汉末建安以来，五言诗非常盛行，也迭有佳作出现，以至于钟嵘在《诗品》中推崇为"五言居文词之要，是众作之有滋味者也"。杨士凝认为这开创了"新派"，至建安时代，出现极盛的局面，经过魏晋的发展，"七子"的流风余韵一直不曾消歇，但六朝诗作，多有绮靡之风，渐有积重难返之势。到了唐代初年，六朝诗风仍有很大影响，"诗人承陈、隋风流，浮靡相矜"（《新唐书·文艺传上》），于是，陈子昂振臂一呼，在《与东方左使虬〈修竹篇〉序》一文中，他指出："文章道弊五百年矣。汉、魏风骨，晋、宋莫传，然而文献有可征者。仆尝暇时观齐、梁间诗，彩丽竞繁，而兴寄都绝。每以永叹，思古人常恐逶迤颓靡，风雅不作，以耿耿也。"此所谓"辟蒿莱"，于是，经过初唐，到了盛唐，出现了李白和杜甫这样的伟大诗人，振聋发聩，开创了诗歌创作的新纪元。接着，就用唐代韩愈《调张籍》中所说："李杜文章在，光焰万丈长。不知群儿愚，那用故谤伤。蚍蜉撼大树，可笑不自量！"过渡到韩愈本人。南宋李涂有《文章精义》二卷，俞樾《茶香室丛钞》卷八："国朝萧墨《经史管窥》引李耆卿《文章精义》云：'韩如海，柳如泉，欧如澜，苏如潮。'"海和潮也可以互换，这里指韩愈才力之大，而且指出他的诗歌创作特点就是"横空盘硬语"（韩愈《荐士》），评价其成就也用韩愈自己的话："回狂澜于既倒。"（《进学解》）作者又特别强调中唐是中国诗歌创作的一个多元并存的局面（李泽厚《美的历程》也特别强调了这一点）。除了韩愈，还有李贺、张籍、王建、元稹、白居易等。李贺痴迷于作诗，"恒从小奚奴，骑距驴，背一古破锦囊，遇有所得，即书投囊中"（李商隐《李贺小传》），虽然杜牧说，他的诗"少加以理，奴仆命《骚》可也"（《李贺集序》），但其瑰奇怪诞的风格，体现出鲜明的特色。尘头，《晋书·潘岳传》："与石崇等谄事贾谧，每候其出，与崇辄望尘而拜。"杨士凝将此四人并称，主要是由于他们开创了新乐府，"白居易、元稹、张籍、王建创为新乐府，亦复自成一体"（刘大勤《师友诗传续录》）。当然他们的成就也还并不仅仅是新乐府。以下就说到晚唐了，主要提到两个诗人，一个是李商隐（西昆），一个是韩偓（号玉山樵人）。李商隐是连接中晚唐的诗人，其诗歌创作成就，就像天女散花，万象森列，圆融有序；韩偓的香奁体诗，虽然外表香艳，时有比兴寄托的微言大义存焉，轻薄为文者不知此意，只学其皮毛，往往流为淫亵。最后以宋诗作结，而在宋诗中，仅仅提到苏轼一人，称赞其"才豪一代"。

从杨士凝的这篇作品中，可以看得非常清楚，他对诗歌的发展，更为看重的是骨力气概、内容充实，特别是应该有裨于世，即所谓"补化收功倍"，"关乎世运，不是寻常文彩"。这类观点，是其诗学思想的一贯体现。杨士凝也对杜甫开创并得到元好问发扬光大的论诗绝句非常感兴趣，曾撰有《戏效元遗山论诗绝句三十八首》，如第一首："上溯周诗到楚骚，新声弥漫薄风谣。五言变格传苏李，才力犹能压六朝。"第九首："长庆新编讽谕诗，千金酬答有微之。不道马走牛童口，字字寻常见崛奇。"第十一首："玉溪直接杜陵翁，晓梦春心悟色空。何必郑笺多著解，免令狂瞽托坡公。"都能看得出来。另外，讨论这一首词，也可以联系他本人的创作追求。对于其《芙航诗襫》，恽鹤生序云："今杨子为诗也，才力独雄，思致深细……其尤足传者，集中因时纪事之言，或以为颉颃元白张王乐府，或以为追踪杜陵三吏三别。"徐永宣序云："所为诗诡思险语，入长吉而出昌黎。"王汝骧序云，其诗"沉博绝丽，不名一家"，"五七古多规模退之、子瞻，而近体当置大历才子中，兼出入于西昆三十六体"。都可以和他的这首词互参。

不过，论诗绝句为了表达比较多的内容，往往是以联章组诗的形式出现。杨士凝的这首《哨遍》是单篇之作，而又涉及如此宏大的题目，就还有一些另外的渊源。比如，唐代韩愈的《荐士》就对其影响很大："周诗三百篇，雅丽理训诰。曾经圣人手，议论安敢到。五言出汉时，苏李首更号。东都渐弥漫，派别百川导。建安能者七，卓荦变风操。逶迤抵晋宋，气象日凋耗。中间数鲍谢，比近最清奥。齐梁及陈隋，众作等蝉噪。搜春摘花卉，沿袭伤剽盗。国朝盛文章，子昂始高蹈。勃兴得李杜，万类困陵暴。

后来相继生，亦各臻阃奥。有穷者孟郊，受材实雄鸷。冥观洞古今，象外逐幽好。横空盘硬语，妥帖力排奡。敷柔肆纡余，奋猛卷海潦。"这里从《诗经》写起，推崇苏李五言诗，称赞建安七子的风骨，批评六朝的绮靡之风，表彰陈子昂卓尔不群，变革诗风，并指出李杜同时出现在诗坛，登峰造极，有着重大的历史意义。这些，和杨士凝此词比观，可谓一脉相承。

韩愈的《荐士》回顾诗史，是为了推荐孟郊，杨士凝的前辈钱谦益也继承韩愈的这种写法，为推出继其而"代兴"的下一代诗坛领袖王士禛而摇旗呐喊，写了《古诗赠新城王贻上》，前面也是谈诗歌发展史：

> 风轮持大地，击飚为风谣。
>
> 吹万肇邃古，赓歌畅唐尧。
>
> 朱弦泛汉魏，丽藻沿六朝。
>
> 有唐盛词赋，贞符赍元包。
>
> 百灵听驱使，万象穷镂雕。
>
> 千灯咸一光，异曲皆同调。
>
> 彼哉诐诐者，穿穴纷科条。
>
> 初唐别中晚，画地成狴牢。
>
> 妙悟掠影响，指注窥厘毫。
>
> 瓮天醢鸡覆，井穴痴猿号。
>
> 化为劣诗魔，飞精入府焦。

穷老蔽蔀屋，不得瞻沈寥。

正始日以远，词苑杂莠苗。

献吉才雄鸷，学杜哺醨糟。

仲默俊逸人，放言訾谢陶。

考辞竞嘈杂，怀响归浮漂。

江河久壅决，屠澖亦腾嚣。

幺弦取偏张，苦调搜啁噍。

鸟空而鼠即，厥咎为诗妖。

丧乱亦云臒，诗病不可瘳。

譬彼膏肓疾，传染非一朝。

呜呼杜与韩，万古垂斗杓。

《北征》《南山》诗，泰华争岧峣。

流传到于今，不得免憿嘲。

况乃唐后人，嗤点谁能跳。

穷子抵尺璧，冻人裂复陶。

熠耀点须弥，可为渠略标。

昌黎笑群儿，少陵诃汝曹。

嗟我老无力，掩耳任叫呶。

王君起东海，七叶光汉貂。

骐骥奋蹴踏，万马喑不骄。……

钱谦益谈到诗歌是万物运行的自然产物，早在远古时代就有皋陶和虞舜的唱和。汉魏时期，诗风古朴，而延至六朝，则开始绮丽。发展到唐代，就有了宏大的气象。以下就批评严羽将唐诗分期，是穿凿附会，画地为牢，缺少见识，至明代七子，如李梦阳、何景明等，未能发扬以前的优良传统，使得诗风不振，至竟陵派的钟惺等人，追求孤峭，境界狭仄，更是每况愈下。正是由于这样的认识，所以他期许王士禛能够重振诗风，成为一代中兴的领袖。看得出来，虽然钱谦益写诗的思路上承韩愈，但对诗歌史的叙述角度不同，不过也确实可以放在同一个系列中考虑。

讨论杨士凝的这首词，也应该在文坛的这种大背景中思考。但无论如何，也许在具体观点上，他并没有什么令人耳目一新的见解，不过以词体承载这样的内容，在词的发展中，仍然是比较新鲜的因素，令人看到词的表现功能进一步强大，也可以算是清词中兴在一个侧面的表现。

归近不可忍
——说陆宏定《望湘人》

刘若愚在《中国诗学》中曾针对中国古典诗歌中的离别主题发表见解，指出："中国诗人似乎永远悲叹流浪和希望还乡。……中国人大体上显然缺少流浪癖（wanderlust）。因此，乡愁之成为中国诗中一个常有的因而是因袭的主题，并不足奇。"中国人安土重迁，所以漂泊在外时，思乡念家就成为重要的书写题材。这一类作品在中国诗歌史上汗牛充栋，数不胜数，构成一道别致的风景线，看起来似乎多有重复，但若是从表现手法上看，又经常能够发现不同的匠心，因而体现出中国古典诗歌创作的丰富性。本文以明清之际的词人陆宏定的《望湘人》一篇，对此略事讨论。

记归程过半，家住天南，吴烟越岫飘渺。转眼秋冬，几回新月，偏向离人燎皎。急管宵残，疏钟梦断，客衣寒悄。忆临歧、泪染湘罗，怕助风霜易老。　是尔翠黛慵描，正恹恹憔悴，向予低道：念此去、谁怜冷暖，关山路杳。才携手，教款语丁宁，眼底征云缭绕。悔不剪、春雨藤芜，牵惹愁怀多少！

　　一起笔先声夺人，告诉读者，主人公已在归途，而且路程已经过半，这当然是非常可喜的事。但是，距目的地越来越近了，他是什么心态呢？他觉得家乡是在天南，而且仍然是非常飘渺。作者是海宁人，以吴越之地加以代替，也未尝不可。所谓天南，与其说是地理距离，不如说是心理距离，关情则乱，于是，不免计算起自己在路途中的日子。计日或计程之事，往往见出心情的迫切和凝注，南朝乐府《懊侬歌》："江陵去扬州，三千三百里。已行一千三，所有二千在。"写男女相思。白居易《同李十一醉忆元九》："花时同醉破春愁，醉折花枝作酒筹。忽忆故人天际去，计程今日到梁州。"写朋友之谊。都是类似的手法。陆宏定是见新月而计日，白居易《八月十五日夜湓亭望月》："昔年八月十五夜，曲江池畔杏园边。今年八月十五夜，湓浦沙头水馆前。西北望乡何处是，东南见月几回圆。昨风一吹无人会，今夜清光似往年。"作者祖籍山西太原，出生于河南新郑，他写这首诗时，人在南方，因此，怀念家乡，是由南向北望，和这首词正好相反，但见月怀乡之情则同。只是和很多类似的作品一样，白居易是见圆月而思乡，暗含月圆人不圆之意，陆宏定则特别点出是新月，而新月是缺月，则说明词人是从月之缺联想到人之缺，实际上也是相同的思路。燎皎是明亮的意思，新月的光是不是燎皎，大约与观月的人的心境有关，所以，这里其实也是"以我观物，则物皆着我之色彩"（王国维《人间词话》）。正是因为在这个特定的时候比较敏感，因此他就觉得挂在天上的一钩缺月显得特别刺眼，因此也就显得特别明亮了，这一切就是"偏"字所带来的艺术效果。

既然已经谈到了"离人"，也就是男主人公，于是下面就写"离人"的情状。"急管宵残"四字，出自周邦彦《满庭芳》："憔悴江南倦客，不堪听，急管繁弦。歌筵畔，先安簟枕，容我醉时眠。"歌筵上通宵的急管繁弦渐已消歇，但愁思依然难解。"疏钟梦断"也是诗词中常用的意象，如释保暹《寄行肇上人》："旧隐湖西寺，青青千万峰。来书度深雪，归梦断疏钟。开口与时避，论心似我慵。流年共衰鬓，昨夜又闻蛩。"李清照《浣溪沙》："莫许杯深琥珀浓，未成沉醉意先融，疏钟已应晚来风。　　瑞脑香消魂梦断，辟寒金小髻鬟松。醒时空对烛花红。"陆氏用这样的写法，也是表达客愁的难耐，而愁怀难遣，五更梦醒，就倍感凄寒。所谓"客衣寒悄"，固然可能是凌晨醒来后对气候的实际感受，但也可能是一种带有历史传统性的写法，只是为了说明离家日久，衣服已经不敷使用，故感到天气的寒冷，实则不一定真的如此。

客路遄行，如此凄凉，正是由于当年的那场离别所导致的，因此，下面就将视角拉到了当年离别的场景："忆临歧、泪染湘罗，怕助风霜易老。"正如批评家们所共同体认的，"文似看山不喜平"，前面写自己，已经作了充分渲染，于是下面就回忆当年离别的时候，妻子泪洒衣襟，令他瞻念这即将踏上的客路，益增愁思。

既然上片歇拍已经讲到妻子，换头就从这一层继续发挥，其描写的内容，可能是对当年送别时的回忆，甚至可能是呼应上片的"梦断"，是在梦境中再现了当年"临歧"的场面。

首先写的是妻子的姿容和情态：由于伤心离别，她无心梳妆打扮，精神萎靡，形容憔悴。这可以和柳永《定风波》中的女主人公对读："自春来、惨绿愁红，芳心是事可可。日上花梢，莺穿柳带，犹压香衾卧。暖酥消，腻云亸，终日厌厌倦梳裹。"但是，作者其实自己也是带有同样的别情，却偏偏只是写妻子的不舍，这种从对面写的手法，与杜甫的《月夜》之类作品也深有渊源："今夜鄜州月，闺中只独看。遥怜小儿女，未解忆长安。香雾云鬟湿，清辉玉臂寒。何时倚虚幌，双照泪痕干。"杜甫悬想妻子在鄜州思念困居长安的自己，其实正是体现自己对家人的无比思念，这和陆宏定的心态也可以相通。

其次写的是妻子的话语。是低声，而不是高声，可见你侬我侬，极尽缠绵，而说的内容却又极其平常，无非是这一去山高水远，独自在外，谁来关心，谁来嘘寒问暖！以常语入词，完全不假雕饰，类似钟嵘《诗品》中所推崇的"直寻"，反而更有着动人的力量。在写相思离别的词中，让女主人公以语言展示形象，成功之作颇多。如牛希济《生查子》："春山烟欲收，天淡星稀小。残月脸边明，别泪临清晓。　语已多，情未了，回首犹重道：记得绿罗裙，处处怜芳草。"周邦彦《少年游》："并刀如水，吴盐胜雪，纤手破新橙。锦幄初温，兽烟不断，相对坐调笙。　低声问：向谁行宿，城上已三更。马滑霜浓，不如休去，直是少人行。"姜夔《长亭怨慢》："渐吹尽、枝头香絮。是处人家，绿深门户。远浦萦回，暮帆零乱向何许。阅人多矣，谁得似、长亭树。树若有情时，不会得、青青如此。　日暮。望高城不见，只见乱山无数。韦郎去也，怎忘得、玉环分付。第一是、早早归来，怕红萼、无人为主。算空有并刀，难剪离愁千缕。"各创情境，各有胜处。陆宏定这首词中的女主人公以常语出之，深情款款，也很有自己的特色。

但方在梦中与妻子携手丁宁，忽闻疏钟而梦断，眼前所见，但有浮云缭绕而已。以浮云（也就是陆词所写的"征云"）比喻离别漂泊是古代诗词中常用的手法，如李白《送友人》："浮云游子意，落日故人情。"韦应物《淮上喜会梁州故人》："浮云一别后，流水十年间。"但在陆宏定笔下，却是虚中有实，启人遐思。

写到这里，蓄势已足，因此主人公就直接说出自己内心的感受，却又是采取较为特别的方式。蘼芜一名江蓠，与"将离"谐音。在古典诗词中，这种香草往往象征着别离，最著名的作品就是古诗中的《上山采蘼芜》一篇，后来唐代鱼玄机《闺怨》中也写"蘼芜盈手泣斜晖"。这些，都是古人所熟知的掌故。词人说，后悔当时没有把蘼芜全部剪掉，如果剪掉了，就不会勾惹起这么多的离愁别恨，其实是对当时离别情由的一种隐晦交待。这情由不管是什么，现在思之，都比不上二人的感情，因此，不免深深地后悔。同时，这一句也承接着前面的计时和计程。前面说，"转眼秋冬，几回新月"，那么，是从什么时候"转眼"？"几回"又是什么概念？春天，经过春雨的滋润，蘼芜长得很茂盛，所以能够勾起联想，而这也正告诉我们，这一对夫妇的分别，是在春天，现在到了冬天，已经将要一年了。

这首词表达离情别恨，选择的时间点是"归程过半"，即快要到达家乡的时候，这是一个独特的角度。类似的表现方法，在《诗经》中已有尝试。如《小雅·采薇》："昔我往矣，杨柳依依。今我来思，雨雪霏霏。行道迟迟，载渴载饥。我心伤悲，莫知我哀。"诗中写一个戍卒在战争结束后，侥幸留得性命，踏上了回家的道路。可是，他却似乎全无喜色，打不起精神。"行道迟迟"，迟迟，迟缓的样子。都说归心似箭，不是应该快步疾行吗？当然，这里可能是由于"载渴载饥",走不快,但更可能的原因是"曰归曰归,心亦忧止"。自从征戍在外,家乡不知怎么样了,家人是存是亡也不知道。他有着不祥的预感,所以不禁放慢了脚步,不敢面对可能到来的不幸。这也就是唐代诗人宋之问在《渡汉江》一诗中所表达的"近乡情更怯,不敢问来人"的感情。而这样的感情,在北宋诗人陈师道著名的《示三子》中也被细致传达出来了:

> 去远即相忘,归近不可忍。
> 儿女已在眼,眉目略不省。
> 喜极不得语,泪尽方一哂。
> 了知不是梦,忽忽心未稳。

陈师道有三个儿子,一个女儿,由于家庭贫寒,无力照顾,因此,元丰七年(1084),在岳父郭概提点成都府路刑狱时,只能让妻子带着众儿女随之西行,而自己留下来侍奉老母。直到四年之后,陈师道由于苏轼、孙觉等人的推荐,担任了徐州州学教授,有了一定的能力,才将妻儿接到徐州。这首诗就是记录了妻儿将要抵达之际诗人微妙的心灵活动。一般来说,人们多特别称赞末二句,认为和杜甫《羌村》:"夜阑更秉烛,相对如梦寐。"以及晏几道《鹧鸪天》:"今宵剩把银釭照,犹恐相逢是梦中。"有异曲同工之妙。其实,首二句也非常精彩,而且,如果从诗歌发展的历史来看，似乎更能体现出一定的创造性。陈师道创作的重要特色之一，就是能用质朴的语言，写出感情的曲折和深微。起句"去远即相忘"，劈空而来，初读令人莫名所以，这是一个对妻子儿女有深厚感情的人吗？但是，这就是人之常情，由于已成事实，无法改变，想也无益，因此，不如相忘。这是以特定的方式表达深情，后来沈祖棻有《浣溪沙》："忍道江南易断肠，月天花海当愁乡。别来无泪湿流光。　　红烛楼心春压酒，碧梧庭角雨飘凉。不成相忆但相忘。"就是从这里发展而来的。前一句说离别之后，第二句写将要到达之前，正形成鲜明对比。走得远了，就似乎忘记，心情渐趋平静，但当就要见面时，却就激动难耐，心情不断骚动。这也是人们所共有的一种心态。

陆宏定的词，一开头，也正是"归近不可忍"的意思，只是陈师道是写妻儿归近，自己的不可忍，而陆宏定则是写自己归近的不可忍，虽然抒情主体有所不同，但思路却是差不多的。然而，陈师道写这种感情只用了一句，陆宏定定调之后，下面全是围绕此句展开，不管是家乡飘渺，还是岁序迁移；不管是残宵入梦，追忆临歧，还是疏钟梦断，自怨自艾，都是写即将到家，骚动不安，浮想联翩，无法按捺。因而，这首词也就成为描写特定当下心灵活动的一篇优秀作品。

倚声新境与词坛回响

——张惠言《水调歌头》五首的最初接受

张惠言作《词选》，倡意内言外、比兴寄托之说，在词学批评史上享有盛名，而其本人在词的创作方面也很有成就，尤其是《水调歌头》五首，晚清人评价甚高。如陈廷焯《白雨斋词话》卷四："皋文《水调歌头》五章，既沉郁，又疏快，最是高境。陈（维崧）、朱（彝尊）虽工词，究竟到此地步否？"谭献《箧中词》卷三："胸襟学问，酝酿喷薄而出；赋手文心，开倚声家未有之境。"前辈学者缪钺、叶嘉莹先生都有专文论述这五首词（缪先生的文章题为《论张惠言〈水调歌头〉五首及其相关诸问题》，载《四川大学学报》1989 年第 1 期；叶先生的文章题为《说张惠言的〈水调歌头〉五首——谈传统士人的修养与词的美学特质》，载《清词选讲》），而我自己也曾撰有《理论与创作的交互影响——以张惠言〈水调歌头〉五首为例》（载《清代词学的建构》）一文，对这五首词进行探讨。

批评家对张惠言这五首词的讨论，已经相对充分，但是，这五首词问世之后，词坛创作上的反响如何呢？近来阅读文献，偶有所得，乃笔之如次。

《词选》的后面，根据张惠言的意思，附录了七位常州籍词人，分别是黄景仁、钱季重、陆继辂、左辅、李兆洛、恽敬、丁履恒（郑善长还把张惠言、张琦、郑氏本人以及张惠言在歙县教的两个学生金应城和金式玉的词也附录在《词选》之后）。在词史上，一般认为他们就可以展示出常州词派的最初阵容。如陆继辂在《冶秋馆词序》中说："同时又有皋文之弟宛邻及左杏庄……李申耆、丁若士履恒、家劭文，相与引伸张氏之说，于是尽发温庭筠、韦庄、王沂孙、张炎之覆，金、元以来俚词、淫词，叫嚣荡佚之习，一洗空之。吾乡之词始彬彬盛矣。"（《崇百药斋续集》卷三）汤成烈也说："迦陵、竹垞工于赋物，竞夸宏富，绝少真性。世皆宗之，而歧径迷途，不能骤返矣。吾乡皋文、翰风两先生深究斯弊，起振其衰。同时左、钱、李、陆诸先生咀徵含商，唱酬风雅，可以谐金石而协管弦，此其盛也。"（汤成烈《鸥汀词草序》）

张惠言提出了七个常州词人，说明他的流派意识建基于本地，这些同乡多是他的词学理论的理解者和认同者，或可以前后互相呼应者。而从创作的角度看，对《水调歌头》五首较早的有意识的学习者，似乎也是从常州一地开始的。

李兆洛比张惠言小八岁，是张惠言的友人，张惠言将其词附录于《词选》之后，而他自己也声称作词受到《词选》影响（李兆洛《橘亭词稿序》）。他的这种取向影响了自己的家人。李岳生，字子乔，别字芷桥，李兆洛从孙。生于嘉庆十八年（1813）。咸丰十年（1860）太平军攻常州，率乡兵抗拒，兵败被杀。李兆洛卒于道光二十一年（1841），他对思想观念形成期的李岳生应该有所影响。

李岳生著有《小元池仙馆词》《味薏居词》《越雪盦词》各一卷。他所创作的《水调歌头·用茗柯词韵》如下：

其一

香梦一何绮，梦里见昙花。明明大好春在，风絮乱横斜。甚处神仙楼阁，至竟连番烟雨，薄暝不成霞。门外草萋萋，一例算天涯。　　蓬莱险，银河远，盼仙槎。玉箫吹彻云表，认取素娥家。还怕兰魂易化，便有镜中青鬓，未忍算年华。宝鼎馥心篆，莫放绣帘遮。

其二

渺渺结幽愫，南国美人多。神光竟至离合，天远不闻歌。见说芳洲蘅杜，原有目成仙侣，褰涉待如何。瑶轸为谁歌，铅泪乱湘波。　　腰间剑，怀中璞，且摩挲。可怜绛蜡烧尽，辜负玉颜酡。除是天孙回首，缲我情丝千丈，都与织龙梭。惆怅抱明月，京洛日经过。

其三

瀛海忽飘堕，春色极天来。蕙心纨质无限，竞斗九雏钗。一换一番花事，偏把花魂误了，去去不重回。宝镜朗于玉，持照独徘徊。　珠帘卷，文窗拓，花屏开。无端尘劫颠倒，鹏鹦那同怀。留取自家眉妩，好道丝繁絮乱，胡蝶未曾猜。招手昔时路，行迹检苍苔。

其四

芙蓉戴霜死，采采意何如。尚余阶畔红豆，依约鲤中书。极目满空金碧，一片春痕秋影，都只在平芜。瑶想托灵慕，岁晚冀华余。　明珠赠，璀珸报，镇相须。海尘会有飞日，精卫竟非愚。解识同心双印，争遣明妃青冢，流恨到穹庐。韶景易衰歇，鸧鸠日相呼。

其五

翠袖一时去，修竹更生寒。流泉誓作寒井，不忍出山前。艳魄团圞如此，柾煞飘风怨雨，担负好春妍。珊佩振林樾，华鬘故依然。　　春何在，花成梦，梦成烟。可能手挽娲石，特与铸华年。一寸鹍弦弹绝，没个金蟾香度，春茧不教怜。愿借凤凰翼，与子谢人间。

　　这五首真是刻意学习张惠言，以香草美人之意入词，惜春、伤春、感春，表达了非常丰富复杂的情愫。第一首写对美好境界的追求，期待趁着大好青春年华，做出一番事业，但也深知并不容易，就像美丽春色，也难免连绵风雨。第二首从屈原《离骚》、曹植《洛神赋》诸作写起，注入"求女"之意，正如朱熹对《离骚》的解读："女，神女，盖以比贤君也。于此又无所遇，故下章欲游春宫，求宓妃，见佚女，留二姚，皆求贤君之意也。"（《楚辞集注》）何焯对《洛神赋》的解读："植既不得于君，因济洛川作为此赋，托辞宓妃以寄心文帝，其亦屈子之志也。"（《义门读书记·文选》卷一）但君门九重，多有阻隔，即使满腹才华、一身本事，也不一定能够得施，居于京华，倍感时光消逝，充满无奈。第三首先写在无限的春光中，蕙心纨质，正逢大好时光，但是花事匆匆，变换无端，世态无常，多有不如人意者，清夜徘徊，不免感慨。但是，即使世道混乱，是非颠倒，仍然坚持初心，保有内美，不会随波逐流，混迹世俗，就像屈原所说："回朕车以复路兮，及行迷之未远。""进不入以离尤兮，退将复修吾初服。"第四首接着前面的意思，"涉江采芙蓉，兰泽多芳草。采之欲遗谁，所思在远道。"（《古诗》）芙蓉经霜，虽然凋零，仍要执着采摘，不忘心中的追求。为了这种追求，甘愿做填海的精卫鸟，力量虽微，而且屡受挫折，抱负也不会改变。但要做到这些，仍然需要有人赏识才行，因此，就转入对知音难求的描写。而想到知音，又不免心情低落，即如昭君，如此美貌，却不免流落匈奴的命运，因此倍感春光易逝，虽然想做出一番事业，时光却不会等待。第五首仍然是从品行修洁上来写，一开始全从杜甫《佳人》的"在山泉水清，出山泉水浊。天寒翠袖薄，日暮倚修竹"出，任凭风吹雨打，团圞明月，美丽花朵，仍然装扮美丽的春天。可是，春天总会消逝，那个时候，花也成梦，梦也成烟，女娲炼石补天的豪情壮志，还能不能存在？而且，知音是那样难求，弹尽鹍弦，也没有人懂得；李商隐《无题》有"金蟾啮锁烧香入"句，而此处竟连香亦不得入，可见隔绝与孤独，因此，所谓"春蚕到死丝方尽"，让人情何以堪！在这种情况下，只好离开这无望的人间，到仙山琼阁去了吧。这五首词，有理想，有抱负，有犹豫，有执着，有追求，有动摇……种种复杂的心境，都借春感写出。缪钺先生评张惠言的《水调歌头》五首："这五首《水调歌头》词之所以杰出，就在于他不仅是表达其赏春惜春之情，而是通过这些透露出其百感交集的复杂而深沉的情思，遂增加了词的深度和广度。词中有慷慨悲歌的激昂之情，也有萧闲澹泊的夷旷之趣；有悔不十年读书以著述自见的努力之志，又有因为想到千古斯须而轻视名山事业之心。作者的心情是矛盾而复杂的。"（缪钺《论张惠言〈水调歌头〉五首及其相关诸问题》）李岳生写得当然没有张惠言那么出色，但是，其中的思路却有迹可循，能够看到他对这位前辈刻意的学习和模仿。

另一个作者就和张惠言的关系更近了，这就是张曜孙。张曜孙字仲远，号升甫，晚号复生，武进人。生于嘉庆十二年(1807)。道光二十三年(1843)应江南乡试中举。历任武昌、汉阳知县、湖北候补道等，卒于同治二年(1863)。张曜孙是张琦的儿子，也就是张惠言的侄子，他对其伯父的主张和创作当然非常熟悉，他的《水调歌头》（秋日感怀，质用明，寄叔献、兴言，即题季旭把酒问天图照）也是五首，如下：

其一

西风送秋暝，酿出一庭寒。天涯几许愁绪，屈指计华年。回首江南旧梦，和着燕台残月，一瞥付流烟。寂寞闲庭晚，搔首曲阑前。　　蓬莱路，沧海事，两茫然。三山缥缈无际，容易久流连。便有东皇招手，又恐黄芽未熟，无计礼瀛仙。且尽樽前乐，检点旧芸签。

其二

白日一何速，长啸问青天。青青双鬓如故，何事更堪怜。愁煞堂前明镜，几度西风吹送，霜影上华颠。秋色正明媚，蔼蔼夕阳寒。　　江枫冷，篱菊静，雁声残。蕉心一寸深卷，绿意向谁边。赢得眉痕才展，早又螺痕暗蹙，清夜苦难眠。百岁等闲事，莫恃驻颜丹。

其三

长松几千尺，零落异鲜花。春来廿番芳信，清影只横斜。试问天涯芳草，几遍青骢玉勒，寂寞偃平沙。空外浮云度，来往正无涯。　　清宵短，银烛暗，漫咨嗟。箧中真诀无恙，何处觅丹砂。尘外有人独立，只恐风烟浩渺，沉醉误韶华。欹枕看星斗，起舞听鸣笳。

其四

秋声正萧瑟，长剑忽悲鸣。茫茫尘海如梦，百感静中生。一夜芦花如雪，千里枫林红透，鸿雁独关情。欲结灵均佩，萧艾正纵横。　　昨宵风，今日雨，几时晴。阴晴一例无主，天意苦难明。笑指云间列宿，印我怀中明月，流影过中庭。莫向楼台望，烟树隔江城。

其五

　　歌罢忽长叹，天色正苍茫。廿年多少离合，为问旧夕阳。梦向女嫘砧畔，愁入鹈鸰原上，秋色遍山长。三五团圞夜，幽恨不能偿。　　长亭路，桃叶渡，镇难忘。陌头赠遍行客，几树剩垂杨。欲挽西来流水，细诉秋来离思，为我送归航。极目平芜外，黯黯独神伤。

　　这组词的题目中提到了四个人。用明，杨金监字用明，江苏阳湖人，张琦弟子。叔献，孙颉字叔献，是张曜孙三姐张纶英（字婉紃）的夫婿。兴言，包诚字兴言，安徽泾县包村人，包世臣长子，张惠言的学生。季旭，王曦字季旭，江苏太仓人，张曜孙四姐张纨英（字若绮）的夫婿。可以说，这几个都是张门中人，对于张曜孙如此创作，必然是有会于心。

　　这五首词模仿张惠言的痕迹很重，首先从字面上就能看得很清楚。如第三首中的"试问天涯芳草，几遍青骢玉勒，寂寞偃平沙"，以及"清宵短，银烛暗，漫咨嗟"，与张惠言第四首中的"为问东风吹老，几度枫江兰径，千里转平芜"，以及"千古意，君知否？只斯须"，思路和意蕴都很相似。第四首中"一夜芦花如雪，千里枫林红透，鸿雁独关情"和"昨宵风，今日雨，几时晴"，与张惠言第五首中的"要使花颜四面，和着草心千朵，向我十分妍"，以及"晓来风，夜来雨，晚来烟"，也是差不多的写法。

这都没关系，作为晚辈，出发点就是学习，也说明他看到了张惠言这五首词的独特性。但他也不是跟着伯父亦步亦趋，首先，他并没有次韵；其次，和张惠言不同，他主要是写秋感，其中贯穿着不同季节。

第一首写秋天到来，想起年华老去，江南塞北，多少旧事，都似过眼云烟，蓬莱沧海，亦归茫然，不如寄兴樽前，读书为乐。第二首从前面"屈指计华年"来，进一步细写光阴迅捷，年华易逝，即使是百年光景，也是转瞬即逝，思之感慨无穷。第三首突转，又写春天，其中出现千尺挺立之高松，尘外独立之高人，虽然有寂寞，有孤独，但春色无边，正应珍惜时光，砥砺壮志。第四首又回到秋，写秋风萧瑟，天气阴晴不定，虽然壮心不已，无奈小人阻道。"灵均佩""萧艾"，出自屈原《离骚》："佩缤纷其繁饰兮，芳菲菲其弥章。民生各有所乐兮，余独好修以为常。""兰芷变而不芳兮，荃蕙化而为茅。何昔日之芳草兮，今直为此萧艾也？"比兴寄托之意甚明。即使如此，心地一片光明澄澈，对自己仍然充满信心。第五首回顾平生，总结以上各种情绪，为之感叹，并表达亲情的可贵。屈原《离骚》："女媭之婵媛兮，申申其詈予。"一般认为女媭是屈原的姐姐，这里是对他充满担忧的规劝。《诗经·小雅·棠棣》："脊令在原，兄弟急难。每有良朋，况也永叹。"则是对兄弟之情的歌颂。这里呼应了词题，题中所提到的都是作者的兄弟辈，但极目平芜，黯黯神伤，当然又不仅是一般的离别，在社会上缺少知音，只能在亲情中求得慰藉，仍然和上面表达的情绪互相呼应。

从张曜孙的创作来看，带入季节，以此表达种种复杂的情怀，确实也是对张惠言的一种学习。当然，其中有着较为激愤的情绪，体现了他一定的个性特色，也是和词题密切相关，毕竟这是"题季旭把酒问天图照"，本来就和屈原《天问》有点渊源，他将笔墨在这方面有所集中，自然有不一样的趋向。

张曜孙跋汤成烈《清淮词》中说："常州词人自先世父、先子《词选》出，而词格为之一变，故嘉庆以后词家与雍、乾间判若两途也。"这是对清词创作发展到嘉庆之后所作的判断，是一个值得重视的见解。张曜孙的这组词收录在其稿本中，而其稿本是编年的，因知作于道光九年（1829），当时张曜孙22岁，而张惠言已经离世27年，说明他可能是成年后才对自己伯父的创作进行了比较细致的揣摩。

张惠言《词选》问世之后，对清词创作产生了什么样的影响，以及什么时候才产生影响等，一直是词史研究的饶有兴味的话题；而张惠言本人的创作和其理论之间的关系，以及他的创作影响力如何，也是人们很有兴趣加以探讨的。本文从两位刻意学习张惠言《水调歌头》五首的词人出发，对这个问题稍事讨论，希望能够提供一个认识的角度。

忧生与追寻

　　王国维的《人间词话》是中国词学从古典发展到现代的重要标志之一，其所提出的"境界说"等理论，在中国文学批评史上也有着重要的地位，被美学家朱光潜誉为他当时读到的著作中的"最精到"之作（《诗的隐与显——关于王静安的〈人间词话〉的几点意见》）。

　　《人间词话》中评论了不少词作，如果加以统计，可能晏殊的《蝶恋花》是提到频率较高的，共有三次。其中最为人所熟知的是讨论人生"成大事业、大学问者"的三重境界，以其中的"昨夜西风凋碧树，独上高楼，望尽天涯路"作为第一重境界，意在说明，欲达成功，先要立志，登高望远，找到自己的目标和方向。有趣的是，在另外两处，同样是引这几句，所表达的又是另外的意思了。

　　王国维在《人间词话》中赞赏诗歌体现"忧生"意蕴："'我瞻四方，蹙蹙靡所骋'，诗人之忧生也。'昨夜西风凋碧树，独上高楼，望尽天涯路'似之。""我瞻"二句，出自《诗经·小雅·节南山》。《节南山》是一首怨刺之诗，其宗旨，或曰"家父刺幽王"，如《毛诗》小序所说；或曰刺"卿大夫缓于谊而急于利"，如《齐诗》所说（见王先谦《诗三家义集疏》）。其中的不少分歧，这里不必涉及。全诗感情充沛，开宗明义，即作质问："赫赫师尹，民具尔瞻。忧心如惔，不敢戏谈。国既卒斩，何用不监！"郑笺："此言尹氏，女居三公之位，天下之民俱视女之所为，皆忧心如火灼烂之矣。又畏女之威，不敢相戏而言语。疾其贪暴，胁下以刑辟也。""天下之诸侯日相侵伐，其国已尽绝灭，女何用为职不监察之。"对统治者进行了这样的批判之后，就感到国运如此衰颓，前程一片迷茫。《诗经》中的另一篇《魏风·硕鼠》有追求"乐土"之说："逝将去汝，适彼乐土。乐土乐土，爰得我所。"可是，对于诗人来说，可能觉得是天下乌鸦一般黑吧，放眼四方，竟然不知道哪里才能找到理想的去处，于是感叹"我瞻四方，蹙蹙靡所骋"。

对于《节南山》中表达的这种情绪，王国维评之为"忧生"。所谓"忧生"，指对生命感到忧虑，这个生命，又不一定是个体的，因此，"忧生"又经常和"念乱"合用，展现出一种群体的忧患意识。这原是儒家思想中很重要的一个组成部分，《礼记·儒行》："虽危，起居竟信其志，犹将不忘百姓之病也，其忧思有如此者。"《孟子·告子》下："生于忧患，而死于安乐。"司马迁在《史记》中将屈原和贾谊合传，屈原《惜往日》："宁溘死而流亡兮，恐祸殃之有再！"生于"文景之治"时期的贾谊，在给汉文帝的一封疏奏中，则这样表达自己的忧生之嗟："臣窃惟事势，可为痛哭者一，可为流涕者二，可为长太息者六，若其它背理而伤道者，难遍以疏举。进言者皆曰天下已安已治矣，臣独以为未也。"（班固《汉书》卷四十八《贾谊传》）

在《节南山》中，这种忧生之嗟是通过四方瞻望而获得的，这就使得忧患的目光和空间感合为一体，在后世诗歌中也能看到其传承，如杜甫《诸将五首》之三，是杜甫对全国"次第为自东而南而西为一寰区之周览"（罗庸《读杜举隅》）。这就为王国维解读晏殊的《蝶恋花》打下了基础。晏词是这样写的：

槛菊愁烟兰泣露。罗幕轻寒，燕子双飞去。明月不谙离恨苦。斜光到晓穿朱户。　　昨夜西风凋碧树。独上高楼，望尽天涯路。欲寄彩笺兼尺素。山长水阔知何处。

菊愁兰泣，燕子双飞，明月穿户，皆带主观色彩，渲染主人公相思怀人的心态。既然是"斜光到晓"，则显然一夜未睡。天明登楼，一片肃杀，绿叶凋落，暗点通宵未睡之人，除了所见（"斜光到晓穿朱户"），还有所闻（"西风”）。这个"望尽天涯路"，望到了什么？思念的人不知在何处，所以"望尽"，而目光所及，想象所及，又是"凋碧树"，到处是秋天的萧瑟。这里，固然有对所思的牵挂，有由于无法传递书信而感到的忧伤，有对于时光流逝而感到的无奈，有内心无法寄托的幽怨，但是，漫漫天涯，无处不是万木凋零，这荒寒的景色，也引起他内心的忧虑。因此，在这一点上，王国维将其和《节南山》联系到了一起，从而将其境界进一步深化。

上述是和《小雅》进行比较，另一个地方则是和《国风》进行比较："《诗·蒹葭》一篇，最得风人深致。晏同叔之'昨夜西风凋碧树，独上高楼，望尽天涯路'意颇近之，但一洒落，一悲壮尔。"

《蒹葭》出自《国风》中的《秦风》，共三章，循环歌之。且看第一章："蒹葭苍苍，白露为霜。所谓伊人，在水一方。溯洄从之，道阻且长。溯游从之，宛在水中央。"秦地尚武，民风剽悍，但这首诗风格缠绵，和《秦风》中的其他作品颇有差别，所以清人方玉润《诗经原始》卷七评价说："此诗在《秦风》中，气味绝不相类。以好战乐斗之邦，忽遇高超远举之作，可谓鹤立鸡群，翛然自异者矣。"这或许是个性及题材的问题，而和风土无关。至于其主旨，正如宋代朱熹《诗集传》所云："言秋水方盛之时，所谓彼人者，乃在水之一方，上下求之皆不可得。"一言以蔽之，就是一个"求"字，而且是"上下求之"。

什么叫"风人深致"？所谓风人，即采风之人。《汉书·艺文志》："古有采诗之官，王者所以观风俗，知得失，自考正也。"张表臣《珊瑚钩诗话》："古有采诗官，命曰风人，以见风俗喜怒、好恶。"也指诗人，特别是《诗经》中这些作品的作者。所谓"深致"，就是深远的情致。这个说法不那么具体，但从创作手法来说，《诗经》中最重要的就是三种，即赋、比、兴，尤以比、兴最有特色，影响后人也最著。

《诗经》中的《蒹葭》一篇，写主人公对"伊人"的企慕和追求。以首章而言，白露为霜的季节，所追求的"伊人"，不知具体所在，只知在河的另外一方。不管是逆流而上，还是顺流而下，都不见伊人踪影，即使克服了道途的险阻漫长，似乎可及，却又"宛在水中央"，仿佛捉起了迷藏。这种隐约在望，亦虚亦实，可见而不可即，可以是追求意中人时的心态，而扩大开来理解，当然也可以有非常大的阐释空间，传统的注家或说刺昏君，或说求贤士，不一而足。今人陈子展《诗三百解题》总结说："《蒹葭》一诗，无疑地是诗人想见一个人而竟不得见之作。这一个人是谁呢？他是知周礼的故都遗老呢，还是思宗周、念故主的西周旧臣呢？是秦国的贤人隐士呢，还是诗人的一个朋友呢？或者诗人自己是贤人隐士一流、作诗明志呢？抑或是我们把它简单化、庸俗化，硬指是爱情诗，说

成诗人思念自己的爱人呢？解说纷歧，难以判定。"这个
"伊人"，本来性别不详，但后世往往视作女性，因此也就
带有"求女"的意味。像曹植著名的《洛神赋》中，亦真
亦幻，亦虚亦实，就有几分《蒹葭》的影子。在交通不发
达，工具不完善的古代，渡河是一件很不容易的事，是对
人类活动的一个重要的阻隔，所以，以隔水相望表达企慕
和追求，就是很常见的现象。王国维不怎么喜欢吴文英的
词，不过也没有全都否定。在《人间词话》中，他说："介
存谓梦窗词之佳者，如'水光云影，摇荡绿波，抚玩无极，
追寻已远'。余览《梦窗甲乙丙丁稿》中，实无足当此者。
有之，其'隔江人在雨声中，晚风菰叶生秋怨'二语乎？"
王国维欣赏的这两句出自吴文英《踏莎行》："润玉笼绡，
檀樱倚扇。绣圈犹带脂香浅。榴心空叠舞裙红，艾枝应压
愁鬟乱。　　午梦千山，窗阴一箭。香瘢新褪红丝腕。隔
江人在雨声中，晚风菰叶生愁怨。"王国维为什么欣赏这
两句？在我看来，也和写了阻隔中的追求，或追求中的阻
隔有关。

　　回过头来看晏殊这几句，能否获得同样的感受呢？如
果从比兴寄托的角度看，"昨夜西风凋碧树"可以指环境
之严酷，立身之艰难；"独上高楼"，可以指寂寞孤独，世
无知音；"望尽天涯路"，则追求的目标在远方，也有可望
而不可即之意，正可以和《蒹葭》的意蕴相比观。只是一
个恍在眼前，一个远在天边，但就心理距离看，却也可能

没有很大的区别。

王国维在《人间词话》中提到晏殊的这几句词，或从人生境界立说，或从忧生之心立论，或从理想追求寄意，不仅跳出了其原来的意蕴，而且在引申义上，又作了不同的发挥，真是以主观感发解诗的一个好例子。叶嘉莹先生在《对传统词学与王国维词论在西方理论之观照下的反思》一文中赞赏这是"王氏之以联想说词时的自由和不受拘限"，并根据自己对词体文学创作的分类来思考其"境界说"，认为"王国维的境界说则特别适用于第一类歌辞之词之富于感发作用的作品"，这是非常准确的判断。

另外，还要提到一个现象。王国维曾经对张惠言的解词方法不以为然。他说："固哉，皋文之为词也！飞卿《菩萨蛮》、永叔《蝶恋花》、子瞻《卜算子》，皆兴到之作，有何命意？皆被皋文深文罗织。"（《人间词话》）在《词选》中，张惠言评温庭筠《菩萨蛮》和欧阳修《蝶恋花》有《离骚》之意，而评苏轼《卜算子》，则引宋代鮦阳居士语："'缺月'，刺明微也。'漏断'，暗时也。'幽人'，不得志也。'独往来'，无助也。'惊起'，贤人不安也。'回头'，爱君不忘也。'无人省'，君不察也。'拣尽寒枝不肯栖'，不偷安于高位也。'寂寞沙洲冷'，非所安也。此词与《考槃》诗极相似。"《考槃》是《诗经·卫风》的一首，历代注家一般认为是赞美隐士的。这样看来，王国维以《诗经》的《小雅》和《秦风》解读晏殊的《蝶恋花》，和张惠言引铜阳居士语解读苏轼《卜算子》，基本取向是差不多的，尽管具体的表现方式有些不同。在清代，为了提升一种特定文学创作的地位，往往引进风雅的观念，加以比附，最突出的表现就是为了赋予女性写诗的正当性，众多的批评家多从《诗经》中去寻找根据。还有为了提升词体，人们也类多如此。王国维的词学理论往往截断众流，有着独特的个性，但在这个问题上，他也或多或少地浸染了清代词学风气，只是他的论述，有着统一的理论色彩，也就具有自身的圆足，能够创造更为开阔的思考空间。

别致的寄托

——说沈祖棻《浣溪沙》（闻道仙郎夜渡河）

一九四二年农历三月，沈祖棻创作了一组《浣溪沙》，共十首。其小序有云："每爱昔人游仙之诗，旨隐辞微，若显若晦。因效其体制，次近时闻见为今词十章。"其中的第九首是这样写的：

闻道仙郎夜渡河，星城隔岁一相过。机边亲赠水精梭。纵使青天甘寂寞，应怜银汉近风波。云盟月誓莫蹉跎。

通过作者的小序，我们至少可以看出这组词有这样两层意思，一是辞旨隐微，二是涉及时事。从词体文学发展的传统来看，这两个关键词，就是提醒我们要从比兴寄托的角度，对作品加以理解。

涉及比兴寄托，最难落实的是词的本事，好在对此最为熟悉的程千帆先生，亲自作了笺注，云："此第九首，望印度参加同盟军，同抗日帝也。一九四一年十二月，中英军事同盟成立，中国军队开入缅甸，协助英军作战。而与缅甸为邻之印度犹徘徊于两大阵营之间，故蒋介石于一九四二年二月飞加尔各答会晤印度人民领袖甘地，劝其抗日。仙郎喻蒋，星娥喻甘地，此用牛郎织女故事。隔岁相过，谓磋商经年始克相晤。赠梭，喻献策。下阕谓印度虽欲置身事外，而战争范围日益扩大，终恐波及，不如早日参加盟军之为愈也。"

蒋介石访问印度，是近代以来中国领导人首次以元首身份出国访问，也是中国历史上首次有最高领导人访问印度，这是中国对外关系上的一件大事。而第二次世界大战爆发以来，作为中国战区的最高统帅，蒋介石访问作为同盟国英国的殖民地印度，也具有战略上的意义。所以，当时词人对此密切关注，有所思考。

沈祖棻为学推崇清代常州词派，在创作上也心摹手追，身体力行。程千帆先生曾这样评价她一九四五年以后的词："大抵作者东归后所为美人香草之词，皆寄托其对国族人民命运之关注。尝谓张皋文求之于温飞卿者，温或未然，我则庶几。"（沈祖棻《鹧鸪天》之"极目江南日已斜"笺）常州词派的开创者张惠言非常推崇温庭筠的词，他以"感士不遇"的比兴寄托之意来解释温词，在词学史上有着重大影响，但后世也有人不以为然，认为牵强。如王国维说："固哉，皋文之为词也！飞卿《菩萨蛮》、永叔

《蝶恋花》、子瞻《卜算子》，皆兴到之作，有何命意？皆被皋文深文罗织。"（《人间词话》）蔡嵩云也说："飞卿《菩萨蛮》，本无甚深意，张皋文以为感士不遇，为后人所讥。"（《柯亭词论》）沈祖棻一定程度上同意王国维等人的看法，所以说是"温或未然"，但她又服膺常州词派的思路，所以进一步说"我则庶几"。也就是说，她是有意识地按照常州词学的要求去从事创作的。

从这个角度看，就能够理解程先生的笺注了。苏轼的名篇《卜算子·黄州定慧院寓居作》："缺月挂疏桐，漏断人初静。谁见幽人独往来？缥缈孤鸿影。　惊起却回头，有恨无人省。拣尽寒枝不肯栖，寂寞沙洲冷。"宋人鮦阳居士评云："'缺月'，刺明微也。'漏断'，暗时也。'幽人'，不得志也。'独往来'，无助也。'惊起'，贤人不安也。'回头'，爱君不忘也。'无人省'，君不察也。'拣尽寒枝不肯栖'，不偷安于高位也。'寂寞沙洲冷'，非所安也。"（黄昇《唐宋诸贤绝妙词选》卷二）这段句句比附的话，被张惠言原原本本录入《词选》中，成为常州词派说词的重要范本。后来端木埰评王沂孙的《齐天乐·蝉》，也说："详味词意，殆亦碧山《黍离》之悲也。首句'宫魂'字点清命意。'乍咽''还移'，慨播迁也。'西窗'三句，伤敌骑暂退，宴安如故也。'镜暗妆残'，残破满眼，'为谁'句，指当日修容饰貌，侧媚依然，衰世臣主，全无心肝，真千古一辙也。'铜仙'三句，伤宗器重宝，均被迁夺北去也。'病翼'三句，更是痛哭流涕，大声疾呼，言海徼栖流，断不能久也。'余音'三句，哀怨难论也。'漫想熏风，柳丝千万'，责诸人当此，尚安危利灾，视若全盛也。"（端木埰批注《词选》）这实际上可以看作常州词派的重要家法，铜阳居士和端木埰的解读可能有比附的成分，但沈祖棻按照这个思路去创作，却完全是脉络清晰的。

讨论这首词，还有两点值得提出来。

一是如汪东先生所评："比兴中乃有议论。"一般来说，比兴隐微，议论直白，二者的结合不是太容易。这首词中的"纵使青天甘寂寞，应怜银汉近风波"二句，承接前面牛郎织女句意，却又发出议论，提出无法置身事外的见解，就使得作品的意蕴更加丰富，更加深刻。

二是对于牛郎织女这一传统意象的使用。在中国古代诗词中，牛郎织女是经常出现的意象，或云有情人之受到阻隔，如古诗《迢迢牵牛星》；或做翻案语，提倡应以感情之品质为重，如秦观《鹊桥仙》（纤云弄巧）。但用以比喻两个政治人物，却还少见。沈祖棻的这首词，为牛郎织女的形象系列，增添了新的内容。

下辑　衡文

文学批评要重视对作品本身的理论发掘

我们都很熟悉这句话：理论是灰色的，生活之树长青。意思是说，文学创作的源泉应该来自生活，而不应该受理论的制约。那么，理论创造的源泉又该来自哪里呢？

中国的文学创作，进入新时期以来，发生了巨大的变化。以小说而言，无论是观念的更新、内涵的丰富，还是题材的扩大、手法的多样等许多方面，都取得了前所未有的成就。小说批评也是如此。在这一领域中，最突出的表现或许是人们已不再单纯采用社会批评方法，而拓展了更加多元的视点和角度，调动了更加多样的手段和方法。

然而，仔细考察新时期以来小说创作和小说批评的发展，我们感到，它们是不平衡的，即小说批评的自身建设尚有缺陷，未能完全承载起它在这个变化巨大的文学时代里所应该承载的使命。它的最根本的缺点，也许就在于解释多于发掘。在这方面，一个显而易见的事实是，随着中外文学交流的不断扩大，批评家们向中国文坛移植了不少西方理论。前些年，理论界关于"三论"的大讨论至今让人记忆犹新，直到现在，许多运用西方诸如阐释学、现代主义、后现代主义、女性批评、意象派等理论来解读中国当代文学的文字，仍让人目不暇接。这些，无疑都体现了批评界由于视野日益扩大而显示出的生机，值得鼓励。但是，文学批评如果只按照这条路子发展下去，也使人不无疑虑。一方面，以中国当代的特定历史为背景的小说是否能成为对西方理论的验证？另一方面，也是更重要的，这种以移植的理论对中国当代小说所作的解释性的说明，对小说的进一步发展所起的作用究竟有多大呢？

在我们看来，理论的建立，其根本途径，不在于移植，而在于发掘，即首先对作品进行直接体验，然后调动各种积累，进行理论上的分析、判断和升华。这样的理论，既能够概括创作中的基本问题，同时，也能够在此基础上反过来指导创作。在这方面，中国古代小说理论的发展为我们提供了有益的启示。

众所周知，《三国志通俗演义》是元末明初出现的一部杰出的历史小说。它问世后，引起了社会各阶层的广泛兴趣，于是，从明代中叶开始，文坛上兴起了一个演义体的历史小说的创作热潮。这种状况，不可能不受到敏感的批评家的注意。明代弘治年间蒋大器的《三国志通俗演义序》以及晚些时候张尚德的《三国志通俗演义引》是中国较早的关于演义体历史小说的论述。文章中，作者总结了《三国志通俗演义》的不少创作特点，其中最为重要的，也许是在概括小说成就的基础上，提出了具有普遍意义的认识。比如对演义体小说与历史著作的关系问题（这是一个至今仍引起激烈争论的问题），批评家们就有所论述。一方面，他们强调演义应该尊重历史，使其"庶几乎史"；另一方面，他们又认为演义毕竟是小说，因而不能事事拘泥于史，完全可以"留心损益"，加以合理地虚构。我们现在来考察《三国志通俗演义》后文坛上出现的大量演义体历史小说，其整体状况，正如文学史所昭示的，那些成功的作品，往往都能够恰当地处理历史真实与艺术真实的关系，亦即在尊重历史的前提下进行合理地虚构。这一方面固然与《三国志通俗演义》的示范作用有密切关系，另一方面，也不能否认小说批评对创作的导向作用。

蒋大器、张尚德这样的批评家虽然更多的还是发表直感，他们还缺少现代意义的系统性和整体性，但其所提出的观点却是从作品实际出发的结果，因而自觉不自觉地体现出理论创立的科学性。中国古代有成就的诗、词、戏曲等文学艺术的批评家也同样如此。

从小说批评出发，我们再考察一下中国当代文学中其他各种文学理论，发现情形都差不多。一般说来，在文学观念发生巨大变化时，文学批评往往会与创作同步，表现出活跃的特性，并对创作进行导向。但是，如果一方面是异彩纷呈的局面，一方面是缺少生命力的结果，那就不能不对批评家的思想方法有所怀疑。在这个意义上，我们觉得中国古代的一些批评家的批评方法很值得借鉴。事实上，不仅是古代，即使是当代西方的文学理论也无不是通过对作品进行具体研究而创造出来的。

（与程千帆先生合撰）

两军交战中的主将单挑

少年心性，喜读战争之事，像《三国演义》《水浒传》《说岳全传》等，都是中学时就读得很熟的，什么过五关斩六将、三打祝家庄等场面，也往往印象深刻，甚至倒背如流。但是，我始终有一点好奇，也可以说是疑惑，就是两军交战时，许多战争小说的写法几乎都是一样的，即主将先出马，大战多少回合，其中一方不支，或被诛杀，或被擒获，或逃回本阵。这时候，胜利的一方就令旗一挥，大军掩杀过去，对方往往丢盔卸甲，狼狈逃窜，胜负就此分了出来。

我的疑惑是，如果都是这样打仗的话，那么只要主将或其麾下的大将们武功高强就可以了，士兵们的作用在哪里呢？

翻阅史书，这也不是毫无根据。以项羽而言，此人"长八尺余，力能扛鼎"，身材魁梧，膂力过人，他的功夫怎么样呢？

《史记·项羽本纪》中描写了好几次战争，攻襄城时，"襄城坚守不下。已拔，皆坑之"。文笔很简练，不知其详细。与秦国的巨鹿之战，"诸将皆从壁上观。楚战士无不一以当十。楚兵呼声动天，诸侯军无不人人惴恐"。给人的感觉，倒像是杀成一团，没有看到主将在里面的作用。后来，楚汉相持，久久未决，项羽想到一个办法，想和刘邦单挑，他说："天下匈匈数岁者，徒以吾两人耳，愿与汉王挑战决雌雄，毋徒苦天下之民父子为也。"但刘邦不肯，他说："吾宁斗智，不能斗力。"但是，就在这一次，史书的记载让我们看到了将领之间的挑战："项王令壮士出挑战。汉有善骑射者楼烦，楚挑战三合，楼烦辄射杀之。项王大怒，乃自被甲持戟挑战。楼烦欲射之，项王瞋目叱之，楼烦目不敢视，手不敢发，遂走还入壁，不敢复出。"终于出现两个将领之间的对垒了，但却是使用的弓箭，说明彼此之间仍有一定的距离，并不是短兵相接。一直到垓下之战，项羽身边只有二十八骑了，才看到他亲自接战的机会，但具体情形也只是"大呼驰下，汉军皆披靡"，刘邦的部下是被他的气势吓住了。后来，"汉军不知项王所在，乃分军为三，复围之。项王乃驰，复斩汉一都尉，杀数十百人"。说明项羽是能够亲自作战的，只不过仍是挟势而击杀，并不是先来单打独斗。

王士禛在其《池北偶谈》卷二十四曾立"挑战"一

目，对战争中相关情形有所讨论，指出"唐宋已来实有斗将之事"。我们看他所举的几个唐代的例子。其一，安史之乱中，史思明麾下骁将刘龙仙率五十骑在河阳城下辱骂挑战，李光弼部将白孝德也率五十骑出战，两人对骂一阵，刘龙仙正待冲上去，结果河阳"城上因大噪，五十骑继进，龙仙环堤走，追斩其首以还"（《新唐书·李光弼传》）。刘挑战之时耀武扬威，但被白的声威所慑，一下子就失了锐气，不仅落荒而逃，而且丢了性命。其二，唐宣宗大中年间，白敏中兴师讨吐蕃。吐蕃军列阵平川，又在山谷中埋伏数千人马，然后推出一位将领，阵前挑战，但唐军不予理会。后有唐军小将乘其不备，突然冲出，连发两箭，射中这个吐蕃将领的脖子（康骈《剧谈录》卷上《李朱崖知白令公》）。这是一次非常明显的偷袭，攻其不备，取得胜果。其三，五代十国之时，后梁和后晋发生战争，后梁"以虓勇知名"的将领陈章认为后晋主要是依靠名将周德威，就放言要生擒其人。两军对垒时，周德威"微服挑战"，刚刚有所接触，便要求部下假装撤退。陈章纵马紧追，被周德威"背挥铁树击堕马，生获以献"（《旧五代史·周德威传》）。这颇有点像是小说中的回马枪，但也是出其不意，擒获对方将领。所以，史书记载的实际战争中，确实是有将领之间的挑战和邀斗，但那往往都是为了显示一种气势，落实到阵前，即使主将之间交了手，似乎都是短时间（甚至一击）就取胜，包括放箭或用手中的其他兵器，也还暂时看不到如小说中那样缠斗的。

有的人物同时出现在历史记载和通俗小说中。如《三国演义》中的关羽自是一员骁将，温酒斩华雄、过五关斩六将等故事极力渲染他的神勇，早已经广为人知，成为经典，但这些并不见于史书。《三国志·蜀志·关羽传》中写了他在曹操麾下，和袁绍的大将军颜良战于白马，"羽望见良麾盖，策马刺良于万众之中，斩其首还，绍诸将莫能当者"。给人的感觉是两个将领的交战，但过程不大具体，在《三国演义》中得到了这样的演绎："颜良正在麾盖下，见关公冲来，方欲问时，关羽赤兔马快，早已跑到面前。颜良措手不及，被云长手起一刀，刺于马下。"这样看来，关羽是以偷袭的手段获得成功，靠着速度，打了颜良一个措手不及。关羽在史书中的另一次战斗是在樊城，作为前将军，为刘备进攻曹仁，和曹仁的将军庞德交战，其中并无细节，只是说："羽又斩将军庞德。"而到了《三国演义》中，就敷衍出一大段打斗场面："（关羽）纵马舞刀，来取庞德。德轮刀来迎。二将战有百余合，精神倍长。两军各看得痴呆了。魏军恐庞德有失，急令鸣金收军。关平恐父年老，亦急鸣金。二将各退。"第二天，二人仍是单挑："两阵对圆，二将齐出，更不打话，出马交锋。斗至五十余合，庞德拨回马，拖刀而走。关公随后追赶。"这是庞德诈败，"原来庞德虚作拖刀势，却把刀就鞍鞒挂住，偷拽雕弓，搭上箭，射将来。……关公急睁眼看时，弓弦响处，箭早到来；躲闪不及，正中左臂。"这一段惊心动魄的描写，显然是《三国演义》编出来的。

因此，古代的两军对垒，作为主将先出马挑战的做法，在历史上当然是有的，但往往有着特别的背景，似乎主要在于表现气势。小说中常说某人有"万夫不当之勇"，但显然，面对集群式的冲锋，哪怕主将长了三头六臂，恐怕也是无能为力。

对于小说中的这个问题，我曾在课堂上和聊天时有所讨论，大家都觉得很有趣。不记得什么时候，有一位朋友说，他曾在一本谈中国古典戏曲的书中看到与此相关的某种提法，忽然间就灵光一闪，觉得这是一个很好的思路。

鲁迅曾撰有《马上支日记》一文，其中说："我们国民的学问，大多数却实在靠着小说，甚至于还靠着从小说编出来的戏文。虽是崇奉关、岳的大人先生们，倘问他心目中的这两位'武圣'的仪表，怕总不免是细着眼睛的红脸大汉和五绺长须的白面书生，或者还穿着绣金的缎甲，脊梁上还插着四张尖角旗。""新年到庙市上去看年画，便可以看见许多新制的关于这类美德的图。然而所画的古人，却没有一个不是老生、小生、老旦、小旦、末、外、花旦。"

鲁迅这些论述，主要是为了说明戏曲对国人心理言行的影响。比如《阿Q正传》中，当阿Q被押赴刑场时，死到临头，他想到的是要"唱几句戏"。"他的思想仿佛旋风似的在脑里一回旋：《小孤孀上坟》欠堂皇，《龙虎斗》里的'悔不该……'也太乏，还是'手执钢鞭将你打'罢。他同时想手一扬，才记得这两手原来都捆着，于是'手执钢鞭'也不唱了。"后来的情形是，"'过了二十年又是一个……'阿Q在百忙中，'无师自通'地说出半句从来不说的话"。这个情节尤其可以见出戏曲对一般民众的影响，原来已经融化在血液中，完全下意识地，就冒出了这句话，而这句话，正是戏台上的死囚在行刑前常常喊出的。清代词学批评家周济在其《宋四家词选目录序论》中谈到词的感染力，用了两个比喻："赤子随母笑啼，乡人缘剧喜怒。"可见戏曲在古代民众生活中的重要地位。

从《阿Q正传》中可以看得很清楚，戏曲对民众生活的影响确实非常之大，所以前面提到鲁迅的看法，说是民众"大多数却实在靠着小说，甚至于还靠着从小说编出来的戏文"。不少戏文都是从小说故事中编出来的，这不假，但也不能忽略，小说可能也会受到戏文的影响。

文学史上已说得非常清楚，像三国、水浒这样的故事，发展到最后罗贯中笔下的《三国演义》和施耐庵笔下的《水浒传》，经历了漫长的演进过程，其中三国戏和水浒戏都是重要的环节。如元代的水浒戏就特别多，据傅惜华《元代杂剧全目》记载，达到三十三种之多，不仅扩大了人物的类型，而且有一些情节也渐渐定型化，甚至其中一些好汉的姓名、绰号也都更接近后来的《水浒传》。特别是由于康进之《李逵负荆》的剧作的推动，李逵的形象得到了很大的发展。

这样看来，小说中两军交战时主将单挑的场面描写，除了其中有着历史的某些影像外，有一种可能是对戏曲有所模仿，强调的是人物刻画的生动性，突出的是情节发展的戏剧性，当然，也带有浓厚的说书艺人面对听众时渲染艺术效果的目的。试想，如果交战之时，总是双方混战一场，刀枪剑戟，一起飞舞，尘土飞扬，万人呐喊，不一会儿就分出胜负。固然可能比较符合实际情形，但就缺少了故事性。

其实两军的主将单挑本身也带有戏曲舞台上的浓厚痕迹。我们都还记得，在舞台上，武将上场时，其背后往往插着靠旗，有的插四面，地位高的，还会插八面，显得威风凛凛，气度不凡。靠旗肯定有着来自实际生活的根据，但是，当其走上舞台，就写意化了。怎样写意呢？可能不同的人有不同的看法，见仁见智，在所难免。我碰巧看到布莱希特著名的论文《中国戏剧表演艺术中的陌生化效果》，文中，他也提到这个现象。

论文发表于1936年，前一年，梅兰芳访问苏联，举办了多场演出，正在苏联流亡的戏剧大师布莱希特饶有兴致地观看了这些和他以往接受的戏剧传统相当不同的表演，对此深感兴趣，据说还催生了他的戏剧体系，特别是提出了"陌生化"的观点。这篇论文中有这么一段："中国古典戏曲大量使用象征手法。一位将军在肩膀上插着几面小旗，小旗多少象征着他率领多少军队。"（布莱希特《陌生化与中国戏剧》，张黎、丁扬忠译，北京师范大学出版社 2015 年版，第 7 页）小旗多少是否真的就象征着他率领多少军队，恐怕不是那么简单，但是，把小旗和军队联系起来，确是一个颇有合理性的思考方向。两军的主将带着这样的象征在舞台上对打厮杀，伴随着阵阵锣鼓点，就好像有千军万马，战成一团，给观众创造了开阔的想象空间。

那么，由于戏剧在传统中国社会中的巨大影响力，是不是这样一种写意化、象征式的描写方法被顺理成章地引入通俗小说的创作中去了呢？

戏剧是一种表演，而将战阵赋予了表演化，在实际生活中是存在的。晚明戚继光是杰出的军事家，他著有《纪效新书》《练兵纪实》等兵书，思考了不少练兵打仗的问题。看起来，在那个时代，普通民众就有一些由于平常见闻而产生的对于实战的疑惑。有人曾这样问他："平时官府面前所用花枪、花刀、花棍、花叉之法，可以用于敌否？"他的回答是："开大阵，对大敌。比场中较艺，擒捕小贼不同，堂堂之阵，千百人列队而前，勇者不得先，怯者不得后；丛枪戳来，丛枪戳去，乱刀砍来，乱杀还他，只是一齐拥进，转手皆难，焉能容得左右动跳？一人回头，大众同疑；一人转移寸步，大众亦要夺心，焉能容得或进或退？"（《纪效新书》卷五《手足篇·忌花法》）这里提到"花枪、花刀、花棍、花叉"，一个"花"字，已经带有价值判断，华而不实，真的到了战场上，当然不实用。既然不实用，为什么还要这样操练？于是就有人问："官军亦有阵法，场中演习而皆不裨时用，何也？"戚继光这样回答："且如各色器技营阵，杀人的勾当，岂是好看的？今之阅者，看武艺，但要周旋左右，满片花草；看营阵，但要周旋华彩，视为戏局套数。"（《纪效新书》总叙《纪效或问》）现实生活中的战场厮杀，目的是灭掉对方，取得胜利，并不需要动作的好看。朱熹曾举禅语教诲门人："如载一车兵器，逐件取出来弄，弄了一件，又弄一件，便不是杀人手段。我只有寸铁，便可杀人。"（《朱子语类》卷八）寸铁杀人，简洁明快，肯定没有什么花式，就是这个道理。值得注意的是，戚继光对当时官军的操练加以批评，使用的表述是如"戏局套数"，也提出了"戏"的概念，很值得玩味，尽管他之所指还另有其他内涵。

林冲的长相

林冲的长相是不少《水浒》爱好者喜欢谈论的话题。

《水浒传》的成书经历了一个漫长的历史阶段，其中比较早期的素材是南宋末年周密的《癸辛杂识》所引龚开《宋江三十六人赞》："（宋）江以三十六人横行河朔，京东官军数万无敢抗者。"这三十六个人汇聚了《水浒》中的重要人物，后来在山寨中和林冲并列为"五虎将"的其他四个人——大刀关胜、霹雳火秦明、双枪将董平、双鞭呼延灼，都在其中，唯独没有林冲。龚开是周密的同时代人，他这个记录的重要来源是南宋孝宗时期的纪传体史书《东都事略》。

在成书于宋，可能增补于元的《大宋宣和遗事》中，林冲终于被补进去了。书中写到宋江杀了阎婆惜后，躲到九天玄女庙中，在香案上看到一卷天书，上面有三十六个将领的姓名，而且和《宋江三十六人赞》一样，每个人都有绰号，这时，林冲就赫然在内，他的绰号就是"豹子头"，只是他原来在官府里的身份是押运花石纲的十二指使之一。不过毕竟梁山五虎将终于在这里聚全了。

梁山好汉的绰号有各种不同的类型，曲家源在《水浒一百单八将绰号考释》一文中将其分为八类，其中第七类是"用凶猛的野兽、有毒的蛇虫做绰号，表示自己本领高强，令人畏惧"，以《大宋宣和遗事》中的这三十六人而言，属于这一类的有扑天雕李应、插翅虎雷横等，而豹子头林冲则在第四类"用身体相貌特点起绰号"，作者解释说："豹子是哺乳纲猫科猛兽。林冲因'生得豹头环眼，燕颔虎须'（第七回），因有此名。"但这一类的区分标准似乎不太严格，像美髯公朱仝、紫髯伯皇甫端、白面郎君郑天寿、一枝花蔡庆等都在这一类，和"豹子头"实在不可同日而语。事实上，"豹子头"既可以说是一种"身体相貌特点"，也可以形容"令人畏惧"的勇猛，甚至是凶猛。在这个意义上，也能靠到第七类上。

不过，到了这里，关于林冲的长相还有未尽之意。

《水浒传》的写法，在不少地方都有一个类似之处，即几个主要人物的故事往往串联在一起，前一个人物带出后一个人物，像林冲的出场就是鲁智深的故事带出来的。话说鲁智深大闹五台山之后，在文殊寺已然待不下去了，其师傅智真长老修书一封，将其介绍到开封大相国寺，被安排看管菜园。菜园旁边的一些泼皮无赖本想暗算他，结果被他收服，大家经常在菜园里看他表演武艺。这一天，鲁智深拿出自己六十二斤的禅杖，"飕飕的使动，浑身上下没半点儿参差"，正使得活泛，墙外有人喝彩："端的使得好！"鲁智深循声看过去，在这种地方，小说按惯例要对那个人描写一番。穿着方面是："头戴一顶青纱抓角儿头巾，脑后两个白玉圈连珠鬓环。身穿一领单绿罗团花战袍，腰系一条双搭尾龟背银带。穿一对磕瓜头朝样皂靴，手中执一把折叠纸西川扇子。"这还没有什么特别的，特别的是相貌："那官人生的豹头环眼，燕颔虎须。"（《水浒传》第七回）描写林冲相貌的后四个字出自《后汉书·班超传》，其中说有会看相的人惊叹班超长得"燕颔虎颈"，认为是"万里侯相"。但要说一模一样的字面，却是出自《三国演义》。该书第一回写刘备眼中的张飞："身长八尺，豹头环眼，燕颔虎须，声若巨雷，势如奔马。"这里，除了"燕颔"也就是燕子的下巴不大好对应之外，"豹头环眼"和"虎须"如果指一个人的相貌，都颇为形象。

从这些描写来看，显然，林冲的形象和张飞颇有渊源。还是在《水浒传》中，第四十八回写二打祝家庄，宋江被一丈青扈三娘所追赶，林冲来解围，小说这样描写众人眼中所见："嵌宝头盔稳戴，磨银铠甲重披。素罗袍上绣花枝，狮蛮带琼瑶密砌。丈八蛇矛紧挺，霜花骏马频嘶。满山都唤小张飞，豹子头林冲便是。"这个"满山都唤小张飞",说明林冲和张飞的相像,得到了整个山寨的认可。

不少人也已经注意到,林冲不仅长相和张飞一样,其他一些地方也相同。例如,他们使用的兵器都是丈八蛇矛。张飞在《三国演义》中位居五虎将的第二位,而林冲在《水浒传》中也同样位居五虎将的第二位。

虽然有这么多的相似之处,却有一个最重要的地方不像,这就是性格。在中国古典小说中,相貌和性格往往有着一致性,所以,《三国演义》在用八个字写张飞的相貌之后,还要再用"声若巨雷,势如奔马"八个字加以申述。读者肯定都同意,长着豹子一样的头,经常大睁着两只威猛的圆眼睛,钢针一样的胡子向旁边支棱着,这样的相貌,自然就是"声若巨雷,势如奔马"的,当然也就是耿直、粗犷,敢爱敢恨,敢作敢为的。

然而,林冲的娘子被高衙内调戏,他匆匆赶去,"却认得是本管高衙内,先自手软了",对着前来助阵的鲁智深,强自解嘲:"原来是本管高太尉的衙内,不认得荆妇,一时间无礼。林冲本待要痛打那厮一顿,太尉面上须不好看。自古道:'不怕官,只怕管。'林冲不合吃着他的请受,权且让他这一次。"不妨看一看张飞怎样对待不合理的"现管"的。《三国演义》第二回写刘备征讨黄巾军有功,被任命为定州中山府安喜县尉。这一天,郡守派督邮前来考察官员,这个督邮对刘备非常傲慢,百般刁难,意在索贿，"张飞大怒，睁圆环眼，咬碎钢牙，滚鞍下马，径入馆驿"，"督邮未及开言，早被张飞揪住头发，扯出馆驿，直到县前马桩上缚住。攀下柳条，去督邮两腿上着力鞭打，一连打折柳条十数枝"。见张飞做出这等事来，刘备要和结义兄弟同进退，只得将印绶挂在督邮脖子上，辞官而去。结果是"督邮归告定州太守，太守申文省府，差人捕捉"。类似的事情发生在张飞身上，人们都觉得很自然，所以不妨设想一下，如果换了张飞，看到有人调戏自己的妻子，不管对方是谁，他都不会举起拳头后却"先自手软"。后来，林冲在小旋风柴进的庄上受到洪教头轻视，到达充军之地沧州后被差拨辱骂，上了梁山之后又遭到王伦猜忌，如果换了张飞，也肯定是一点就着，而林冲偏偏就能演绎出那么多曲折的故事出来。

不少学者的研究都已经指出，《水浒传》中的人物塑造，有一些是比照《三国演义》的（如后面要谈到的关胜，更为典型），这种比照，往往贯穿于故事演进的过程中，但是，有的形象维持了原来的样貌，有的形象则由于说书人、平话作者或其他相关书写者的发挥，渐渐发生了变化。所以，一种可能的情形是，早期的某些《水浒》故事，确实是按照张飞的形象去塑造林冲的，但是，经过世代的累积，这个形象不断被赋予新的内涵，增加了新的内容，最后整合成稿的那位作者（姑且认为是施耐庵）对不同的来源加以整合和串联，因而林冲的故事就成为现在《水浒传》中的样子，但是，百密一疏，最后整合定稿的这位作者虽然很大程度上改变了早期流传过程中的林冲的故事及其表现的性格，却忽略了他的这个相貌，在一般的古典小说的系统中，可能是不协调的，所以没有一起改过来，因而就导致这样的反差。和《三国演义》《西游记》等早期长篇小说一样，《水浒传》也是世代累积型的小说，定稿的过程中会对前代成果有所取舍，难免顾此失彼，于是未能很好地照应情节发展。这个看法一定程度上也是受到马幼垣等先生的启发。如马幼垣先生著有《三论穆弘》一文，其中对穆弘在小说中隐形般的存在和他崇高地位之间的矛盾做了精彩的分析。穆弘也是《宋江三十六人赞》和《大宋宣和遗事》中出现的人物（都写作穆横），在《水浒传》中，其人上应天罡，在梁山好汉中排名第二十四，位列马军八虎骑兼先锋使。书中对他的赞词是："面似银盆身似玉，头圆眼细眉单。威风凛凛逼人寒。灵官离斗府，佑圣下天关。武艺高强心胆大，阵前不肯空还。攻城野战夺旗幡。穆弘真壮士，人号没遮拦。""没遮拦"一语说明了他的勇猛。但实际上，虽然也是马军八虎骑兼先锋使，同一位置的杨志、徐宁、索超等，都比他武艺高强，而且在梁山更有存在感。相信看过《水浒传》的读者，对穆弘可能印象都不深，他有这样的地位确实令人不解。按照马先生的看法，这是《水浒传》的最后整合者对穆弘的故事有所增删的缘故，肯定删掉了他的不少事迹，让他甚至变成了隐形人，但却忘了改动他的绰号和在梁山上的崇高名位。这个例子颇可以和林冲互参。

那么，后来的人，不管是说书艺人，还是平话作者，为什么要对林冲的形象做这么大的改动呢？这方面似无具体资料，只能猜测。

金圣叹是一个有着独特个性的文艺批评家，他将《水浒传》命名为六才子书之一，评价甚高，甚至认为成就还高过《史记》。他对《水浒传》所作的批注很有特色，影响甚大，例如对该书一开始为什么从高俅发迹写起，他认为："开书未写一百八人，而先写高俅者，盖不写高俅，便写一百八人，则是乱自下生也；不写一百八人，先写高俅，则是乱自上作也。"这个"乱自上作"，说得非常深刻。

对于《水浒传》的众英雄，一般的说法是"逼上梁山"，但若分析众人上梁山的原因，相当一部分恐怕并不是受到官府逼迫而不得已，但用在林冲身上却非常恰切，他是真的被逼得走投无路了。

高俅由于踢得好球，受到端王也就是后来的宋徽宗赏识，被任命为殿帅府太尉，所做的第一件坏事，就是挟嫌报复，陷害王进。好巧不巧，这王进也是八十万禁军教头，而且意识到高俅的恶毒时，也是说："自古道：'不怕官，只怕管。'"这都好像是为后来的林冲预埋伏笔。梁山不少好汉虽然都恨高俅，将其视为奸臣，但真正认识高俅的恐怕没有几位。在这方面，林冲比较特别，他显然是认识高俅的，而且，似乎还比较熟悉。小说第七回写林冲在阅武坊巷口买了一把宝刀，十分喜爱，其内心活动是："端的好把刀！高太尉府中有一口宝刀，胡乱不肯教人看。我几番借看，也不肯将出来。今日我也买了这口好刀，慢慢和他比试。"他能够向高俅"几番借看"，说明在高俅那里他也是个有脸面的人。不料第二天太尉府就派两个"承局"来传话，说高太尉要他带刀入府，去比刀。林冲见了这两个人，心中有点疑惑，说："我在府中不认得你。"他连太尉府中办事的人都这么熟悉，可见常去。而之前为了方便高衙内行事，他曾经的好友陆谦将他赚到自己家中饮酒，通过陆谦的口，也说出"太尉又看承得好"的话，说明高俅不仅认识林冲，而且颇为赏识。有人说，八十万禁军教头实际上的地位没那么高，不过，若从林冲和高俅的关系看，恐怕也并不很低。林冲是《水浒传》里较早的受到官府逼迫而不得不走上造反道路的人（第十一回的回目就有"林冲雪夜上梁山"的字样），而且又和高俅有着如此密切的关系，以他的经历来表现"乱自上作"，反映官逼民反，比较有代表性。这或者是其形象逐渐演变成目前这个样子的重要原因之一。

　　我们还可以从人物形象的塑造上来思考这个问题。中国古典小说的人物往往有类型化的倾向，像《水浒传》这样的英雄传奇，要写各路英雄上梁山，情节的趋同几乎是不可避免的，关键看怎么写。金圣叹在《读第五才子书法》中就指出："如武松打虎后，又写李逵杀虎，又写二解争虎；潘金莲偷汉后，又写潘巧云偷汉；江州城劫法场后，又写大名府劫法场；何涛捕盗后，又写黄安捕盗；林冲起解后，又写卢俊义起解；朱仝、雷横放晁盖后，又写朱仝、雷横放宋江等。正是故意要把题目犯了，却有本事出落得无一点一画相借。"另外，《水浒传》中密集地汇聚着这么多绿林好汉，性格的趋同也几乎是不可避免的，前人已经关注到这个问题，如对小说里写的那些急性子的人，明人叶昼就分析过："《水浒传》文字妙绝千古，全在同而不同处有辨。如鲁智深、李逵、武松、阮小七、石秀、呼延灼、刘唐等众人，都是急性的，渠形容刻画来，各有派头，各有光景，各有家数，各有身份，一毫不差，半些不混，读去自有分辨，不必见其姓名，一睹事实，就知某人某人也。"（容与堂本《水浒传》第三回评）按照原来以张飞为原型的思路，一度为林冲设计的性格应该也是急躁的。这一点即使从现在《水浒传》的文字中，也一定程度上保留下来了。例如他正在和鲁智深饮酒，使女锦儿慌慌急急来找，说娘子被人调戏，"林冲别了智深，急跳过墙缺，和锦儿径奔岳庙里来，抢到五岳楼看时，见了数个人拿着弹弓、吹筒、粘竿，都立在栏杆边；胡梯上一个年少的后生，独自背立着，把林冲的娘子拦着……林冲赶到跟前，把那后生肩胛只一扳过来，喝道：'调戏良人妻子，当得何罪？'恰待下拳打时……"这都能够见出些本色。林冲被发配到沧州后，巧遇他曾经在开封帮助过的李小二。这李小二在营前开了个茶酒店，这一天看到从开封有人（即陆谦）来，请管营和差拨说话，偶然听到他口中冒出"高太尉"三个字，觉得有点蹊跷，李妻想请林冲来认一下，李小二就说不能鲁莽："你不省得。林教头是个性急的人，摸不着便要杀人放火。倘或叫的他来看了，正是前日说的甚么陆虞候，他肯便罢？做出事来，须连累了我和你。你只去听一听再理会。""林教头是个性急的人，摸不着便要杀人放火"，这个印象，应该是在开封时就已经建立起来了。果然，当他们把这件事告诉林冲，并描述了开封来客的模样后，林冲立即判断这个人就是陆谦，于是，"林冲大怒，离了李小二家。先去街上买把解腕尖刀，带在身上。前街后巷，一地里去寻。……次日天明起来，洗漱罢，带了刀，又去沧州城里城外，小街夹巷，团团寻了一日。……过了一夜，街上寻了三五日，不见消耗"。这些地方，都能看到林冲故事形成的过程中另外的一些痕迹。因此，可能的一种情形是，现放着梁山上这么多急性子的好汉，再增加一个同类型的人，似乎也没有太大的意思。如果按照事情本来的逻辑，林冲扳过高衙内，若几拳下去，可能就像鲁智深打镇关西一样，一下子就出了人命。以高衙内的身份，林冲多半会获得重罪，那就不会是刺配沧州的结果了。如此，下面的不少精彩故事没法继续，"逼上梁山"的这个"逼"字，怕也缺少了不少内涵。

因此，果真如前人所说，林冲形象本来按照张飞来塑造，结果后来发生变化，走向了另外一个方面，那也真是一个有趣的思路。因为，这可以从一个特定的角度，让我们更好地认识早期中国古典小说的形成过程。

《水浒传》有些地方按照《三国演义》来塑造人物的得失，关胜和林冲恰可形成鲜明的对比。对此，马幼垣先生等也曾有所讨论。关胜是关羽的后代，在梁山五虎将中，他排名第一，正好和《三国演义》中的关羽一样。在《水浒传》中，某些方面，他简直就是关羽的复制品。《水浒传》第六十三回写梁山好汉攻打北京，势头甚猛，宣赞向蔡京推荐关胜，以退梁山之兵。在他的口中，这关胜"生的规模与祖上云长相似"，蔡京见了之后，果然如此："堂堂八尺五六身躯，细细三柳髭须，两眉入鬓，凤眼朝天；面如重枣，唇若涂朱。"而《三国演义》第一回写刘备初见关羽，描述其相貌："身长九尺，髯长二尺；面如重枣，唇若涂脂；丹凤眼，卧蚕眉，相貌堂堂，威风凛凛。"差不多一模一样，而且，他们的兵器一样，都是青龙偃月刀；坐骑一样，都是赤兔马。最大的区别可能就是关胜要比关羽矮一点，一个是九尺，一个是八尺五六，这也很正常，毕竟在中国文化传统中，关羽的地位崇高，作为武将，恐怕没有人能够和他平起平坐。

在《三国演义》中，关羽也有其儒雅的一面，第七十七回就曾引诗赞曰："神威能奋武，儒雅更知文。"描写关胜的时候，自然不能忽略，于是第六十四回写张横为了建功，深夜前去劫营，却被关胜识破，设计擒获。张横掩至中军，眼中看到的营垒中的关胜是一副什么模样呢？"帐中灯烛荧煌，关胜手拈髭髯，坐看兵书。"这样的儒雅风度，当然也是从乃祖身上得来，《三国演义》第二十七回，关羽得知刘备消息，辞别曹操，前去相投，一路过关斩将，至荥阳，太守王植欲设伏兵烧死关羽，从事胡班受命安排，行事之前，先去馆驿窥探，他眼中的关羽是："左手绰髯，于灯下凭几看书。"胡班见了，大为折服，被其感召，乃将王植的密谋告诉了关羽。这两个情节，虽然一个是设计，一个是被设计，但都和伏兵有关，或者彼此也有渊源。当然，《水浒传》中更为渲染的是关胜的勇，为了这一点，作者让林冲和秦明双双上阵，关胜以一敌二，"三骑马向征尘影里，转灯般厮杀"，书中虽然写关胜觉得自己有点"力斗二将不过"，但林冲和秦明是何等人？他们都是和关胜并列梁山五虎将的人，一个排名第二，一个排名第三，关胜能够力敌二人，可见神勇。

但是，《水浒传》是写众好汉的故事，从有勇有谋的角度来说，不可能给关胜那么多篇幅，否则其他不少好汉无法安置。即使关羽身上的一个重要特点"义"，也没有办法让关胜充分表现。正如前人指出过的，《水浒传》中另外安排了一个人，分走了关胜的部分特质。这就是朱仝。《水浒传》第十三回对他相貌的描写是："身长八尺四五，有一部虎须髯，长一尺五寸，面如重枣，目若朗星，似关云长模样。"长得很像关羽，而且绰号就叫"美髯公"（《三国演义》第二十五回，关羽约法三章降曹后，去见汉献帝，献帝问起关羽的须髯，感叹"真美髯公也"，"因此人皆呼为美髯公"）。不过，朱仝的排名在梁山虽然高居第十二位，甚至排在鲁智深、武松、董平、杨志等人前面，若以武功而论，却不见得特别突出，他的主要特质就是"义"，正如陈忱《水浒后传论略》总结的："朱仝是笃于友道人，捕盗而放晁天王，捉凶身而教宋江脱逃，解犯人而释雷都头，自去认罪，后又周旋其母，以致被难金营，真实无伪，诚哉君子。"梁山的两个主要首领都受过他的恩惠，但是，这些故事如果安放在关胜身上，以其特定的身份、地位，就不大容易展开，毕竟他是关羽后人，虽然他在为蔡京效力之前，只是"做蒲东巡检，屈在下僚"，对他的家世和经历缺少交待，不过，他"幼读兵书，深通武艺"，门第恐也不低，要将这样的人"逼"上梁山，需要设计特定的情境，而显然《水浒传》的作者出于种种考虑，没有这样去安排，况且，关胜到第六十三回才出场，太迟了，要是在他这里再敷衍出一段丰富的故事，恐怕也有相当的困难，事实上，到了这个时候，小说往往是在凑这个 108 的数字，人物事迹，不免简单。若是看元代杂剧《争报恩三虎下山》里的关胜，他下山后，很是困顿，有这样一段自述："某乃大刀关胜的便是。奉宋江哥哥的将令，每一个月差一个头领下山打探事情。那一个月肯分的差着我，离了梁山，来到这权家店支家口，染了一场病，险些儿丢了性命。甫能将息，我这病好也，要回那梁山去，争奈手中无盘缠。昨日晚间偷了人家一只狗，煮得熟熟的，卖了三脚儿，则剩下一脚儿。我卖过这脚儿，便回我那梁山去了。"这样的关胜似乎和《水浒传》成书后的形象相差甚大，但也很可能比较方便加入其他一些内容。不过，《水浒传》作者让关胜比关羽矮一点，又让朱仝比关胜矮一点（关胜是八尺五六，而朱仝则是八尺四五），显然也是刻意的安排。总的来说，在《水浒传》中，相对而言，关胜的形象是比较苍白的，这一点，若是和《三国演义》中关羽的"过五关斩六将"和"水淹七军"等故事相比，就更加看得清楚。即使他曾力战林冲、秦明二将，又曾战胜索超和单廷圭等，但无论是情节还是场面，都没有什么特别值得一提的，给人的印象并不深刻。

在这个意义上，关胜相貌像关羽，倒不如林冲和张飞之间的那些形神反差，塑造得更为成功了。

由侠到隐的深衷

——说苏轼《方山子传》

对于文章的写作，苏轼曾颇为自谦地说："轼虽能言语，于史事不是当行家。"（转引自沈德潜选评，赖山阳增评《增评唐宋八家文读本》卷二十四）意谓自己长于议论，短于叙事。但这篇《方山子传》却足以说明，这位作家的议论文字固然非常出色，而他的为数不多的叙事之作，也堪称行家里手。

方山子，光、黄间隐人也。少时慕朱家、郭解为人，闾里之侠皆宗之。稍壮，折节读书，欲以此驰骋当世，然终不遇。晚乃遁于光、黄间，曰岐亭。庵居蔬食，不与世相闻。弃车马，毁冠服，徒步往来山中，人莫识也。见其所著帽，方屋而高，曰："此岂古方山冠之遗像乎？"因谓之方山子。

余谪居于黄，过岐亭，适见焉。曰："呜呼！此吾故人陈慥季常也，何为而在此？"方山子亦矍然问余所以至此者。余告之故。俯而不答，仰而笑。呼余宿其家，环堵萧然，而妻子奴婢皆有自得之意。余既耸然异之。独念方山子少时，使酒好剑，用财如粪土。前十有九年，余在岐下，见方山子从两骑，挟二矢，游西山，鹊起于前，使骑逐而射之，不获。方山子怒马独出，一发得之。因与余马上论用兵及古今成败，自谓一时豪士。今几日耳，精悍之色，犹见于眉间，而岂山中之人哉！

然方山子世有勋阀，当得官，使从事于其间，今已显闻。而其家在洛阳，园宅壮丽，与公侯等；河北有田，岁得帛千匹，亦足以富乐。皆弃不取，独来穷山中，此岂无得而然哉？

余闻光、黄间多异人，往往阳狂垢污，不可得而见。方山子傥见之与？

文中的方山子，即陈慥，字季常，苏轼任凤翔签判时，与其认识。光、黄，光州（治所在今河南潢川）和黄州（治所在今湖北黄冈）。朱家、郭解，汉代著名游侠，喜欢替人排忧解难。岐亭，镇名，在今湖北麻城。方屋，方顶的帽子。方山冠，一种帽子，汉代祭祀宗庙时乐师所戴。唐、宋时，隐者每喜戴之。"前十有九年"，即嘉祐八年（1063），当时苏轼任凤翔签判。岐下，指凤翔，因其地东北有岐山，故有此称。

人物传记，如果不是出于一些外在的原因，如受人请托等，则定是有为而作。换句话说，作者选择某人作为传主，一定是对方的身上有着某些令他特别感兴趣的东西，因而愿意将其记录下来。那么，在方山子身上，最能打动苏轼的是什么呢？大概是他的"异"（在文中，苏轼也曾明确表示自己对方山子的行事"耸然异之"）。

文章一开始，作者便写出了传主的与常人不同的生活道路：少年时血气方刚，一身侠气；成年后折节读书，有志当世；到了晚年，由于无所遇合，乃隐于光州与黄州之间。但他的无所遇合，是否意味着无法走上宦途呢？作者写道："方山子世有勋阀，当得官，使从事于其间，今已显闻。"可见他的理想并不是追求个人地位，因而也就与一般的因宦途失意而隐居者有所区别。同时，即使是隐居，是否一定要过贫困的生活呢？作者又写道："其家在洛阳，园宅壮丽，与公侯等；河北有田，岁得帛千匹，亦足以富乐。"可见"庵居蔬食"是他的主观追求。因此，他能够"弃车马，毁冠服，徒步往来山中"，戴着"方屋而高"的帽子，表现出种种奇异行为，也是非常自然的。然而，如果仅仅这样来写，虽然也能说明问题，但却似乎太过简略，于是，作者便有意识地选择了传主少年和晚岁的两种具有对比性的行为表现，来进一步丰富其形象。写少年，是何等的意气风发，飞扬跋扈："前十有九年，余在岐下，见方山子从两骑，挟二矢，游西山，鹊起于前，使骑逐而射之，不获。方山子怒马独出，一发得之。因与余马上论用兵及古今成败，自谓一时豪士。"写晚岁，又是何等的安贫乐道，心境恬淡："呼余宿其家，环堵萧然，而妻子奴婢皆有自得之意。"（妻子奴婢都能自得，方山子自己就更不用说了）总的说来，侠和隐是两种不同的生活态度，反映了两种不同的行为模式，这一对矛盾能够巧妙地统一在一个人身上，难道还不奇异吗？作者就是这样写出了一个栩栩如生的人物形象。

人们的社会经历构成了各自的历史，而历史作为现在的过去，又必定会对现在起着或大或小的影响。从这个意义上看，方山子的由侠到隐，由入世到出世，也不可能是思想感情上的彻底消解。作者已经从他的神情上看到了这一点："今几日耳，精悍之色，犹见于眉间。"那么，这种思想感情的延续之下隐藏着的是什么呢？文章的最后似也有此一问："余闻光、黄间多异人，往往阳狂垢污，不可得而见。方山子傥见之与？""阳狂"二字透露了个中消息。原来，这些所谓"异人"的不寻常的行为乃是一种掩饰，是为了压抑心中的激情，平息心中的矛盾。方山子不正是如此吗？他折节读书，原是为了有所作为，干出一番事业，但由于无所遇合，只得被迫走上归隐，那么，他的心中怎能不萦绕着难以解脱的痛苦呢？他过去的少年壮志怎能不以某种方式流露出来呢？作者以疑似的口吻问他是否能见到那些"阳狂垢污"的异人，其实，答案是肯定的，因为，他自己就是这样的一个异人，当然会同类相求。所以，作者认定，方山子"岂山中之人哉"！作者所面对的是一个受到时人注目的隐士，作者也用了不少篇幅去描写这位隐士的生活、思想和行为。然而，在苏轼心目中，传主实际上又不可能完全做到和光同尘。困难在于，这后一层意思并不能直接点出，而只能用暗示的方法在由侠到隐的过程中去进行表现，其效果应该是包孕深厚，耐人寻味的。要想得心应手地做到这一点，并不容易。于此，可以见出苏轼的杰出的创造力。

从艺术渊源上去考察，这篇传记显然受到了韩愈的《送董邵南序》一文的影响。韩文不长，全抄如次：

燕赵古称多感慨悲歌之士。董生举进士，连不得志于有司，怀抱利器，郁郁适兹土。吾知其必有合也。董生勉乎哉！

夫以子之不遇时，苟慕义强仁者皆爱惜焉。矧燕赵之士出乎其性者哉！然吾尝闻：风俗与化移易。吾恶知其今不异于古所云邪？聊以吾子之行卜之也。董生勉乎哉！

吾因子有所感矣。为我吊望诸君之墓，而观于其市，复有昔时屠狗者乎？为我谢曰："明天子在上，可以出而仕矣。"

这篇文章，命意幽微，层次曲折，明为送行，实为劝阻。正如朱宗洛所云："本是送他往，却要止他往，故'合'

一层易说，'不合'一层难说。文语语作吞吐之笔，曰'吾闻'，曰'乌知'，曰'聊以'，于放活处隐约其意，立言最妙。其末一段，忽作开宕，与'不合'意初看若了不相涉，其实用借笔以提醒之，一曰'为我'，再曰'为我'，嘱董生正以止董生也。想其用笔之妙，真有烟云缭绕之胜。"（《古文一隅》）过珙认为"唐文惟韩奇，此又为韩中之奇"（《古文评注》）。并非虚言。苏文与之相比，不仅在思想意蕴的表现上所运用的方法相同，而且在谋篇布局上也颇为相似。如两篇都是先从正面加以渲染，随着文意的展开，从字里行间，让人体会出意旨的转折。甚至连末段以富有包孕性的问句作结，都可以认为是受到了韩文的启发。我们知道，苏轼对韩愈的道德文章一向非常钦佩，这篇《方山子传》即可提供一个例证。

当然，说到《方山子传》中所表现出的丰富复杂的心灵矛盾，我们不能忽略苏轼当时的处境。北宋神宗元丰二年（1079），苏轼被李定等人诬以诗文谤讪新法，下狱治罪，九死一生，后被贬为黄州团练副使。这对一向胸怀大志，希望做出一番事业的苏轼来说，无疑是一个非常沉重的打击。因此，他对方山子（陈慥）的"欲以此驰骋当世，然终不遇"的遭遇，别有感触。写方山子，实际上是自悲不遇。但他方以诗文被祸，不便直言，于是才隐约其辞，语多深婉。在这个意义上，可以说，《方山子传》是苏轼在黄州时心态的一种形象折射。

纳兰的视野和高度

　　明万历二十八年十二月廿一日（1601 年 1 月 24 日）是一个值得记忆的日子。这天，意大利人利玛窦经过种种曲折，终于来到北京，希望能够觐见万历皇帝。他带来的贡物除了和宗教有关者外，还有一些器物，其中较为重要的是两座（一说一座）自鸣钟。利玛窦所贡的这两座自鸣钟，并不是万历宫中最早出现的自鸣钟，在此之前，已有人捷足先登，送来了这种赏玩之物，但也许是物因人贵，人们在追溯这段历史的时候，大多提到的都是利玛窦。如明人顾起元《客座赘语》卷六专门有一段谈利玛窦，特别提到他带来的自鸣钟："所制器有自鸣钟，以铁为之，丝绳交络，悬于簴，轮转上下，戛戛不停，应时自击钟有声。器亦工甚，他具多此类。利玛窦后入京，进所制钟及摩尼宝石于朝。上命官给馆舍而禄之。"

　　西人来华所带来的体现当时西方文明发展的器物，除了自鸣钟外，还有千里镜（即望远镜）等。这些带有异国风情的东西，显然让当时的人们开了眼界。对此，人们也做出了不同的反应。清初著名作家李渔写有小说集《十二楼》，共收入十二篇短篇小说，其中有《夏宜楼》一篇，以千里镜为关目，写书生瞿佶与詹小姐的姻缘。小说叙述浙江婺州府金华县的瞿佶在一家古玩铺买到一架千里镜，此镜"登高之时，取以眺远，数千里外的山川，可以一览而尽"。但瞿氏却终日用其窥望大户人家的妙龄女子，希望能够有所结识。"望远镜明季已入中国，但以此器入小说，笠翁算是第一次了。"（孙楷第《李笠翁与〈十二楼〉》）事实上，当时的文学作品，如诗词中，以千里镜作为可以缓解相思之物的描写，又不知凡几，可见人们对于这种西洋之物，很快就能在传统情境中找到依托。当然，也不都是这样的。康熙年间的徐葆光曾奉旨为琉球册封副使，归来后写有《奉使琉球诗》，共由三个部分组成，分别是《舶前集》《舶中集》和《舶后集》，其中《舶后集》后面又附有一组词，里面就有千里镜，以理忖之，或与其航海中的实际运用有关。该词调寄《应天长》："沧波天外远，人极目茫茫，寸围千里。毫末呈形，一镜摄来眼底。问通中赤珰，着几节、玻璃如纸。四照处、洞彻裨瀛，不留纤翳。　　恨煞东流水。每划断蓬洲，望洋无际。方丈何遥，试向管中微睇。黄金银宫阙，隔一膜、分明如咫。笑往日、徐市（福）求仙，不曾携此。"从词的内容看，写的都是大海中的情境，说明从西洋传进来的东西，派上了实际的用场，也可以看出当时的人有着与时俱进的心态。

和千里镜一样，到了清初，咏自鸣钟的诗词也不少，但这里要特别介绍的是纳兰性德的《自鸣钟赋》。在中国文学传统中，赋的地位非常高。刘勰《文心雕龙·诠赋》："诗有六义，其二曰赋。赋者，铺也，铺采摛文，体物写志也。……赋也者，受命于诗人，拓宇于楚辞也。"将赋的源头指向《诗经》和《楚辞》，可见其结体的郑重。纳兰选择用赋的方式来写自鸣钟，也有自己的追求。

这篇赋首先追溯中国历法和计时的历史。"制器尚象"和"治历明时"都出自《易经》，特别指出伊祁即炎帝神农氏创造历法的历史功绩。而且，在传统的解释中，这个"治历明时"又并不仅仅局限在面对大自然。项安世《周易玩辞》："凡改世者必治历，改岁者亦必治历，治一世之历者，可以明三正、五运之相革，治一岁之历者，可以明十二岁、六十甲子之相革。"这也为下面的称颂其本朝的顺治、康熙埋下了伏笔。以下说到通晓音律的岐伯（岐伯据说是黄帝的老师，这是由于自鸣钟能够发出声音，甚至在报时的时候能够奏出音乐而引发的联想），掌管漏刻的官员挈壶氏，通过这些积累，人们就能够了解天候的变化，审视四时寒暑、日月星辰的运行规律。因此代代相传，成为规范。

颂古是为了扬今，因此纳兰在下文立即就进入对本朝的赞扬，而这个赞扬是建立在与时俱进，引进西洋先进事物的基础上的。赋中说，自清军入关，统一中国之后，顺治皇帝上承天意，英明杰出，建立了万世功勋，其中的一项就是颁布了时宪历。本来，"惟天聪明，惟圣时宪"出自《尚书·说命中》，常用于对帝王的赞誉，但清初天主教耶稣会传教士汤若望对明末的《崇祯历书》删改压缩，易名《西洋历法新书》，进呈朝廷。据此编制的历书，名字就叫时宪历，于顺治二年（1645）颁行。这是中国历法史上的最后一次大改革，一直沿用到近代。所以，用这两句来写顺治，也算是善祷善颂。正是具有这样"改革制度"的气度，所以顺治皇帝才能敞开胸怀，接纳新事物，于是顺理成章，引出自鸣钟。一般认为，早在明万历八年（1580），西方传教士罗明坚等就已将自鸣钟传入中国，不过他是万历十年送给广东总督的，可能总督后来又将此钟送给了万历皇帝。无论如何，罗明坚的名头不如利玛窦大，所以，纳兰这里也是说"厥初爰有自鸣之钟，创于利马豆（通译利玛窦）氏"。下面就对自鸣钟作简单描述。首先是形体："大小多所殊"，估计体积不一，形象各异的自鸣钟，竟然能够有着同样的功能，时人颇觉神奇。其次是功能："循环于亥子初无异"。古人以地支表示时间，对应现在的计时方式，分别是子时：23—1点；丑时：1—3点；寅时：3—5点；卯时：5—7点；辰时：7—9点；巳时：9—11点；午时：11—13点；未时：13—15点；申时：

15—17点；酉时：17—19点；戌时：19—21点；亥时：21—23点。从"子"到"亥"，不断循环。纳兰认为，自鸣钟的时针的不断运行，与地支计时传统原理是一样的。事实上，利玛窦将自鸣钟带入中国，已经考虑到中国人的计时传统。上海世博会意大利馆曾展出利玛窦进贡万历皇帝的自鸣钟模型，可以看出，利玛窦用子丑寅卯等中国计时单位替换掉了刻度盘上的罗马文字，从子到亥，不多不少，正好十二个字。显然，利玛窦为了获得中国人的接受，在这方面花了不少心思。不知纳兰是否见到过利玛窦带来的这种样子的自鸣钟，但到了纳兰生活的时代，传入的自鸣钟更多，因此，纳兰就认为"至其后人之传教，推步益臻于神妙"。

顺治皇帝如此亲近西学，康熙皇帝也不遑多让，在这方面采取了一系列措施，以实现"易刻漏于兹钟"的目标。用自鸣钟纪时取代刻漏纪时，是康熙皇帝所着力推行的。他曾写有《咏自鸣钟》一诗："法自西洋始，巧心授受知。轮行随刻转，表指按分移。绦帏休催晓，金钟预报时。清晨勤政务，数问奏章迟。"不难看出，自鸣钟已是康熙生活与工作中的不可缺少之物。不仅如此，他还在养心殿的造办处增设了修理及制造自鸣钟的作坊，从此由上而下地推动了机械钟表的流行和制造。不过，这个流行仍然只是在一定的阶层中，从《红楼梦》中就可以看得很清楚。该书第十四回写王熙凤协理宁国府时，召集宁府仆妇训话："素日跟我的人，随身俱有钟表，不论大小事，都有一定的时刻。横竖你们上房里也有时辰钟。"宝玉身边也有人带着表，在"寿怡红群芳开夜宴"一回里，众人玩得太晚了，薛姨妈打发人来接黛玉，原来已经"二更以后了，钟打过十一下了"。这怡红院里的钟不止一次出现，第五十八回写芳官受到干娘的责骂，被麝月摆平后，袭人说："方才胡吵了一阵，也没留心听听几下钟了。"原来是前一天芳官觉得好奇，不停地摆弄钟上的坠子，半日就坏了。但是，最富有戏剧性的场面是刘姥姥一进荣国府，到了凤姐的住处，"听见咯当咯当的响声，大有似乎打箩柜筛面的一般，不免东瞧西望的。忽见堂屋中柱子上挂着一个匣子，底下又坠着一个秤砣般一物，却不住的乱幌。刘姥姥心中想着：'这是什么爱物儿？有甚用呢？'正呆时，只听得'当'的一声，又若金钟铜磬一般，不防倒唬的一展眼。接着又是一连八九下。方欲问时，只见小丫头子们齐乱跑，说：'奶奶下来了。'"钟表在贾府已是非常普及，但刘姥姥却完全不认识，可见，所谓"易刻漏于兹钟"仍然有阶级和阶层之分。在王熙凤那里，钟响之后，"小丫头子们齐乱跑"，这个场面写得生动，可以见出钟表的应用使得时间的准确性更加清晰。曹雪芹的时代虽然稍晚，但社会的变化应该没有太大。

写到这里，实际上还没有从"物"的角度表现自鸣钟，因此加以补足。首先是写其形："其外之可见者，加尺荄于图上，俨窥天之玉衡。譬夸父之逐日，莫之推而勇行。辰标上下四刻之初正，刻着一十四分之奇赢。"这是说钟表盘上缀有指针，令人联想到玉衡这种古代测天的仪器。指针并没有什么推动，自己就能行走，就像勇敢的夸父一样，一往无前。古人将一个时辰分为初正二段时间，前段为初刻，后段为正刻。所谓四刻，指的是一种小自鸣钟，"一刻一击，以至四刻四击"。所谓"一十四分"，古代计时有一种是用漏刻，将一昼夜二十四小时分为一百刻，一刻相当于今天的 14 分 24 秒。清代初年将一百刻改为九十六刻，这样每刻时长就变为 15 分钟整了。这个 15 分钟，正是自鸣钟上的一刻，比原来的"一十四分"要多，故称"奇赢"（盈余）。不过，自鸣钟更大的特色是"鸣"，所以，纳兰更多集中笔力在这个方面写。他写自鸣钟的声音如音乐一般，"珰珰丁丁，钑钑铮铮"，随着香炉中袅袅的烟气时高时低，又在微风中渐渐减弱。这声音是如此动听，像舜时的乐官夔那样调和律吕，又像春秋时的乐官师襄和师旷那样演奏韶頀。这美妙的声音实在无法形容，因此，就以"龙吟""虎啸""猿啼""鸡号"给予形象化。下面又用宇宙万物，永恒运行，特别是用太阳的升落来写自鸣钟上显示的一天的时间，非常得体。

赋的重要手法之一是"言其用不言其名"。这个"用"，首先是作用。"于以范围岁月，统章而无乖；消息寒暑，晦朔而勿爽。"时间非常准确，一切都在掌握之中，也能够因此了解寒暑变化的规律，不会出现失误。为什么能够如此好呢？这是由于其推算四时节气的方法和制作的技能很精密，因而能够掌握事物的关键，似乎得到了鬼神力量的帮助。这是对新事物的热情礼赞。礼赞的同时，又说了两句话："知自此枫庭蓂荚，可勿生阶；彤陛鸡人，无烦戴绛。"《竹书纪年》卷上："（尧时）又有草夹阶而生，月朔始生一荚，月半而生十五荚，十六日以后，日落一荚，及晦而尽，月小则一荚焦而不落。名曰蓂荚，一曰历荚。"《艺文类聚》卷十一引《帝王世纪》曰："（尧时）又有草荚阶而生，随月生死，王者以是占日月之数。惟盛德之君，应和而生，故尧有之。名曰蓂荚。"蓂荚从月朔开始，日生一荚，至十五日生满十五荚，此后又从十六日开始，日落一荚，至月末落完。尧时就用这种方式计算日子。彤陛：皇宫中红色的台阶。古时宫中有鸡人报晓的制度，即在天将亮时，有人头戴红巾，于宫中高声喊叫，以警百官。中国本有好古的传统，纳兰却说，有了自鸣钟，这些以后就都不必了。"用"的另一层意思是通过各色人等的活动来写事物。首先写皇帝："于是深宫听之，不失九重之宵旰。"皇帝精密地掌握时间，就能宵衣旰食，更好地处理政务。这一句可能呼应了上引康熙皇帝《咏自鸣钟》一诗："清晨勤政务，数问奏章迟。"其次写文武百官："在位闻之，毋愆百职之居诸。"文武百官听到钟声，就会珍惜时间，很好地履行自己的职责。第三写爱惜光阴的人:"纵令雨晦风潇,而惜阴之士自识晨昏而运甓。"晋太尉陶侃暇时常常早上把砖(甓)从屋子里搬出去,天黑了又搬回来。如此循环往复,不知疲倦。或有人问之,陶侃答云:怕闲惯了而生怠惰之心,影响做大事业。这句是说,对于那些爱惜光阴的人,哪怕天色昏暗,影响辨别力,但有了钟,也能够控制时间,及时鞭策自己。第四写刺绣的女子:"即使终霾且曀,而刺绣之姬应知中昃而添丝。"《诗·邶风·终风》有"终风且霾""终风且曀"的描写。终,既。霾,尘土飞扬。曀,天气阴沉。中昃,日中及日偏斜。泛指过午。《书·无逸》:"自朝至于日中昃。"孔颖达疏:"言文王勤于政事,从朝不食,或至于日中,或至于日昃,犹不暇食。"这句是说,即使刮起大风,天气阴沉,由于有了钟,刺绣的女子也能了解天时的变化,而知道什么时候,及时添丝。第五写农人:"或处深山幽谷之中,若聆音而起,当弗昧于茅索绹之候。"《诗·豳风·七月》:"昼尔于茅,宵尔索绹。"茅,茅草;绹,绳子。孟子说:"民事不可缓也。"(《孟子·滕文公上》)为了说明这个"不可缓",就是引的《诗·豳风·七月》中的这几句:"昼尔于茅,宵尔索绹。亟其乘屋,其始播百谷。"这几句是说,即使是住在深山幽谷中的农人,远离人群,但只要身边有钟,就不会耽误事。第六写猎人:"或居修竹长林之内,若辨响而兴,亦勿迷弋凫与雁之期矣。"《诗·郑风·女曰鸡鸣》:"女曰鸡鸣,士曰昧旦。子兴视夜，明星有烂。将翱将翔，弋凫与雁。"这几句是说，即使是住在茂密的树丛之中，光线昏暗，但有自鸣钟按时提醒，就误不了弋猎凫雁的时机。莱辛（Gotthold Ephraim Lessing）在《拉奥孔》第二十一章中称赞荷马说："凡是不能就组成部分去描绘的，荷马就使我们从效果上去感觉到它。"以上赋法的这种写作，某种程度上，正体现了"从效果上去感觉到它"。当然，从上引《红楼梦》来看，这里面难免有想象的成分，比如，居处幽僻的农人和猎人，当时能够使用自鸣钟的机会恐怕很渺茫，可能这只是纳兰所勾画的一幅美好愿景而已。

自鸣钟如此精妙，如此有用，面对这样的器物，作者辗转思之，无法参透其原理，于是只能表达由衷的赞叹，感到惟有鬼斧神工才可当之，因为它"默夺造化之工巧，潜移二气之屈伸"，是天地化育，阴阳和合而成的。足以和浑天仪以及华美的乐器，还有天干地支的发明相媲美，垂之后世，永远常新。大挠：大挠氏，据说生活在黄帝时，发明了天干地支，构成了干支纪时法。章亥：大章和竖亥，古代传说中善走的人，以之形容干支搭配的运行。说到这里，又承接"知自此枫庭蓂荚，可勿生阶；彤陛鸡人，无烦戴绛"所表达的意思，提出"迨将黜公输而褫子野，夫何周礼凫氏之足云"。全篇戛然而止。公输：鲁班，姓公输，名般。又称公输子、公输盘、班输、鲁般。因是鲁国人，"般"和"班"同音，古时通用，故人们常称他为鲁班。公输班是春秋末战国初的著名工匠，在机械、土木、手工工艺等方面都有发明。纳兰却要"黜"之。师旷字子野，晋国大夫，是著名的乐律大师，对他的成就，纳兰却要"褫"之。而像《周礼·冬官考工记》中《凫氏》一篇所记载的甬钟各部分的名称及相应的尺度比值，原来都认为非常精妙，但与自鸣钟的精确比起来，也是微不足道的。他的这种态度，令人想起刘禹锡的《杨柳枝词》："请君莫奏前朝曲，听唱新翻杨柳枝。"具有革新思想的刘禹锡用这样两句，表达不要总是留恋过去的旧事物，怀抱过去的老观念，而要勇于、乐于接受新思想和新事物。纳兰性德这篇赋也能够给人同样的感受。

在一般人的心目中，纳兰是一个善写男女之情的词人，特别是在词的创作方面，往往缠绵悱恻，直指人心，有着很高的成就。但这只是纳兰的一个侧面。他十八岁参加顺天府乡试，考中举人。十九岁参加会试中第，后又参加殿试，考中第二甲第七名，赐进士出身。在仕途上，他被封为一等侍卫，曾多次随康熙出巡。在学术上，他曾主持编纂了《通志堂经解》，对传统学问下过很深的功夫。他也曾编有四卷《渌水亭杂识》，举凡历史、地理、天文、历算、佛学、音乐、文学等，包罗万象，可以看出他广博的知识面。作为康熙皇帝身边的红人，他非常了解康熙的思想，再加上他本人具有渊博的知识和宏阔的视野，因此，他能写出这样一篇热情讴歌新事物，充满革新精神的作品，也是当时时代精神的一个侧面的体现。

阃内的方外人

　　《水浒传》是一部打打杀杀，充满刀光剑影的小说，梁山好汉豪气干云，大口吃肉，大碗喝酒，过的是刀口上舔血的日子，往往都是直肠子，大多没有什么弯弯绕绕。但一方面是铁与血，另一方面其实也有许多不同的风情，这些风情，尤以幽默之笔，令人莞尔，而整部小说中最幽默的人物，可能莫过于鲁智深了。

　　对于鲁智深，金圣叹评价是"上上人物"，理由是"心地厚实，体格阔大。论粗卤处，他也有些粗卤；论精细处，他亦甚是精细"（《读第五才子书法》），这种粗中有细的个性，最容易生出富有戏剧性的故事，其中最令人印象深刻的情节之一要数第四回《小霸王醉入销金帐　花和尚大闹桃花村》中他在刘太公庄上痛打小霸王周通了。

　　这一天，鲁智深在庄上投宿，正赶上小霸王周通要强

娶刘太公的女儿。看到这一家愁眉不展，鲁智深起了侠义
心肠，自告奋勇要帮助刘太公渡过这一劫。怎么帮呢？他
自称会"说因缘"（这是和尚本色），于是就有下面一段
描写：

　　那大王推开房门，见里面黑洞洞地。大王道："你看，
我那丈人是个做家的人，房里也不点碗灯，由我那夫人黑
地里坐地。明日叫小喽罗山寨里扛一桶好油来与他点。"
鲁智深坐在帐子里，都听得，忍住笑，不做一声。那大王
摸进房中，叫道："娘子，你如何不出来接我？你休要怕
羞，我明日要你做压寨夫人。"一头叫娘子，一头摸来摸
去，一摸摸着销金帐子，遍揭起来，探一只手入去摸时，
摸着鲁智深的肚皮，被鲁智深就势劈头巾带角儿揪住，一
按按下床来。那大王却待挣扎，鲁智深把右手捏起拳头，
骂一声："直娘贼！"连耳根带脖子只一拳。那大王叫一声
道："甚么便打老公？"鲁智深喝道："教你认得老婆！"拖
倒在床边，拳头脚尖一齐上，打得大王叫："救人！"

这段文字不断蓄势，从周通嘀咕老丈人的节俭，到他在黑
暗中摸来摸去，摸到鲁智深的肚皮，最后到他吃鲁智深一
拳，却仍未醒悟，反而以为是老婆打老公，明明是黑暗中
的暗算，但读者只觉得充满戏谑和幽默，恐怕无法像鲁智
深那样"忍住笑"，反而会笑得一波接一波。从小霸王推

开房门，就充满了喜感。鲁智深是一个胖大和尚，周通摸到他的肚皮时，有什么样的内心活动，作者故意略去不写，正可以启发读者生动的想象空间。

说这一段充满戏剧性，实际上从人物身份就可以看出来。鲁智深是个和尚，和尚当然应该跳出三界外，不在五行中。一个和尚，偏偏从小姐的绣床上跳出来，这本来就是一个具有强烈反差的情境，具有出人意料的戏剧效果。

可能是这一情境太具有文学魅力了，"四大名著"中的另一部《西游记》也有类似的描写。第十八回《观音院唐僧脱难　高老庄行者降魔》写猪八戒被高老庄招赘，初时只是一个黑胖汉子，后来就现了本相，变作长嘴大耳朵的呆子，而且来去都是云雾，走石飞沙，这就惊吓了高员外及其左邻右舍，索性将女儿关进后面的宅子里，半年也见不到一面。赶上唐僧和悟空师徒在此投宿，也是悟空自告奋勇，扮做高太公的女儿翠兰，钻进床上，因此有了下面一段描写：

那怪不识真假，走进房，一把搂住，就要亲嘴。行者暗笑道："真个要来弄老孙哩！"……行者道："你怎的就去？"那怪道："你不知道，那闹天宫的弼马温，有些本事，只恐我弄他不过，低了名头，不像模样。"他套上衣服，开了门，往外就走，被行者一把扯住，将自己脸上抹了一抹，现出原身。喝道："好妖怪，那里走！你抬头看看我是那个?"那怪转过脸来，看见行者咨牙倸嘴，火眼金睛，磕头毛脸，就是个活雷公相似，慌得他手麻脚软，划剌一声，挣破了衣服，化狂风脱身而去。行者急上前，擎铁棒，望风打了一下，那怪化万道火光，径转本山而去。

这个情境其实一样，仍然是和尚藏匿在小姐的绣床，不过毕竟主人公不同了，因此表现上也有些区别，但房间里的黑暗仍然是一样的。那怪进来后，行者变化的翠兰"跳起来，坐在净桶上。那怪依旧复来床上摸一把，摸不着人，叫道：'姐姐，你往那里去了？请脱衣服睡罢。'"这个摸，和小霸王周通就颇有渊源。而那怪要和翠兰亲嘴时，被行者"使个拿法，托着那怪的长嘴，叫做个小跌。漫头一料，扑的掼下床来。那怪爬起来，扶着床边道：'姐姐，你怎么今日有些怪我？想是我来得迟了？'"这和周通吃痛所叫的"甚么便打老公"虽然可能有轻重的不同，但也是同一套路。至于刘太公庄上的和尚（鲁智深）是个大胖子，高太公庄上的和尚（孙悟空）是个小瘦子，而要往床上摸的人，身形则也相反，这就是同中有异了。

两部名著中用了同样的结构叙述模式，这一现象非常有意思。关于《水浒传》和《西游记》的作者，历来都有争论；其成书过程，也是学界常常讨论的问题。本文不拟涉及这些。从学界公认的一些事实看，目前所知最早的《水浒传》版本是百回本，大约刊刻于明朝嘉靖年间

（1522—1566），不少学者据此认为，嘉靖年间就是《水浒传》的最终成书时期。而《西游记》目前所知最早的版本是金陵世德堂本，刊刻于明朝万历二十年（1592），其成书时间肯定在此之前。虽然《西游记》最早刊刻于万历年间，但很难说其成书就在这些年，只是也无法排除这种可能性。果然如此的话，则《西游记》的创作在某些方面可能受到了《水浒传》的影响。不过，在中国文学史上，《水浒传》和《西游记》的故事都经历了漫长的被不断丰富的过程，在这个过程中，不少作者，包括都会才人、戏曲作家、话本作家等都有所贡献，因此，二者之间如果真有影响和被影响的关系，其具体的情形也还需要更为深入的探讨。多年以前，林庚先生在其别具一格的著作《西游记漫话》中，将这两个故事相提并论，从市民文学的角度，认为鲁智深假扮新娘痛打小霸王的情节，影响了高老庄的这一段，是值得重视的意见。

和尚、新娘（或妻子）、闺房、绣床等等，这些元素聚合在一起，无疑能够产生巨大的张力，中国古典小说中常常出现和尚，显然和这些都有一定的关系，至于具体如何描写，那又存乎一心，不同的作家有不同的处理方式。

不过，要说生动和细腻，特别是对塑造人物所起到的作用，《水浒传》的这种定势，无疑更为深入人心（姑且认为该书为开创者），四百多年后，仍然有着再现。

金庸《笑傲江湖》第二十九回《掌门》中有这样一个

情节：采花大盗田伯光来到开封府，看中一个富户小姐的美貌，白天在这家人家的左近"踩盘子"，被一直追踪他的不戒大师发觉，于是请小姐躲了出去，而他自己潜入小姐的闺房之中，纱帐之内，小说以田伯光和令狐冲对话的形式加以描写：

"这天说来惭愧，老毛病发作，在开封府黑夜里摸到一家富户小姐的闺房之中。我掀开纱帐，伸手一摸，竟摸到一个光头。"令狐冲笑道："不料是个尼姑。"田伯光苦笑道："不，是个和尚。"令狐冲哈哈大笑，说道："小姐绣被之内，睡着个和尚，想不到这位小姐偷汉，偷的却是个和尚。"田伯光摇头道："不是！那位和尚，便是太师父了。原来太师父一直便在找我，终于得到线索，找到开封府。我白天在这家人家左近踩盘子，给太师父瞧在眼里。他老人家料到我不怀好意，跟这家人说了，叫小姐躲了起来，他老人家睡在床上等我。"令狐冲笑道："田兄这一下就吃了苦头。"田伯光苦笑道："那还用说吗？当时我一伸手摸到太师父的脑袋，便知不妙，跟着小腹上一麻，已给点中了穴道。"

当然，和所有此类情节一样，发生的时间是夜里，而且房间里也一定是不点灯的。不过金庸虽然采取了这种叙述模式，仍然有自己的变化。首先，田伯光摸到的是脑袋，而不是肚皮。尽管鲁智深和不戒大师都是胖子，外形相像，但同中见避，因此接下来的发展也就顺理成章。如果说，小霸王摸到鲁智深的肚皮，一时还反应不过来，那也有着一定的生活逻辑，但田伯光摸到脑袋就不一样了，就算是黑灯瞎火，他也能"便知不妙"，"跟着小腹上一麻，已给点中了穴道"，也是题中应有之义。这里其实看出金庸汲取了中国传统小说的不同来源。像这样的"采花"模式，就可以从《三侠五义》这样的小说中找到原型。《三侠五义》中最著名的采花淫贼是花冲，"因他每逢夜间出入，鬓边必簪一枝蝴蝶，因此人皆唤他是花蝴蝶。每逢热闹场中，必要去游玩。若见了美貌妇女，他必要下工夫，到了人家采花"。田伯光和花冲的相似之处，除了一般的武功高强外，也都有"踩盘子"的习惯。《三侠五义》中诸侠擒获此人，则有这样的描写："原来韩二爷（五鼠中的老二彻地鼠韩彰）于前日夜救了巧姐之后，来到桑花镇，到了寓所，便听见有人谈论花蝶。细细打听，方才知道是个最爱采花的恶贼，是从东京脱案逃走的大案贼，怨不得人人以花蝶起誓。暗暗的忖度了一番，到了晚间，托言玩月，离了店房，夜行打扮，悄悄的访查。"再看《笑傲江湖》的描写："原来太师父一直便在找我，终于得到线索，找到了开封府。"跟踪访查，也是如出一辙。至于点穴这样的功夫，显然也是从传统武侠小说中来，而基本上与《水浒传》和《西游记》这样的著作无关。金庸小说中出现了好几个采花大盗，著名的还有《射雕英雄传》中的欧阳克，《天龙八部》中的云中鹤等，各有不同的写法，他对田伯光的描写可能是最接近传统小说的。

金庸显然对以和尚的身份假扮女子（或新娘）制服敌人的写法很有兴趣，在其小说中不断运用。比如，《倚天屠龙记》第二十七回《百尺高塔任回翔》说，苦头陀范遥为偷得十香软筋散解药，解救六大派各位好汉，抓住鹿杖客好色的特点，把汝阳王的爱妾韩姬偷来，塞给鹿杖客，却又意外地在鹿杖客离去时，因误会将她打死。此时正好鹿杖客返回，范遥就和韩姬一起裹在被子里，在鹿杖客伸手到被窝中为韩姬解穴时，伸出五根铁钳般的手指将他脉门牢牢扣住，使其全身劲力顿失，半点力道也使不出来。还有《书剑恩仇录》第十九章《心伤殿隅星初落 魂断城头日已昏》，写红花会群雄一行快到德化城时，见一青年男子正投缳自尽，救下后得知其恋人被方大人（方有德）强逼，要其做第十一房姨太太，因此想不开。众人拿出一百两银子，让他带着恋人银凤赶紧逃走。周绮去方府看后，了解到丈夫徐天宏的一家都是被此人所害，决意报仇。于是由余鱼同假扮新娘银凤，坐在轿子里，进了方府，刚拜完天地，就发现清宫侍卫瑞大林等来此贺喜，于是众人大打出手。巧合的是，范遥是个头陀，而此时的红花会十四当家的余鱼同，也还是和尚身份。由此可见，金庸对这种比较容易创造出戏剧效果的叙事模式念念在心，只是，这两次假扮并不是整个行动的重要环节，因此，只是草草带过，并不生动。

金庸喜欢这样的写法，但在具体操作时，他也不一定对前人亦步亦趋，有时也会根据需要，做出一定的调整。

《射雕英雄传》第十五回《神龙摆尾》写到，郭靖和黄蓉在宝应重逢后，正沉浸在喜悦中，忽听两个乞丐打扮的人说"已探明程家大小姐的楼房，在同仁当铺后面的花园里"，晚上要去干事。郭靖"不禁吃了一惊，心想这必是众师父说过的采花淫贼，可不能容他们为非作歹"。待到一更过后，他们来到程瑶迦的绣楼，却发现里面已经戒备森严，而程和两个乞丐竟是约好的。原来，是欧阳克看中了程瑶迦，夜间要来抢人，那两个乞丐，一个是丐帮的八袋长老"江东蛇王"黎生，一位是黎生的师侄余兆兴，他们正是得知此事，前来相帮。黎生请程小姐到母亲房中歇息，其他人等也都避开，说"在下自有对付那狂徒的法子"。他的法子是什么呢？书中写道：

黎生走到小姐床边，揭开绣被，鞋也不脱，满身脏脏的就躺在香喷喷的被褥之上，对余兆兴道："你下楼去，和大伙儿四下守着，不得我号令，不可动手。"余兆兴答应了而去。黎生盖上绸被，放下纱帐，熄灭灯烛，翻身朝里而卧。

用的招数和鲁智深、孙行者如出一辙。不过下面的情节金庸做了调整，并没有按照误会的老套走，而是写欧阳克早就识破了这个计谋，将计就计，三更过后，众位白衣女弟子用绸被兜头罩在黎生身上，牢牢搂住，并将其放在大布袋中。欧阳克见了，缓步上前，折扇轻挥，已折成一条铁笔模样，就要动手，于是和丐帮战成一团。用乞丐取代和尚，无疑也是创造一种强烈的反差，制造带有对比鲜明的戏剧效果，就如黄蓉看到黎生揭开绣被，连鞋也不脱，满身肮脏地就躺在香喷喷的被褥之上时，心中暗暗好笑："程大小姐这床被头铺盖可不能要了。他们丐帮的人想来都学帮主，喜欢滑稽胡闹。"事实上，这当然不是"滑稽胡闹"，而是一种御敌之策。金庸看到了《水浒传》等著作中这种写法的艺术效果，自觉不自觉地移植过来，却又根据情节发展的要求，做了创造性转化，体现了过人的艺术才华。当然，与写和尚相比，乞丐所创造的对照性的艺术效果，特别是喜剧性的效果没那么强烈，但这也是一种特殊的身份，如此安排并不违和。曾读过一篇题为《金庸与〈水浒传〉》的文章，里面谈到"金庸自己也评价过《水浒传》的鲁智深等形象，让他印象极为深刻，他说哪怕是情节故事都忘记了，人物依旧鲜活"。网络上还有文章写金庸访问台湾，主事者搜集到一百个问题，请其回答，其中就提到金庸曾经称赞俗文学中有极高品位者，举的例子是《西游记》。由此看来，他从这两部小说中借鉴某些情节，完全是理有固然。

关于金庸小说的艺术渊源，学界已经有了不少探讨，或说他从中国传统武侠小说中借鉴情节的紧张性和故事性，或说他从西方现代小说中借鉴心理描写，不一而足。本文所述，主要是通过两个例子看他和中国传统小说的关系，希望能够讲得实在一点，指出其对相关艺术手法的具体挪移和创造发挥，或可为阅读金庸小说之一助。

患难中的"腻友"

——说《聊斋志异·娇娜》

伦理观念往往随着社会的发展而有所变化，这似乎是一个显而易见的问题。但是，由于大量丰富的现象都淹没在历史的长河中，要考察其间变化的轨迹，却并不是一件容易的事。于是，我们不得不经常把注意力投向虽属观念形态、但却是作为社会生活的反映而出现的文学作品上去。

和《聊斋志异》中的其他许多作品一样，《娇娜》所写的，也是人与狐的关系。但其主题，却并不是歌颂爱情（如许多同类作品一样），而是歌颂友谊。这在《聊斋志异》中，是个表现不多的题材。

书生孔雪笠，至天台投友不得，贫无以归，寓居菩陀寺。遇皇甫公子，甚相得。不久，孔生得重病，幸得皇甫之妹娇娜救治之。两家议婚，以娇娜太小，遂别娶姨女阿松。后皇甫一家有难，孔生为救娇娜，被雷击死。娇娜不顾男女有别，多方救治，终于救活了孔生。本篇情节，大致如此。

按照人物出场顺序，作者先写的是孔雪笠和皇甫公子间的友谊。孔生寓居僧寺，靠"为寺僧抄录"为生，甚为潦倒。遇到皇甫公子，得到生活上的接济，已是不易，而复有精神上的相知，更为难得。文中又特别安排了一个属意香奴的情节："一夕，酒酣耳热，目注之。公子已会其意……"见而知其善，交而有默契，这就见出二人成为知交是有基础的。

但尽管如此，二人的友谊显然并不是作者描写的重点，因此，作为一个铺垫，很快就一笔带过，过渡到娇娜的出场。

娇娜的出场是由于孔生的病。小说写道："时盛暑溽热，移斋园亭。生胸间肿起如桃，一夜如碗，痛楚呻吟。公子朝夕省视，眠食俱废。又数日，创剧，益绝食饮。"在这种情况下，皇甫公子想起妹子娇娜能疗之。但男女授受不亲，娇娜作为少女，颇有不便，怎么解决这一矛盾？作者便让皇甫公子说了一句话："此兄良友，不啻同胞也，妹子好医之。"有了这句话，不仅娇娜便于动手，而且呼应了前面的一大段描写，使其成为全篇的一个有机组成部分。于此可见作者的文心之细。

孔生之于娇娜，开始时亦是爱其容貌，而有云雨巫山之想。小说中对疗疾一段是这样写的："少间，引妹来视生。年约十三四，娇波流慧，细柳生姿。生望见艳色，嚬呻顿忘，精神为之一爽。……（娇娜）乃一手启罗衿，解佩刀，刃薄于纸，把钏握刃，轻轻附根而割。紫血流溢，沾染床席。生贪近娇姿，不惟不觉其苦，且恐速竣割事，偎傍不久……"治完后，"生跃起走谢，沉痾若失。而悬想容辉，苦不自已。自是废卷痴坐，无复聊赖。"写到这里，仍未跳出才子佳人一见钟情的老框框。如果按照这一条爱情线发展下去，虽然也会感人，但基本上不可能提供什么新的观念。

蒲松龄实在是位高手。他及时斩断了这根情丝，从而使得故事情节可以向另一个方面发展。具体地说，孔生的这番心思被皇甫看出，但娇娜太小，愿以姨女嫁之。孔生也愿意。成婚时，"是夕，鼓吹阗咽，尘落漫飞，以望中仙人，忽同衾幄，遂疑广寒宫殿，未必在云霄矣。"而"合卺之后，甚惬心怀"。看来，他先前所说的"曾经沧海难为水，除却巫山不是云"，倒是未必然的。

不管怎么说，孔生已结婚了，而且很满意，从常情推论，他和娇娜之间本不应再有什么关系了。但事情的发展，每每出人意料，随着一个意外事件的发生，情节又起了波澜。

孔生与皇甫公子一家重逢后，一天，"公子有忧色，谓生曰：'天降凶殃，能相救否？'生不知何事，但锐自任。"不知何事，即慨然许诺，若非知交，何以至此？接下来，皇甫"招一家入，罗拜堂上"。并说："余非人类，狐也。今有雷霆之劫。君肯以身赴难，一门可望生全；不然，请抱子而行，无相累。"听罢，孔生表示"矢共生死"。不知何事，即锐身自任，知其非人，仍初衷不改，这无疑将彼此的友谊赋予了超越性。于是，当"阴云昼瞑，昏黑如黳"，"霹雳一声，摆簸山岳，急雨狂风，老树为拔"之时，孔生仗剑于门，虽目眩耳聋，仍屹立不动。"忽于繁烟黑絮之中，见一鬼物，利喙长爪，自穴攫一人出，随烟直上。瞥睹衣履，念似娇娜。乃急跃离地，以剑击之，随手堕落。忽而崩雷暴作，生仆，遂毙。"孔生为救娇娜，不惜献身，在那一瞬间，他心里也许闪过了最初的一见钟情，但更大的动力，却来自皇甫一家的厚爱，以及娇娜把钏疗伤的情谊，有了这种基础，退一步说，即使不是娇娜，他也会这样做的。

下面再看娇娜的反应："少间，晴霁，娇娜已能自苏。见生死于旁，大哭曰：'孔郎为我而死，我何生矣！'松娘亦出，共舁生归。娇娜使松娘捧其首，兄以金簪拨其齿，自乃撮其颐，以舌度红丸入，又接吻而呵之。红丸随气入喉，格格作响。移时，豁然而苏。"娇娜为救孔生，采取了在封建社会中一个女子不可能采取的方式，而且还是当着孔生的妻子阿松的面，若没有纯洁的心地，超越的情感，是不可想象的。对双方来说，都无愧生死之交的赞誉。

所以，如果说《娇娜》一篇提供了什么新的因素的话，那就是男女之间发展友谊的可能性。在中国封建社会，男女之大防的传统观念，决定了青年男女之间不可能产生超越情欲的感情。只有进入现代社会，长期被压抑的某些思想才能得到发展的契机。蒲松龄在篇末借异史氏之口说道："余于孔生，不羡其得艳妻，而羡其得腻友也。观其容可以忘饥，听其声可以解颐。得此良友，时一谈宴，则'色授魂与'，尤胜于'颠倒衣裳'矣。"他把娇娜视为孔生的"腻友"，即闺中之友，并认为这种感情比二人向恋人之情发展更有价值，说明他是在中国封建社会中较早抓住这种契机的人，小说中所反映的思想意义，直到现在仍能够有所启发。

隐于笑的真性情
——谈《聊斋志异》中婴宁形象的塑造

　　《聊斋志异》以神异而写人情世态，塑造了不少生动的人物形象，婴宁是其中比较特殊的一个。

　　《婴宁》写书生王子服游于郊外，遇到狐女婴宁，从此日思夜想，相思成疾，后来经过执着追求，终于结为夫妻的故事。

　　婴宁之美，全在于有意无意间的朦胧。王子服和婴宁的初次相会是这样的：婴宁"携婢，拈梅花一枝，容华绝代，笑容可掬。生注目不移，竟忘顾忌。女过去数武，顾婢子笑曰：'个儿郎目灼灼似贼！'遗花地上，笑语自去"。对"注目不移"的王生，她不是怒，而是笑；手里所拈的花，也不是摔在地上，而是"遗花地上"。无怪乎王生"拾花怅然，神魂丧失"。婴宁当然不是有意对王生笑，但在那样一个不期而遇的场合，一个短暂的照面，她就笑了三次，可能是笑者无心，但注定是见者有意。这真是一个富有包孕的时刻，是一个充满想象的空间。令人不禁想起苏轼著名的《蝶恋花》："花褪残红青杏小。燕子飞时，绿水人家绕。枝上柳绵吹又少，天涯何处无芳草。 墙里秋千墙外道。墙外行人，墙里佳人笑。笑渐不闻声渐悄，多情却被无情恼。"苏轼词中的男主人公，和那位笑声不断的女子，是隔着一道高墙，所以，虽然一个有情，另一个却全然不知。王生和婴宁之间并没有一道高墙，但是，蒲松龄却创造了同样的效果，可以互参。

王生和婴宁的第二次相会是这样的："（婴宁）由东而西，执杏花一朵，俯首自簪。抬头见生，遂不复簪，含笑拈花而入。"王生不敢贸然闯入，只好坐在门口，而"时见女子露半面来窥，似讶其不去者"。王生此行本是来寻婴宁，天公作美，竟然找到，因此"心骤喜"。而婴宁见到王生，却没有这么强烈的反应，好像早在预料之中。她走入院子，留下王生在外面，"一任饥渴"，"自朝至于日昃"，好像是考验他的感情。

在婴宁这一方来说，两次相遇，第一次有点吃惊，第二次就似在意料中，至于回避生人，躲进家门，也很自然。但从王生这一方来说，先是对于婴宁的笑难以忘怀，认为是意有所属，后面拈花而入，则也可能被他认为是指示居所。王生等在外面，想不出什么理由可以进入，而婴宁的时"露半面来窥"，也可能让他想入非非，因此这个"似讶其不去"，在他看来，也可以理解为"似讶其不入"。这种微妙的心理可以从老妪的话中看出："何处郎君，闻自辰刻便来，以至于今，意将何为？"所谓"闻"，当然是闻之于婴宁，说明婴宁的密切关注，所以，后来老妪引王生入内，则也可以看作对婴宁心意的一种了解，但妙在不即不离，并不明说。

对于婴宁，小说中的媪说她"呆痴如婴儿"，王生说她"憨痴"，王母说她"太憨"。看起来，这是外界对她的最直观的印象。

王生在婴宁家住下后，一日，到后花园游玩，碰到婴宁，有这样一番对话："（王生）乃出袖中花示之。女接之曰：'枯矣。何留之？'曰：'此上元妹子所遗，故存之。'问：'存之何意？'曰：'以示相爱不忘也。自上元相遇，凝思成疾，自分化为异物；不图得见颜色，幸垂怜悯。'女曰：'此大细事，至戚何所靳惜？待兄行时，园中花，当唤老奴来，折一巨捆负送之。'"这番对话中，站在王生的角度理解，既是生活之态，也有文学传承。《诗经·邶风·静女》："自牧归荑，洵美且异。匪女之为美，美人之贻。"诗中男子得到"静女"从野外采摘而来的茅草，非常珍视，当然并不是茅草本身有什么特殊，特殊的是，这是"美人之贻"。但是，那却是有心之贻。《婴宁》中的枯花，是婴宁随手抛掷，却被王生珍藏，却又在表示王生之痴，正如《西厢记》中的《游殿》一出，张生见到莺莺，顿时魂不守舍，对着莺莺的脚印思忖："这一步是去的，那一步也是去的，这一步转将过来，脚尖儿对着脚尖儿，甚有顾盼小生之意。"小说和戏曲中的这两个情节，真可以相映生辉。在王生心目中，婴宁是"憨痴"，但在婴宁眼中，王生岂不也是"憨痴"？同是憨痴，两种表现，形成对比，如此描写，真是高手。

但婴宁的性格又有着多样性。婚后的夫妻之爱，自不待言；惩治西家荡子，也不必多说。即是平日，在娇憨之中，也能见出其聪明知礼。上述和王生的第二次相遇，婴宁知道避入内室。王生携婴宁回到家，"吴生至，女避入室。"也都展现出闲雅淑女的一面。这里的描写，倒让人想起北宋词人柳永的名篇《夜半乐》："望中酒旆闪闪，一簇烟村，数行霜树。残日下、渔人鸣榔归去。败荷零落，衰柳掩映，岸边两两三三、浣纱游女。避行客、含羞笑相语。"那些天真无邪的少女，见到行客，也知回避，却又"含羞笑相语"，这都可以在婴宁身上找到一点痕迹。

婴宁第一次见到王生，身边有侍婢，因此不甚顾忌。第二次见到王生，是两个人单独在一起，而且不知王生来意，因此避入室内，十分自然。至于吴生，一则初会，二则是在陌生地方，她的持重更有道理。放在当时的环境中，可以看出她懂得礼教，深明事理。对于婆婆，她似乎缺少既有观念，当婆婆走进房间，她"犹浓笑不止"，全无拘束，惹得婆婆感到"此女亦太憨生"。但是，她同时又"昧爽即来省问"，而且"操女红精巧绝伦"。另外，她的笑也并不只是无厘头的憨笑，"每值母忧怒，女至，一笑而解。"则又颇知分寸，不仅对何时笑把握得极好，而且也能够用自己的笑，作为处世之资。所以，异史氏总结了她的笑，发表了这样的意见："我婴宁何常憨耶！"甚至认为她是"隐于笑者"。这是一个非常有趣的判断。在古代，有隐于山林者，隐于朝市者，隐于诗词者，隐于书画者……隐于笑者就少见提及。隐这个字，对于形形色色的隐士来说，既是本性流露，又是生存之道，在婴宁的处世方式中，我们也能一定程度上看到这一点。异史氏的这一表述，将蒲松龄塑造的这个笑的世界，提到了一个很高的层次。

读这篇小说，第一个最直观的印象，可能就是婴宁的笑，在并不很长的一篇小说中，婴宁竟笑了二十七次之多。可见，笑是婴宁性格的重要组成部分，也是作者所刻意想表现的。如王生第一次遇见婴宁之后，相思难忍，径去寻找，找到后，有这么一段：

未几，婢子具饭，雏尾盈握。媪劝餐已，婢来敛具。媪曰："唤宁姑来。"婢应去。良久，闻户外隐有笑声。媪又唤曰："婴宁，汝姨兄在此。"户外嗤嗤笑不已。婢推之以入，犹掩其口，笑不可遏。媪嗔目曰："有客在，咤咤叱叱，是何景象？"女忍笑而立，生揖之。媪曰："此王郎，汝姨子。一家尚不相识，可笑人也。"生问："妹子年几何矣?"媪未能解。生又言之。女复笑,不可仰视。媪谓生曰:"我言少教诲,此可见也。年已十六,呆痴裁如婴儿。"生曰:"小于甥一岁。"曰:"阿甥已十七矣,得非庚午属马者耶?"生首应之。又问:"甥妇阿谁?"答云:"无之。"曰:"如甥才貌,何十七岁犹未聘耶?婴宁亦无姑家,极相匹敌,惜有内亲之嫌。"生无语,目注婴宁,不遑他瞬。婢向女小语云:"目灼灼,贼腔未改。"女又大笑,顾婢曰:"视碧桃开未?"遽起,以袖掩口,细碎连步而出。至门外,笑声始纵。

一个场景,笑了七次,而且情态各有不同,真是发自内心的高兴,明朗,纯真,无拘无束,看起来正像其母向王生介绍的那样:"嬉不知愁。"中国小说史上有若干个描写笑的经典场面,如《三国演义》赤壁之战后曹操逃亡过程中的三次仰天大笑,《红楼梦》第四十四回中刘姥姥自我取笑时引得众人各具情态的大笑等,《聊斋志异》中对婴宁的描写,也完全可以纳入这个经典系列中,占据一个重要的位置。

然而,写她的笑,主要是突出其真性情,可是生活中不可能只有欢乐,没有哀愁,所以,笑的时候能够自然发之于心,哀愁之时,肯定也会如此。人们在故事中,注意的似乎是一个天真活泼、整天沉浸在笑声中的女孩子,可是,懂得笑的人,由于具有真性情,当然也更加知道哀愁的分量。惟其笑得畅快，哀愁时也就愈见凄切："一夕，对生零涕。异之。女哽咽曰：'曩以相从日浅，言之恐致骇怪。今日察姑及郎，皆过爱无有异心，直告或无妨乎？妾本狐产，母临去，以妾托鬼母，相依十余年，始有今日。妾又无兄弟，所恃者惟君。老母岑寂山阿，无人怜而合厝之，九泉辄为悼恨。君倘不惜烦费，使地下人消此怨恫，庶养女者不忍溺弃。'生诺之，然虑坟冢迷于荒草。女但言无虑。刻日，夫妻舆榇而往。女于荒烟错楚中，指示墓处，果得媪尸，肤革犹存。女抚哭哀痛。"如此明礼懂事，洞彻人伦，和原来的憨痴判若两人，但这一笔，就勾出了一个完整的形象，显得更有层次，更加立体。所以，异史氏就针对这一点加以评论："观其孜孜憨笑，似全无心肝者。……至凄恋鬼母，反笑为哭，我婴宁殆隐于笑者矣。"

王夫之曾经指出："以乐景写哀，以哀景写乐，一倍增其哀乐。"（《薑斋诗话》）并不一定符合这里的描写。但是，前面写欢乐，后面写悲伤，乐之极，而又悲之极，也构成了鲜明的对比，是蒲松龄在婴宁的形象塑造上所展示的艺术辩证法。

中国有非常悠久而强大的抒情传统，即使是小说创作，有时也不例外。在《婴宁》这部小说中，如果要选择一种物象可以和婴宁相映衬，肯定是花。婴宁喜欢花，花也和她构成了一个和谐的整体。她居住的环境是这样的：

"门前皆绿柳，墙内桃杏尤繁，间以修竹，野鸟格磔其中。""白石砌路，夹道红花，片片堕阶上。""窗外海棠枝朵，探入室内。"舍后则有"园半亩，细草铺毡，杨花糁径；有草舍三楹，花木四合其所"。嫁到王生家之后，仍是"爱花成癖，物色遍戚党，窃典金钗，购佳种，数月，阶砌藩溷，无非花者"。婴宁爱花，她本身也就是一朵盛开的花。

社会生活是构成人物性格的重要因素，同样，自然环境也和人物性格息息相关。典型的例子是林黛玉所居住的潇湘馆："凤尾森森，龙吟细细，一片翠竹环绕。"这和她的体态、生活情调以及清高孤傲的性格都非常协调。这种地方，当然不适合婴宁居住。人们肯定都倾向于接受，只有这样的花的世界，花的海洋，才是这位美丽活泼、天真无邪的少女的恰当居所。

蒲松龄写婴宁与花的关系，也很动心思。王生和婴宁第一次见面，婴宁是手拈梅花，第二次见面，则是手拈杏花。而发现王生在目不转睛地盯着她看，则在嘲谑之后，又对婢女说："视碧桃开未?"次第写梅花、杏花和桃花，不是泛泛之笔。从花期来说，大略是梅花在前，杏花在后，桃花又在后。前两次是实写，见出时序的迁移，以及情节的进展，后一次提到桃花，则又是隐隐约约指向未来，暗示还会有进一步的故事发生。蒲松龄对这些细节，也掌握得如此细心，一笔不苟。此外，王生和婴宁第一次是在野外邂逅，婴宁"遗花地上，笑语自去"；第二次是在家门口，便不"遗花"，而是"含笑拈花而入"了。从这两个不同的动作，也不难看出女主人公心理的变化。

意蕴丰厚的隐喻和象征

——《红楼梦》第八十二回林黛玉梦境的解析

　　《红楼梦》这个书名中有一个梦字，全书自然也少不了写梦。据有的学者统计，书中大大小小的梦共有33处之多，对于故事情节的展开，人物性格的塑造等，起到了不同的作用。本文要谈的，是第八十二回林黛玉所做的梦。

　　梦的主要内容是贾雨村做媒，将林黛玉许给了她继母的一个亲戚为续弦，王熙凤和邢夫人、王夫人、薛宝钗都来道贺。黛玉惊惧交加，去求贾母，贾母不理会。又找宝玉，宝玉拿刀子剖开胸口，要将心掏出来给黛玉看。黛玉吓得魂飞魄散，放声大哭。哭醒了，才知是南柯一梦。

　　关于这个梦，以往学界在研究中曾不同程度有所涉及。如余国藩从黛玉做梦之前的心理活动出发，一会儿想，若是父母在世时，早早地定了和宝玉的这桩婚姻，该有多好；一会儿又想，倘若父母在世，固然有可能定了和宝玉的婚姻，但也很可能早早就在别处定了婚姻。果然如此的话，倒还不如现在这种情形，尚可以争取。余先生因此做出判断：这段话中最惊人的是黛玉居然自找台阶大做黄粱美梦，不顾自欺欺人地以为父母仙逝竟或于己有利。黛玉的这个梦，和她的言谈、诗、泪水一样，实际上是她对抗排山倒海一般苦难和不测的工具。（余国藩著，李奭学译《重读石头记——〈红楼梦〉里的情欲与虚构》，台湾麦田出版社 2004 年版，第 340、347 页）

夏志清则以自己对于西方文学理论的稔熟，从这个梦中体会到，曹雪芹对心理意识的挖掘实际已比现代心理学的发现抢先了一步。在夏先生看来，林黛玉之所以梦到父亲，是希望重新获得往日的自豪和安全感。而她之所以梦到自己会成为一个填房，是因为袭人关于尤二姐和香菱的悲惨遭遇的叙述在她潜意识中产生了有力的影响，但是她又不可能会做一个妾，因此她对自己的最坏想象就是变成了一个鳏夫的妻子。梦中贾母、王夫人、凤姐都变得冷漠无情，后来也就是她们都反对她做宝玉的妻子，黛玉的直觉得到了证实。夏志清又从生理的角度入手，分析黛玉之所以会梦见这种骇人听闻的景象，是跟她的身体状况有关，"到了黛玉做这个噩梦时，所有青春的迹象都已离她而去……这个梦成了她通往死亡的道路上的又一个界碑。"（夏志清《中国古典小说导论》，安徽文艺出版社 1988 年版，第 309 页）

本文对前人的一些说法有所借鉴，同时，也想根据个人的理解，再对相关问题做一些分析。

弗洛伊德曾经说过，梦是愿望的达成。中国的老话也说，日有所思，夜有所梦。第八十二回的这个梦，和黛玉的生活以及心态密切相关，处处是隐喻和象征，写得非常精彩。

黛玉入梦前，主要发生了这样两件事。一是由于宝玉去上学之后，怡红院里甚为清静，袭人想到自己的终身大事，以后可能要和黛玉牵涉在一起，而黛玉又比较多心，因此，她就放下活计，到潇湘馆去看看。和黛玉寒暄之后，见了紫鹃，劈头就说："我昨儿听见秋纹说，妹妹背地里说我们什么来着。"虽是笑着说的，但显然是很关注潇湘馆里关于怡红院的言语。二是宝钗派了一个婆子来给林黛玉送蜜饯荔枝，见到黛玉后，学说薛姨妈平日里的话，夸黛玉漂亮，和宝玉真是天生的一对。然后又说这蜜饯荔枝还有两瓶，要送给宝玉去。

一个是从宝玉那里来的人，而且这个人以后显然会和宝玉有亲密的瓜葛；一个是从宝钗那里来的人，明明白白学说了薛姨妈平日里的话。这两个所在正是黛玉时时悬在心头的。小说中写，林黛玉是看到宝钗送来的荔枝瓶，又想到那婆子日间的一番言语，有所感触，才做了这个梦。其实，袭人的到来也是一个重要的铺垫。而且，袭人见到紫鹃后，劈头就是一句"妹妹背地里说我们什么来着"，也不是毫无根由的臆想。第三十二回写宝玉和史湘云、袭人三个人闲话，史湘云不满她为宝玉做的扇套子被林黛玉铰了，袭人为宝玉解释，湘云就说："林姑娘他也犯不上生气，他既会铰，就叫他做。"这时候袭人是这样应对的："他可不做呢。饶这么着，老太太还怕他劳碌着了。大夫又说好生静养才好，谁还烦他做？旧年好一年的工夫，做了个香袋儿，今年半年，还没拿针线呢。"以袭人素日的稳重谨慎，她这样在背后议论黛玉，比较少见。联想到第二十九回清虚观中的张道士送了宝玉一盘子贺物，其中有个金麒麟，就留了下来。宝玉因为张道士为他提亲，心中不受用，林黛玉则为那个金麒麟心中有疙瘩，两人就闹了起来，而且越闹越大，贾母和王夫人迁怒于袭人和紫鹃，"将他二人连骂带说教训了一顿"。对此，紫鹃是这样劝说的："若论前日之事，竟是姑娘太浮躁了些。别人不知宝玉那脾气，难道咱们也不知道的。为那玉也不是闹了一遭两遭了。"而袭人虽也劝宝玉要体贴女孩子，却还要加上这一句："明儿初五，大节下，你们两个再这么仇人似的，老太太越发要生气，一定弄的不安生。"这样看来，袭人对黛玉不满，也是理有固然。况且，湘云、袭人和宝玉三人说话时，湘云曾提到仕途经济的话，被宝玉抢白了一顿，并称赞林黛玉："林姑娘从来说过这些混帐话不曾？若他也说过这些混帐话，我早和他生分了。"小说描写，林黛玉"刚走来，正听见史湘云说经济事"。那么，袭人是否也怀疑林黛玉听到了前面她对史湘云所说的那番议论呢？也许，袭人来到潇湘馆，故作玩笑地说起"妹妹背地里说我们什么来着"，就和这个心结有关。而当袭人说起尤二姐的死，袭人说："想来都是一个人，不过名分里头差些，何苦这样毒？外面名声也不好听。"小说就写道："黛玉从不闻袭人背地里说人。"这就和前面袭人和史湘云一起议论林黛玉呼应起来了。

为什么是贾雨村前来和黛玉说这件事？一方面，贾宝玉和林黛玉说起父亲要求自己念八股文章时，林黛玉就说自己小时候曾跟着贾雨村也念过相关内容，这正是前不久的事，想必在心中还留有影像；另一方面，这反映出黛玉深深的父亲情结。黛玉的母亲过世后，她和父亲在一起，父亲就是她最亲的人，而贾雨村是林黛玉的老师，曾经教过她四年之久，所谓一日为师，终身为父。在深层次，父亲的保护是她内心最大的期待。但是，期待越大，失望也可能越大。既然林黛玉的母亲过世了，父亲就有续弦的可能。在中国文化传统中，继母是一个比较复杂的符号。林如海续娶，而且对续弦"合心合意"，当然对其就是宠爱的，是则贾雨村做媒要把林黛玉嫁出去，而且是给继母的亲戚做续弦，可能也正是继母的主意。因此，这里或也显示出林黛玉隐藏于潜意识中的不安。入梦之前，黛玉曾有一番内心活动，始则想："看宝玉的光景，心里虽没别人，但是老太太、舅母又不见有半点意思，深恨父母在时，何不早定了这头婚姻。"继又想："倘若父母在时，别处定了婚姻，怎能够似宝玉这般人材心地？不如此时尚有可图。""别处定了婚姻"这种惶恐，恐怕也不是今天才有，黛玉固然为有宝玉相知而深感庆幸，但在婚姻之事完全听从父母之命的那个时代，黛玉能够碰到宝玉，而且能够自己先在感情上做出选择，其实也是偶然，她的内心未尝没有侥幸之感。而且，她自己固然可能由于父母之命而被"别处定了婚姻"，宝玉当然也同样可能如此。这些复杂的情绪交织在一起，或者也为贾雨村做媒这件事做了点注脚。另一方面，黛玉对此事的反应也可以从其个性和人生追求上来理解。现实生活中，黛玉追求独立人格，是一个可以为情而生，为情而死的人，心灵的相知是她感情选择的前提。可是，她的婚姻偏偏被这样安排，而且还是续弦，这就使得中间出现了极大的反差，当然也是给了她沉重的一击。

在梦中，前来道贺的是王熙凤和邢夫人、王夫人、薛宝钗。这四个人，正体现了林黛玉的隐忧。先说王熙凤，她的精明能干，以及在贾府中的地位，那是没得说的了。她其实也知道黛玉的心事，宝玉的想法，也了解贾母对黛玉的疼惜。第二十五回写黛玉到怡红院去，适逢李纨、王熙凤、薛宝钗都在，王熙凤说起曾经送茶的事，言谈间，就和黛玉开玩笑："你既吃了我们家的茶，怎么还不给我们家做媳妇？"然后更为直接："你给我们家做了媳妇，还亏负你么？"又具体指着宝玉说："你瞧瞧人物儿配不上？根基儿家私配不上？那一点儿玷辱了你？"而这些，全都是当着宝钗的面说的。临走时，还把黛玉推向宝玉。但是，后来想出调包之计，让宝玉在迷迷糊糊中娶了宝钗，给了黛玉致命一击的，也正是她。所以她出现在道贺人中，显示黛玉对她的行为方式已经比较了解，也隐隐感到忧惧，有所提防。

　　邢夫人和王夫人在贾府中的地位不可同日而语，她们为什么一起出现呢？黛玉刚到贾府，见过贾母后，贾母首先介绍的是邢夫人和王夫人："这是你大舅母，这是你二舅母。"这或者已经在年幼的黛玉心中造成了深刻的印象：这两个人代表着贾府的两位男性家长。虽然事实上贾赦和邢夫人都不讨贾母喜欢，以黛玉的精明和敏感，现实中的她不会不知道，但到了梦中，就不一定有那么层次分明的逻辑，因此，她们二人以男权的象征出现，邢夫人又是长子贾赦之妻，甚至显得更为主动一些。当黛玉不信父亲娶了继母并将其许配给一个亲戚作续弦时，是邢夫人对王夫人使了个眼色，一起离开了，平时不是那么清晰的长幼有序，在梦中却显露出来了，回到了本来的逻辑。当然，从具体生活来看，黛玉和王夫人的接触多一些。从小说的描写看，王夫人对黛玉也不能说不好，但她却很讨厌晴雯，而晴雯长得很像黛玉。于是我们看到第七十四回，由于贾母的丫头傻大姐在大观园里捡到一个十锦如意香袋，王夫人去找王熙凤，两个人商量抄检大观园，对里面的丫鬟们严加搜查。这时王善保家的乘机进言："别的都还罢了，太太不知道，一个宝玉屋里的晴雯，那丫头仗着他生的模样儿比别人标致些，又生了一张巧嘴，天天打扮的像个西施的样子，在人跟前能说惯道，掐尖要强，一句话不投机，他就立起两个骚眼睛来骂人。妖妖趫趫，大不成个体统！"这就触动王夫人想起了往事，对王熙凤说："上次我们跟了老太太进园逛去，有一个水蛇腰，削肩膀儿，眉眼又有些像你林妹妹的，正在那里骂小丫头。我心里很看不上那狂样子。"于是派人把晴雯叫来，不由分说，就骂了一顿："好个美人儿！真像个病西施了。你天天作这轻狂样儿给谁看！你干的事，打量我不知道呢！我且放着你，自然明儿揭你的皮！"先是点明"眉眼又有些像你林妹妹"，又由其神态斥责她"真像个病西施了"。而第三回黛玉进贾府，见到宝玉时，通过宝玉的眼睛看去，她的样子正是"病如西子胜三分"。接下来就是在大观园里搜检，第一个搜的是怡红院，第二个搜的就是潇湘馆。王夫人骂晴雯的那些话当然不是当着黛玉的面，但抄检大观园这么大的事，相关的细节一定会传到黛玉的耳朵里，以她的秉性，肯定也会有所猜疑，增加了一些心理阴影。

至于薛宝钗，她一直就是林黛玉的心病。第二十八回写宝玉要去给贾母请安，路上遇见黛玉，说起昨日贵妃所赐之物，宝玉问黛玉为什么不在自己得到的东西中拣一些，黛玉回答："我没这么大福禁受，比不得宝姑娘，什么金什么玉的，我们不过是草木之人！"宝玉听她说出"金玉"，就发誓："除了别人说什么金什么玉，我心里要有这个想头，天诛地灭，万世不得人身！"然后又进一步表白："我心里的事也难对你说，日后自然明白。除了老太太，老爷，太太这三个人，第四个就是妹妹了。要有第五个人，我也说个誓。"可是黛玉却很清醒："你也不用说誓，我很知道你心里有'妹妹'，但只是见了'姐姐'，就把'妹妹'忘了。"这其实就是黛玉始终念兹在兹的心事，而且后来确实也就是宝钗介入了宝黛的婚姻（不管是主动的还是被动的）。所以，宝钗的出现，也是题中应有之义。

如上所述，这四个人是黛玉的隐忧，也可以说是黛玉潜意识中所深深戒备的。王熙凤不仅在荣国府地位崇高，而且曾经帮助协理过宁国府，她是实际管事的，所以事情的由来是从她口中说出。邢夫人和王夫人代表着贾府主干的两支，而宝钗以后则将成为荣国府的女主人。这四个人的到来，就预示着林黛玉将不属于贾府。

黛玉心中着急，想着贾母是一家之主，平素又疼自己，因此，就去找老太太求救。见到贾母，她一则再三说："老太太救我！"一则说："我南边是死也不去的。"这就说明，婚姻的事，对林黛玉来说，不仅关乎人伦，也关乎生死。贾母的反应耐人寻味。她一上来就说了一句有点莫名其妙的话："续弦也好，倒多得一副妆奁。"从中至少可以看出两层意思。第一，贾府坐吃山空，徒有其表，这时"内囊却也尽上来了"，所以会想到钱。第二，贾母是不会允许宝玉娶黛玉的了，在她的潜意识中，没有这笔妆奁的预算。另外，贾母听到黛玉的哭诉，却是"呆着脸儿笑道：'这个不干我事。'"这个表现也很奇怪，和平日对黛玉的疼爱判若二途。逼着黛玉说出了下面的话："老太太！你向来最是慈悲的，又最疼我的，到了紧急的时候儿，怎么全不管？你别说我是你的外孙女儿，是隔了一层了；我的娘是你的亲生女儿，看我娘分上，也该护庇些！"这其实正是黛玉心中的一个结。虽然在《红楼梦》的第三回，黛玉入贾府时，已经借王熙凤的口说了这样一番话："天下真有这样标致的人物，我今儿才算见了！况且这通身的气派，竟不像老祖宗的外孙女儿，竟是个嫡亲的孙女，怨不得老祖宗天天口头心头一时不忘。"实际上是点出了外孙女和孙女的区别。尽管贾母确实一直对黛玉很好，但以黛玉的敏感，她难道真的就不把这个区别放在心上？所以，这里借着梦境，就把她埋藏在心底的，也许她自己都不一定愿意正视的一个事实揭示出来了：原来，自己还是隔着一层的，而贾母也并不是真的像表面上显示出来的那样对自己那么好。还有一个显得比较奇怪的地方，为了能够留下来，她竟然说："我在这里，情愿自己做个奴婢过活，自做自吃，也是愿意。"对于心高气傲的黛玉来说，这简直不像是同一个人说出的话，但是，或者也说明，在黛玉的潜意识中，寄人篱下，虽然身份是小姐，但和奴婢也并没有本质上的不同。这就暗示了林黛玉和这里的生分，这里已经不再是她的家了。所以，梦醒之后，第八十三回写探春和湘云听说她吐了血，来潇湘馆看她。她听到窗外有老婆子在骂外孙女："你这不成人的小蹄子，你是个什么东西，来这园子里头混搅！"她就敏感了，大叫一声："这里住不得了！"为什么呢？书中这样写："原来黛玉住在大观园中，虽靠着贾母疼爱，然在别人身上凡事终是寸步留心。听见窗外老婆子这样骂着，在别人呢，一句也贴不上的，竟像专骂着自己的。自思一个千金小姐，只因没了爹娘，不知何人指使这老婆子来这般辱骂，那里委屈得来？因此，肝肠崩裂，哭的晕过去了。"探春由于是赵姨娘所生，身份特殊，也是个敏感的人，一下子就明白林黛玉的心事，就宽慰说："想是听见老婆子的话，你疑了心了么？……他是骂他外孙女儿。我刚才也听见了。这种东西说话，再没有一点道理的。他们懂得什么避讳！"这里已经把话说得很直白了。老婆子骂自己的外孙女："你是个什么东西，来这园子里头混搅！"而黛玉的身份，也正是贾母的外孙女。作者将这个情节放在这里，显然不是没有含义的。

黛玉最后的希望是宝玉，可是宝玉见到她的第一句话却是："妹妹大喜呀！"这可以说是当头一棒，坐实了她一直以来心中的恐惧，就是到底宝玉心里有没有她。因为别人无论怎样说，她还能找到一个可以接受的理由，唯独宝玉这样说，让她完全无法接受，小说至此有了无限的张力，因为以往都是黛玉误会宝玉，猜疑宝玉，这次终于倒过来了，而伴随这个误会，是宝玉的一次最直接的表白，不仅是语言上的表白，而且是行动上的表白，尽管是以非常极端的形式，这就是剖心。俗话有"恨不得把心掏出来给你看"的表述，梦境中的宝玉做到了。黛玉一心都在宝玉身上，现在宝玉剖心，眼见得是不能活了，按照黛玉的感情，自然是要死就死在一起，所以她哭道："你怎么做出这个事来？你先来杀了我罢！"

但是，蹊跷的事出现了，宝玉的心竟然没有了！这也使我们想起第三回宝玉初见黛玉，问她有没有玉。黛玉说没有，"宝玉听了，登时发作起痴狂病来，摘下那玉就狠命摔去"，急得贾母搂了宝玉道："孽障！你生气，要打骂人容易，何苦摔那命根子！"而第九十四回说道宝玉丢了玉，袭人说："谁不知道这玉是性命似的东西呢？""真要丢了这个，比丢了宝二爷的还利害呢。"王夫人指出，这是"断了宝玉的命根子了"。果然，宝玉丢了玉，"也好几天不上学，只是怔怔的不言不语，没心没绪的"（第九十五回）。贾母惦记宝玉的病，到大观园里来看，发现"竟是神魂失散的样子"，了解了情况，就说："这是宝玉的命根子。"《红楼梦》往往喜欢偶数性的描写，失玉和失心正好构成一对。而这个失心，就是后来失玉即得了失心疯的预演，其中有着非常复杂的象征意蕴。

首先，黛玉一直希望的就是真正了解宝玉的心，可是现在宝玉竟然找不到自己的心，这就暗示着黛玉终于不可能有着自己想要的归宿。其实，在这一回开始时，说到宝玉读书，要去参加科举考试，书中写，黛玉微微一笑，因叫紫鹃："把我的龙井茶给二爷沏一碗。二爷如今念书了，比不得头里。"但宝玉却说："还提什么念书？我最厌这些道学话。更可笑的，是八股文章。拿他诓功名，混饭吃，也罢了，还要说代圣贤立言！好些的，不过拿些经书凑搭凑搭还罢了；更有一种可笑的，肚子里原没有什么，东拉西扯，弄的牛鬼蛇神，还自以为博奥。这那里是阐发圣贤的道理！目下老爷口口声声叫我学这个，我又不敢违拗，你这会子还提念书呢。"对此，黛玉又说："我们女孩儿家虽然不要这个，但小时跟着你们雨村先生念书，也曾看过。内中也有近情近理的，也有清微淡远的。那时候虽不大懂，也觉得好，不可一概抹倒。况且你要取功名，这个也清贵些。""宝玉听到这里，觉得不甚入耳，因想黛玉从来不是这样人，怎么也这样势欲熏心起来？又不敢在他跟前驳回，只在鼻子眼里笑了一声。"虽然这个变化看起来主要是林黛玉身上发生的，而且是话赶话，不一定真的说明黛玉强烈劝他去求取功名，但也为梦中的宝玉误会黛玉做了铺垫。

第二，事实上，宝玉真正爱着的就是黛玉，因此黛玉就是她的心，现在这颗心却没有了，也就象征着黛玉的结局。他失去了心，也就是最终失去了黛玉。

第三，宝玉说："不好了！我的心没有了，活不得了！"宝玉没有了黛玉，就是没有了心；没有了心，则黛玉固然是要魂归离恨天，他自己也不可能再留在这个世上。

第四，这个"无心"，虽然还并不就能和佛教的理念划等号，但是如《金刚经》所说，很重要的一点就是要把心放下，所以，这里或者也有几分对宝玉最后出家的暗示。

第五，正如余国藩先生所说："苦难的多寡却不是衡量黛玉悲剧形象唯一的尺度，我们也得考虑她曾如何使劲地在反抗苦难。言谈、诗、泪水，甚至是梦，都是她据以抗撷的工具，而各种不测横生，如排山倒海一般，黛玉也都得挺身挡住，终于赢得宝玉的一片心。"（余国藩著，李奭学译《重读石头记》，第 347 页）现在，这终于赢得的一片心却没有了，也就象征着宝黛之恋最终的悲剧性结局。

第六，和黛玉发生矛盾的时候，宝玉常常说要以死表达心迹，如第二十八回，黛玉误会宝玉不给自己开门，宝玉诧异道："这话从那里说起？我要是这么样，立刻就死了！"这样的话黛玉听了也不止一次，现在宝玉剖心明志，眼见得不活了，和以往的这些交待又不无关系。

而且，从梦中失心之后，以后发展的情节往往和心有关。最奇妙的就是，宝玉听说黛玉身体不舒服，打发袭人来看望，袭人听得黛玉夜间之事，就说："那一位昨夜也把我吓了个半死儿！"紫鹃忙问："怎么了?"袭人道："昨日晚上睡觉，还是好好儿的。谁知半夜里一迭连声的嚷起心疼来，嘴里胡说白道，只说好像刀子割了去的似的。直闹到打亮梆子以后才好些了。你说吓人不吓人?"这样看来，毕竟他们之间还是心心相印的。到了第九十七回，王熙凤要来试一试贾宝玉：且说次日凤姐吃了早饭过来，走进屋里说道："宝兄弟大喜！老爷已择了吉日，要给你娶亲了！你喜欢不喜欢?"宝玉听了，只管瞅着凤姐笑，微微的点点头儿。凤姐笑道："给你娶林妹妹过来，好不好?"宝玉却大笑起来。凤姐看着，也断不透他是明白，是糊涂，因又问道："老爷说，你好了就给你娶林妹妹呢；若还是这么傻，就不给你娶了。"宝玉忽然正色道："我不傻，你才傻呢！"说着，便站起来说："我去瞧瞧林妹妹，叫他放心。"凤姐忙扶住了说："林妹妹早知道了。他如今要做新媳妇了，自然害羞，不肯见你的。"宝玉道："娶过来，他到底是见我不见?"凤姐又好笑，又着忙，心里想："袭人的话不差。提到林妹妹，虽说仍旧说些疯话，却觉得明白些。若真明白了，将来不是林姑娘，打破了这个灯虎儿，那饥荒才难打呢！"便忍笑说道："你好好儿的便见你；若是疯疯癫癫的，他就不见你了。"宝玉说道："我有一个心，前儿已交给林妹妹了。他要过来，横竖给我带来，还放在我肚子里头。"王熙凤虽然是在逗弄宝玉，但宝玉不在梦里，倒是王熙凤像在梦里。说宝玉不在梦里，是因为他清楚地交待了自己的心为什么没有在肚子里，清楚交待了失心的缘由。

一个失心的情节，至少可以蕴含着这么多指向，曹雪芹笔下的意蕴和思致真令人惊叹。

综上所述，这个梦境的描写，是曹雪芹的精心结撰，既能和小说以往的情节有所勾连，又能对故事以后的走向有所暗示，内涵复杂，意蕴丰厚，确实是大手笔。文学史上一般认为《红楼梦》后四十回的作者另有其人，果真如此的话，针线能够密到这个程度，也非等闲之辈。

衙门里的三种声息

嘉庆八年（1803），吴敬梓费时近二十年创作的小说《儒林外史》刊行，立即在社会上引起了巨大的反响。这部小说写活了官场万象和文人情态，其中又"以功名富贵为一篇之骨：有心艳功名富贵而媚人下人者，有倚仗功名富贵而骄人傲人者，有假托无意功名富贵自以为高，被人看破耻笑者，终乃以辞却功名富贵，品地最上一层为中流砥柱。篇中所载之人，不可枚举，而其人之性情心术，一一活现纸上，读之者无论是何人品，无不可取以自镜"（闲斋老人《儒林外史》序）。所以，有人曾这样说："慎毋读《儒林外史》，读竟乃觉日用酬酢之间无往而非《儒林外史》。"（卧闲草堂本第三回末总评引）这段话告诉我们，人们可以从《儒林外史》中观世态，也可以从《儒林外史》中看自己。当这部伟大的著作问世之后，它就成为文人的一面镜子，可以从不同的方面去照。

谢章铤《赌棋山庄词话续编》卷三有这样一段话："《洺州唱和词》一卷，嘉兴沈匏庐涛编。此匏庐守洺州时幕中唱酬之作，红弦绿酒，笙磬同音，较之板声、钱声、珠盘声，自为佳也。"这里提到的沈涛（1792？—1855），字西雝，号匏庐，浙江嘉兴人，嘉庆十五年（1810）未冠即中举，先后任如皋知县、正定府知府等职，咸丰初年署江西盐法道。咸丰三年(1853)，太平军攻打南昌，沈涛追随江西巡抚张芾据城坚守，凡四十九日。解围后，授福建兴泉永道，未到任，病卒。沈涛是一个优秀的学者，他从小好学，十二三岁时就能背诵十三经，对其中的训诂、名物、制度、民情、物理等无不精研。他在学术上最大的成就之一，就是撰写了《说文古本考》。清代是《说文解字》研究非常繁荣的时代，其中最重要的成果是段玉裁的《说文解字注》，被王念孙誉为"千七百年来无此作"（《说文解字注》序）。沈涛是段玉裁的学生，很受段玉裁推重，也继承了段氏的事业。他的这本书广泛搜集各种典籍中所引用的《说文解字》文字，加以比勘，以求得《说文》旧本的风貌，清代末年颇受好评，如李慈铭说："其书采唐宋人所引《说文》以证二徐本之误，亦有谓二徐是而所引非者，采取极博，折中详慎，极有功于许书，学者不可不读也。"（《越缦堂读书记》七《语言文字》）他在诗坛上拥有一定的地位，徐世昌《晚晴簃诗汇》卷一百二十一评其诗说："（沈涛）与陶凫芗分主坛坫，文士多归之。其诗少作幽奇哀艳，中年后多咏古之作，才锋骏发，跌宕波澜，不落考据诗窠臼。"他的骈文也写得不错，张舜徽《清人文集别录》卷八就这样评价他："集中文字，多行之以骈俪。……涛则喜治金石，兼擅丽词。"

沈涛还是一个有一定成就的词人，著有《九曲渔庄词》，大致是浙西一路。谢章铤《词话》中提到的《洺州唱和词》，是沈涛在河北广平府做知府（府治所在今河北邯郸市永年区，古为洺州）时，和诸幕僚、亲友一起唱和，汇集相关作品而成，参加者是沈涛、边浴礼、金泰、劳勋成、邵建诗、沈蕊、沈家模、戴锡祺。该集缘起，据海宁杨文荪所撰序描述："匏庐先生风骚契深，朋旧欢浃。心闲似水，客多于山。载酒访诗，题襟著集。歌咏之外，旁及倚声。芳时流连，偶学痴语。佳士会合，辄拟《补题》。洎守畿南，洺州古郡。远毗瀛甸，近翼太行。漳河遥通，滏水环绕。列堞俯瞰，烟芜萋迷。孤亭创成，水木明瑟。衙斋清寂，簿领多暇。命侣游憩，缨绥景从。客报平安，才如杜牧。子名风月，家比谢庄。"从中可见沈涛任官时的生活状况和心理状态。作为一个知府，他是"衙斋清寂，簿领多暇"，所以，就"心闲似水，客多于山"，"命侣游憩，缨绥景从"。"佳士会合，辄拟《补题》"二句让我们了解到唱和的大致取向：模拟宋元之际的《乐府补题》。因此，其中多咏物之作，比较著名的是《九秋词》，系沈涛首唱，分别是秋林（《霜叶飞》）、秋寺（《忆旧游》）、秋烟(《琐窗寒》)、秋砧(《声声慢》)、秋杵(《玉漏迟》)、秋灯(《疏影》)、秋衾(《绮罗香》)、秋蝉(《翠楼吟》)、秋蛩(《月华清》),边浴礼和金泰都分别和之。

对于沈涛所组织的酬唱雅事,谢章铤无疑是欣赏的,他这样来表述自己的称赞:"红弦绿酒,笙磬同音,较之板声、钱声、珠盘声,自为佳也。"他拿来比较的这三种声音,出自《儒林外史》第八回《王观察穷途逢世好 娄公子故里遇贫交》。

这一回说到王惠被任命为南昌知府,到任后,前任知府蘧氏因身体有恙,派儿子蘧景玉来商讨具体事宜,一切妥当之后,他们在席间有一番对话。王太守惦记着"三年清知府,十万雪花银",因此问道:"地方人情可还有甚么出产?词讼里可也略有些甚么通融?"蘧景玉由于一直帮助父亲处理公务,对此倒也熟悉:"南昌人情,鄙野有余,巧诈不足。若说地方出产及词讼之事,家君在此,准的词讼甚少;若非纲常伦纪大事,其余户婚田土,都批到县里去,务在安辑,与民休息。至于处处利薮,也绝不耐烦去搜剔他。"这位前任不喜词讼,不愿意搜刮民脂民膏,秉持的是"与民休息"的宗旨,因此,他的衙门里充满着三种声息:"吟诗声,下棋声,唱曲声。"看到王惠"问的都是些鄙陋不过的话",蘧景玉就讽刺说,将来王太守一新风貌,衙门里只怕会换了三样声息,这就是"戥子声,算盘声，板子声"。戥子是称量金、银等的精密衡器，是为了称钱，算盘是为了算钱，板子则是为了逼钱。而王惠还没有听出这话是讥诮他，认为正应该如此办事。

做地方官，断案和收税大约是非常重要的两样日常，这中间秉持什么样的立场，能够产生重大的区别。唐代著名诗人高适任职封丘县尉时，有《封丘作》："只言小邑无所为，公门百事皆有期。拜迎官长心欲碎，鞭挞黎庶令人悲。"另一个著名诗人元结任道州刺史时，有《贼退示官吏》："昔岁逢太平，山林二十年。泉源在庭户，洞壑当门前。井税有常期，日晏犹得眠。忽然遭世变，数岁亲戎旃。今来典斯郡，山夷又纷然。城小贼不屠，人贫伤可怜。是以陷邻境，此州独见全。使臣将王命，岂不如贼焉？今彼征敛者，迫之如火煎。谁能绝人命，以作时世贤！思欲委符节，引竿自刺船。将家就鱼麦，归老江湖边。"所以，关心民瘼原是士大夫的重要传统。以吟诗、下棋、唱曲这三种声息来概括一个官员的仕宦生涯，本是一种夸张性写法，但是，这种夸张也是有生活依据的，作者这样写，不过是对所谓好官和坏官之间的区别所做的强调，是把机械的官府生活诗意化了。至于这样做是否真的就能成为一个好官，那其实是另外一个问题。

文学来源于生活，仕宦生涯中的诗酒流连，本是文人士大夫的传统。像是在北宋，杨亿、刘筠、钱惟演等人奉宋真宗之命编纂《历代君臣事迹》（后改名《册府元龟》），三年之中，常有唱和，后辑成《西昆酬唱集》。欧阳修知颍州时，于皇祐二年（1050）汇聚宾客，以禁体物语作《雪》诗，艳称一时，后来苏轼知颍州，也模仿老师，续写两首。这一类的风流韵事已经成为文人的特定基因。同时，文学也会影响生活。《儒林外史》固然讽刺了不少文人和官员，但也有赋予正面形象者。如堪称书中第一流人物，"嶔崎磊落"的王冕，具有叛逆性格的杜少卿，追求"以礼乐化俗"的庄绍光，前任南昌太守蘧氏也是一个。蘧氏的这种为官之道是否真的对沈涛有影响，当然无法指实，不过，文学对现实生活产生影响的事情，在中国古代有不少例子，如冯小青喜读《牡丹亭》，曾有诗："冷雨幽窗不可听，挑灯闲看《牡丹亭》。人间亦有痴于我，岂独伤心是小青。"至于《红楼梦》问世后，引起多少人与自己的生活相对应，相关例子更是不胜枚举。我们当然也可以在这个层面去做些理解。

《儒林外史》一刊刻出版，不仅立即在社会上引起轰动，也影响了后来不少小说的创作，胡适在《五十年来中国之文学》中就认为，晚清的一些谴责小说，如《二十年目睹之怪现状》《官场现形记》《老残游记》等都受到了《儒林外史》的影响。事实上，《儒林外史》是一部融入作者经历见闻的小说，不少人物都有着现实的影子，因此，读者在阅读中有所对号也是理有固然。谢章铤对沈涛所组织的洺州唱和所作的《儒林外史》式的解读，给我们提供了《儒林外史》接受史中的一个有趣的情节。鲁迅曾在为叶紫《丰收》所作的序中这样称赞《儒林外史》："伟大的文学是永久的，许多学者们都这么说。对啦，也许是永久的罢。但我自己，却与其看薄凯契阿、雨果的书，宁可看契诃夫、高尔基的书，因为它更新，和我们的世界更接近。……《儒林外史》作者的手段何尝在罗贯中下，然而留学生漫天塞地以来，这部书就好像不永久，也不伟大了。伟大也要有人懂。"从谢章铤的阅读体验看，《儒林外史》确实"更新，和我们的世界更接近"。他显然了解，《儒林外史》就是和他们这些文人有关的小说，所以一下子就能代入自己的见闻。当然，这只是一个小小的情节，至于他是否真的懂得了这部小说的伟大，或者能够有几分懂得这部小说的伟大，那又是另外一个问题了。

顾文彬日记和家书中的戈鲲化

戈鲲化（字砚畇）是中国第一个到美国高等院校任教的学者，1879年，他应聘来到哈佛大学讲授中国语言（文化），开哈佛大学汉学研究的先河，在中美文化交流史上有着重要的地位。来哈佛之前，他在宁波英国领事馆任职。1996年至1997年，我在哈佛大学进行访问研究，搜集了大量的关于戈鲲化的资料，详加考订，编纂成书，先是于2000年由江苏古籍出版社出版了《戈鲲化集》，后又于2016年由凤凰出版社出版了增订本《中美文化交流的先驱——戈鲲化的时代、生活与创作》。戈鲲化只活了不到四十岁，其中就有十四年是在宁波英国领事馆工作，是他生平经历中的重要一段。在上述著作中，我虽然多方搜集资料，但对他在这一阶段的生活还是所知甚少。这种状况，却由于《过云楼日记》和《过云楼家书》的出版，意外地得到了一定的弥补。

戈鲲化全身像　哈佛燕京图书馆藏

顾文彬（1811—1889），字蔚如，号子山，晚号艮盦、
过云楼主，元和（今江苏苏州）人。道光二十一年（1841）
进士，授刑部主事。先后担任福建司郎中、湖北汉阳知府、
武昌盐法道。同治九年（1870），授浙江宁绍台道。他是
大收藏家，广收唐宋元明清诸家名迹，又精考辨，善书法，
著有《过云楼书画记》十卷、《过云楼帖》等。其长短句
也有时名，著有《眉绿楼词》八卷。

顾文彬自同治九年来到宁波，至光绪元年（1875）辞
官归里，在此生活了六年左右。2013 年，顾文彬的后人
顾笃璜先生将其高祖的《过云楼日记》10 册和《宦游鸿

雪》（即家书）6 册捐赠苏州档案馆，档案馆组织力量进行了整理，并分别于 2015 年和 2016 年由上海文汇出版社出版。日记始于同治九年，迄于光绪十年（1884），而家书则起于同治九年，迄于光绪元年，二者的内容正可以互相印证。

宁绍台道是一个重要的职务，当时辖宁波、绍兴、台州三府和定海直隶厅，治所在宁波。顾在宁波，广泛地和官员、士绅及其他各界人士交往，戈鲲化也是其中的一个。

在日记和家书中，和戈鲲化有关的事情共有两件。一件是填新开河，另一件是签订《北京专约》。

新开河是宁波存在时间很短暂的一条人工河。道光二十二年（1842），宁波成为通商口岸，并于 1844 年的元旦开埠，随后，英、美、法等 12 国相继在江北岸设立领事馆，并在江北岸划出特定区域，供外国人居留。咸丰十一年（1861），太平军欲攻打宁波，外籍人士唯恐伤害自己的利益，和太平军展开谈判，希望加以阻止，不果。年底，太平军攻陷宁波。次年 5 月，在清兵、绿头勇、民团和英法军的联合进攻下，太平军战败，退出宁波。太平军在宁波，虽然并未对江北领馆区造成损害，但引起了外国人很大的不安。慈溪是宁波府的一个县，与宁波之间的直线距离在 16 公里左右。在太平军发动的浙江战事中，慈溪曾两次被攻下。第一次是咸丰十一年十二月，第二次是同治元年九月。后者给外国人造成的震撼更大，因为中外联军为打击太平军，从上海调来了一千名"洋枪队"，由首领华尔统帅，进攻慈溪。但在攻城的过程中，华尔却被太平军击成重伤，不久死去。慈溪的一再失守令宁波唇亡齿寒，华尔的战死更让外国人惊恐不安，新开河就是在这个背景中开凿的，正如（同治）《鄞县志》卷六《水利上》所载："国朝同治元年，粤匪再陷慈溪。英人之寓江北岸者虑其西来，约同居民，从铁沙汇起，新开一河，横穿故渠而出白沙，环兵船以守。"铁沙汇在原姚江湾头南边一带，"故渠"指颜公渠。这条河实际上穿过颜公渠，挖通了姚江与甬江，迄于英国领事馆以北的白沙，直线距离仅 720 米光景，其故址及走向基本上与今庆丰桥的引桥重合。英国人挖掘新开河的作用或主要是防卫江北地区，此河一开，打通今天的新三江口到甬江，英国人所在的江北地区就形成类似一座四面环水的孤岛，因此可做到方志中说的"环兵船以守"。由于这是新开的一条河，因此当时就叫新开河。还有一种说法是，新开河开凿于太平军攻占宁波府城的 1861 年底前后，是英国海军上校丢乐德克的主意，目的是为了让英国军舰从外滩三江口南下，一路从外滩出新开河抵达永丰门下，形成两边钳制的攻城态势。

宁波这个地方，三面是山，一面是海，三江交汇，潮汐往往能够自海口直扑过来。所以，新开河固然有其战守的功能，但是，也造成了祸患，这个祸患的重要表现就是咸潮由白沙东边的甬江入侵新开河东口，再倒灌进颜公渠，导致颜公渠沿岸农田的盐碱化，因而引起了民众的强烈不满。于是，同治七年（1868），当时的宁绍台道文廉就向英国领事馆提出填河复渠的请求。文廉向英国领事馆提议是在同治七年，但此事始议却是在同治四年（1865），戈鲲化《挽张竹坪运同（斯安）》："冠盖相逢记昔时，鸠工赴事不遑辞。力图兴复农家利，郑白渠边有口碑。"自注："议填甬江新开河，七年未果。"又戈鲲化《鱼门太守募资和买西人所造新浮桥告成，招饮江北别墅，十七迭韵》："机宜功合贵乘时，难得琴心识子期。从此不劳频唤渡，喜赓红雨绿波诗。"首句自注也说："壬申议填江北新开河。"壬申是同治十一年（1872），上推七年，正是同治四年。但英方并没有同意，原因可能是，虽然同治三年（1864）清军攻陷天京，宣告了太平天国的失败，但从同治四年至同治八年（1869），仍然还有太平军零星反抗的讯息。英国人心有余悸，生怕反复，因此还要保留这条河。

到了同治十一年，即顾文彬上任后的第三年，情况就不同了。当时，社会局势已经彻底明朗，虽然石达开的余部李文彩率领的零星部队一直坚持到这一年的三月，但对宁波已经没有什么威胁了，所以，当"三县士民再申前请"（同上《鄞县志》），顾文彬又积极加以斡旋时，英国领事馆就不得不予以考虑了，不过其间的过程仍然一波三折。

关于当地士民在新开河一事中发挥作用者，《鄞县志》中只提到了陈政钥和张斯安，但收录在《人寿集》中的童章的和诗，其中有一首："生平饱读圣贤书，海上幽栖亦广居。笑倒张仪扪舌在，为人排解事无虚。"自注："同治壬申岁，填复新开河诸务，咸取决君言。"戈鲲化的《挽张竹坪运同（斯安）》一诗自注则说"子山方伯嘱君（张斯安）与余同办"，可见戈鲲化确实参与其中。不仅参与其中，甚至还发挥了重要作用。只是二说仅是概括性的叙述，并不具体。这一缺憾，在顾文彬的日记和家书中得到了弥补。

同治十一年八月二十八日，日记中写道："民人周廷贵遍贴招子，声言是日鄞、慈、镇三邑之民，合力填新开河，英国领事（这时的英国领事已是郇和［Robert Swinhoe］）不允。余恐酿成衅端，先札饬鄞县姚令于是日前往弹压。至抵暮姚令来禀，已解散无事矣。"周廷贵四处张贴招子，造成舆论压力，引起英国人的不满，顾文彬认为这是成事不足，败事有余，于是弹压下去。尽管如此，顾文彬还是顺应民情，并未放弃外交努力。于是在九月三日、四日、五日的日记中，分别有这样的记载："接郇领事照会，因填河一节，已申达彼国驻京大臣。""发详中丞文知咨总理衙，并与郭谷斋信，托其将填河细情转禀中丞，专差赍送，坐脚划船去。与沈彦徵（敦兰）信，并节略三件，皆言填河事。""邀张竹坪来，托其与英领事商办填河事。"这样，从八月底到九月初，中英双方都紧锣密鼓，分别呈报自己的主管机构，终于在这个月的十号，"据姚令面禀，绅士张竹坪等与副领事索公（索礼璧）面商填河一节，索公已允许矣。随即照会英国邬领事，并札宁波府、鄞县，并谕张斯安（竹坪），定于十五日填塞新开河。"

虽然议定九月十五日动工，但顾文彬仍怕出现反复，于是"托曹恺翁函询戈砚畇，得回信云可以照办"（九月十一日日记）。这是戈鲲化在这件事情中的正式出场。曹恺翁，或即曹秉仁，字士虎，号恺堂，江苏武进人，与戈鲲化有诗歌唱和。戈鲲化当时在英国领事馆任职，可以接触到领事馆高层，他探听来的消息，当然是准确无误。于是第二天更有详细的商议："是日曹恺翁请戈砚畇、杨远香午饭，因邀同面商。据远香云，此河应从东口（按即白沙）填起，淡泉、砚畇均以为然。"（九月十二日日记）不过，英国领事馆的看法则是要求在西口（按即铁沙汇）填。

新开河大致是东西向的，其东口接着甬江，而甬江东通大海，随涨潮而来的咸水一般会上溯到三江口，也就是说新开河东口附近的甬江水都是咸的。三江口朝西偏北的一支，经过慈溪，通往余姚，叫姚江，是慈溪农田灌溉的主要河流。由于姚江上游下来的淡水较为丰沛，尽管潮水一天两次涨落，但咸潮却被淡水所阻，所以姚江湾头一带的江水却是淡的，因此，慈溪也就不太会受到咸潮的影响，反而是当地的百姓近千年来开发出了"顶潮纳淡"的农田灌溉技术，非常管用。但新开河却以直线的形式打通了甬江和姚江，中间没有任何阻碍，因此咸潮就可借助涨潮之力而直接侵入颜公渠，甚至向西进入姚江，并对慈溪造成威胁。综合考虑，大家都觉得从东口填，直接把甬江上的口子堵住，一劳永逸，效果更好。但不知什么缘故，英国人却不同意。在顾文彬看来："河形自东至西，现在先塞西口，已除咸潮灌田之患，而东口未塞，尚非一劳永逸之计。"（同治十一年九月二十一日家书）毕竟，咸潮还是会灌进新开河，至少沿河一带，仍会受到影响。但英国人既然同意填塞西口，主要矛盾已经解决，顾文彬不想节外生枝，可能也害怕夜长梦多，再有变数。况且，他仔细盘算之后，认为即使这样，仍然能够达到原来的目的："欲挖通淤塞之内河，必先筑坝，因议于新开河中段横筑一坝，偏近东首，即与填塞东口无异。此坝既筑，永远不开，内河即成淡水河，咸潮亦不能灌入，将来东口以内，每日潮挟沙而来，不能挟沙而去，不过一二年，自然淤成陆地，此不塞之塞也。"（同治十一年十月七日家书）所以，他也就不再坚持一定要填东口。

九月十五日，填新开河正式动工，顾文彬非常高兴，认为"此履任后第一快心事也。前任文道办而未成，余上年即欲举办，屡议不果。近又为周廷贵招贴激怒洋人，几乎决裂。今日居然得手，故倍觉快意"（九月十五日日记）。开工后，九月二十三日，填塞新开河西口合龙，十月四日，西口筑坝也已完工。

从顾文彬的日记和家书记载的情形看，对于此事，他更多是倚重张斯安（竹坪），曾明确地说："承小新开河绅士张竹坪，是慈溪人。"（同治十一年九月二十一日家书）《鄞县志》中提到的陈政钥在当地很有声望，应该也发挥了一定的作用，但顾文彬对陈政钥印象不好，可能因此避而不提。至于戈鲲化，或者由于他是英国领事馆的人，不便有太密切的接触，所以在官府和士绅一体的治水工程中，比较难以定位。戈鲲化自己在张斯安逝世之后的悼诗中说，这件事是"子山方伯嘱君与余同办"，因此在具体操作中，对于张斯安和戈鲲化，顾文彬或许分别派给了不同的角色。前者主要沟通各个方面，处理相关事务，后者则主要了解英国领事馆的想法，并提供意见，供决策参考。而据我的推测，戈鲲化可能还起到了将新开河对百姓生活带来的灾难对英国领事馆详加解释，以及在双方谈判中加以沟通的特殊作用，所以童章才能说出"咸取决君言"这样有分量的话。

显然，填复新开河对百姓生活将起到重大影响，顾文彬在家书中，对此事表示了由衷的高兴："此间填河事，西口已合龙，鄞、慈、镇三邑，民田数十万亩，永绝咸潮侵灌之害。"（同治十一年十月朔日家书）戈鲲化在悼念张斯安的诗中也说："议填甬江新开河，七年未果。嗣因子山方伯嘱君与余同办，而君尤为出力。四越月，大功告成，鄞、慈、镇水利赖焉，至今犹有津津道及者。"至于顾文彬特别点出张斯安的身份是"绅士"，也有可说者。"自明代起，由于以绅商为代表的社会力量崛起，宁波水利工程组织与管理渐渐倾向于民间。至清代，在乡村形成了乡民、乡绅、地方官员鼎足的水利共同体，在城区则以邻河市民、绅商、地方官员组成治水组织。"（孙善根《商人治水——20世纪20年代宁波商人水利事业述评》，《浙东水利史论——首届浙东（宁绍）水利学术研讨会论文集》）为什么要有这样的水利共同体或治水组织？重要的原因之一，是宁波商品经济发达，富庶者较多，商人为家乡捐资做事已经成为传统。填复新开河的费用怎样出？顾文彬在同治十一年九月二十一日的家书中说："塞口经费约须二三千串，暂时由我垫，因一时捐办不及之故，将来集捐仍可归还。"看得出来，这笔费用最后还是要落在以商人为主的民众头上。

戈鲲化再一次在顾文彬的日记和家书中出现，已经到了同治十三年（1874）。这年的九月二十六日，他写道："得戈砚畇密信，据云，佛领事谈起中东和议不成，必出于战，闻东兵有先犯舟山及宁波之信。余即将此信寄黄军门，并嘱其一面飞咨中丞，请调省城南勇来宁防堵，一面将旧船及木排等物齐集镇海口，俟有东兵来犯，即沉船堵塞口子。"佛领事是英国领事馆领事佛礼赐（Robert J. Forrest，一译富礼赐），黄军门是浙江提督黄少春，中丞是当时的浙江巡抚杨昌濬。在九月二十八日的家书中，他也写道："二十六日有在英领事处作幕之戈砚畇密致一函，伊东英领事佛公告伊云，中东和议不谐，决欲一战，并有先犯定海，次及宁波之信。此信虽亦许谣言，然洋人之信较捷，既有此风声，岂能不亟为筹备？随即通知黄军门，嘱其飞咨中丞，迅调省城南勇两营来宁防堵。"两相对照，可以看出顾文彬对戈鲲化所报之信的重视。

同治十年（1871）十月，一艘琉球宫古岛民的进贡船只在返回那霸时，遭遇台风，漂流至台湾南部，被当地原住民杀死 54 人，加上溺死的 3 人，全船 69 人只剩下 12 人返回琉球。同治十二年（1873）十一月，日本以琉球为自己的属国为由，要对台湾兴师问罪。清朝官员与之进行谈判，却毫无进展。因此，同治十三年（1874）三月，日本陆军中将西乡从道率领日军 3000 多人，向台湾进发，在琅㙍湾登陆，但战事并不顺利，于是转而谋求外交解决。九月，日本政府委派全权办理大臣大久保利通来到北京，经多轮谈判，最后清政府签订《北京专约》，向日本赔银五十万两，同意日本出兵是"保民义举"，变相承认日本对琉球的保护权而签署协议，事件乃告结束。这就是此则日记的大背景。

这个时候，中日两国正在谈判。既然是谈判，就有可能成功，也有可能破裂。而日本对台湾用兵，也引起了国际的关注，英国政府出于自己的利益就公开表示了不满，英国驻华公使威妥玛 (Thomas Wade) 正努力居中调停，因此，从英国传来的消息对做出正确判断就显得非常重要。

戈鲲化是主动在宁波英国领事馆打探消息，还是受到顾文彬的委托，史料中并无记载，但以理度之，应该是后者的可能性更大。

宁波有着独特的地理位置，自明代以来，日本朝贡使团由此登陆入境，日本和中国的交往，多通过宁波，明代的倭寇之祸，不少也是在宁波一带。所以，当中日之间的关系紧张，并有兵戎相见之事时，宁波这边自然会感到压力，加以提防。这就是为什么顾文彬接到戈鲲化的密信之后，得知倘若和议不成，日本可能攻击舟山和宁波，因此，紧急通知浙江提督黄少春，并向浙江巡抚杨昌濬禀报，希望提前准备好万全之策。这些，在他的家书里有着更为详细的描述："宁波为全省海疆门户，明季倭寇从定海窜入，近事则一破于洋人，再破于粤逆，虽招宝山等处天设险要，然守御无人，外侮侵凌，势如破竹。现在虽有提标驻扎，可成雄镇，然兵勇只二千余人，战船只数十只，伏波轮船一只又为闽省调回海口，炮台坍塌未修。现拟于炮台上添设复壁以御开花炮，尚未兴工。大炮可用者只十余尊，不敷应用，非再添数十尊不可。线枪提标练成百杆，定标练成二百杆，我请中丞再添七百杆，凑成千杆，可成一队劲旅。中丞应允，现已派人往广东赶造，然亦非旦夕可成之事。此外兵勇所用鸟枪皆是旧样，并不精，火药购自外国，亦不多。若要防御得力，非大加振顿不可，且非预备数十万饷亦不能办。"（同治十三年六月二十一日家书）"此间镇海招宝山为海口门户，旧设炮台甚多，中丞责成边仲思修理，仲思初意欲照老样修理。所谓老样者，即松坡所云不可用之石炮台。我亦知其不可用，故力主改筑泥炮台之议。现与黄军门商定，改筑复壁炮台（从前军门打仗时所用之样），就旧炮台加筑木桩，木架上盖泥，四围亦用泥遮护，俱有数尺厚，放炮兵丁藏在木架之下，敌人虽用落地开花炮亦不能打入。现已派张委员开工试筑一座，如合用，即照样将旧炮台一律修整。中丞新调黄有功军门带勇两营驻扎奉化地界，又派委员到广东购买线枪一千杆，大炮十尊。我嫌十尊太少，禀请添买数十尊，未知允否。又请在衢、严一带移取大炮数十尊，定海郭镇军亦请添募勇丁修筑炮台。该处为明季倭寇内犯要隘也。"（同治十三年七月十五日家书）只是台湾那边仍然没有眉目，"此间防堵一切逐渐上紧，镇海口筑新炮台，又筑垒驻兵，因此人心不免惶惶然，各海口皆然，不能不如此布置。"（同治十三年八月二日家书）事态严重，顾文彬身为宁绍台地区的最高军政长官，自然也要周详地布置武备。

虽然从同治十三年四月开始，五六个月以来，顾文彬高度紧张，一直在整军备战，最后战争并没有打起来。十月一日，顾文彬就得到了和议已成的消息，他在日记中写道："闻中东和议可成。或云东使哦古柏至京，总理衙门与议不洽，哦国钦使从中说合，中国赏给银五十万，作为赏恤琉球难民之需；或云东使因与总理衙门会议不洽，负气出都，意已决裂。恭邸派员至天津将其追回，议给银五十万，先给十万，俟台湾东兵撤退，再给四十万。两说虽有参差，归于和则一也。"在家书中，他更进一步写明，这个消息就是来自戈鲲化："刻又得戈砚畇信，传述佛领事之言云：东使与总理衙门议论不洽，负气出都，恭邸派员至天津将东使追回，议给恤费五十万，先给十万，俟台湾东兵撤尽，再给四十万云云。"这个消息，与胡雪岩上海来信相印证，应属可靠，所以，虽然顾文彬在没有接到上司的明确指示时，不敢放松，尚有疑惑，但也大致倾向于实有其事，他在家书中写道："查明季倭寇往往有一面议和，一面仍肆扰者。当今局面，我兵尚盛，而日本穷促已甚，当不致如倭寇之狡诈反复。惟暗中有西人把持，恐东人为所钤制，不能自主，或有变局，亦不可知。"这个"暗中有西人把持"，显然有相当的部分是从戈鲲化的密信中做出的判断。日本的军事行动，触及了列强在华的利益，妥善加以利用，以达到自己的目的，应该也是当时决策的出发点之一。

日本这次对台湾用兵，剑锋所指，威胁闽浙两地，是中国近代史上的重要事件之一。对此，史书上已经有了不少记载。顾文彬的日记和家书，从一个侧面为我们还原了当时浙东地区备战的情形，有一些细节很珍贵，特别是戈鲲化作为宁波英国领事馆的属员，及时将相关信息传递出来，为政府做出正确判断，起到了重要作用。

从填新开河，到签订《北京专约》，这两件事，一件涉及地方水利，一件涉及中日关系，戈鲲化都不同程度地介入其中。他的角色，打一个可能不确切的比喻，有点像是清政府派驻宁波领事馆的情报员，利用自己的特定身份，为政府服务。顾文彬的日记所传达的这种信息，无疑对认识戈鲲化的历史地位有着重要的参考作用。

顾文彬是著名的收藏家，能诗，尤擅词。所以，他和戈鲲化之间，又并不仅仅是地方大员和情报员的关系。戈鲲化的诗歌创作在当地有一定的名气，因此，他当然会和顾文彬有一定的文字交往。《人寿堂诗钞》收录了顾文彬的两首题辞："浩浩天风振海涛，乾坤清气入诗毫。何当举酒邀明月，笑傲沧洲钓六鳌。""一卷金荃绝妙词，高烧银烛写乌丝。喧传纸价长安贵，知有鸡林客市诗。"对戈鲲化的诗颇有夸赞。但戈鲲化光绪元年过四十岁生日，曾作有《四十生日自述》七言绝句四首，当时陆续赓和者有135人，作品达600多首，光绪四年，结集为《人寿集》刊行，其中却没有顾文彬的作品。这是因为，顾文彬正是在这一年告病返乡。《申报》第951号（光绪乙亥五月初十日，西历 1875 年 6 月 4 日）发表了戈鲲化的《顾子山方伯请假回籍，谨呈小诗四章，以当祖别》，第四首说："百朋锡我感恩深，说项难忘爱士心。潭水桃花相送处，巴歌一曲愧知音。"所谓"百朋锡我""说项""爱士"，可知二人之间的交往肯定还有不少目前相关记载所未及者。

当然，顾文彬的日记和家书还提供了不少其他信息。我在考察戈鲲化的生平时，曾以"不知其人视其友"的角度，努力还原了戈鲲化的朋友圈。但受到各种条件的限制，有些情况不一定很清楚。阅读顾文彬的日记和家书，我惊喜地发现，戈鲲化朋友圈中的不少人，都在其中出现。其中特别值得一提的是黄少春。

黄少春，字芍岩，湖南宁乡人。少孤苦，被太平军掳为兵，后降清，隶左宗棠帐下，积功至浙江水师提督。光绪二十年（1894），调任长江水师提督。甲午海战后任福建陆路提督，加太子太保衔。同治十年二月十九日，顾文彬到达宁波，黄少春等人就在岸上恭候。此后，或一同考察，或托造战船，或嘱荐人才，或酒宴流连，或贺其生子，或为其祝寿，时见各种交往。我在考察戈鲲化的交游诸人时，也谈到黄少春，但没有搞清楚他的生年，现在从日记上可以一目了然。同治十一年（1872）的日记记载："是日黄芍岩军门四十诞辰，前往拜寿，未见。"是则黄少春生于道光十三年（1833）。近年来，晚清日记多有刊布，可据以了解不少细节，这本《过云楼日记》也是如此。

读金漫笔

20世纪80年代中后期，金庸小说传到中国大陆，渐有风靡之势。我那时正在做博士论文，也还两不耽误，陆续全都读完了，有几部甚至不止读一遍，每每合卷静思，觉得金庸确实是学识渊博，往往能够把以往的文化资源带入自己的作品中，而且如盐着水，不露痕迹。

有一段时间我对《圣经》很感兴趣，阅读中，了解了不少故事。后来读到《射雕英雄传》第三十九回《是非善恶》，一灯大师、洪七公、周伯通、郭靖等众位大侠已经将裘千仞逼上绝境，裘千仞忽然要求大家自我反省："若论动武，你们恃众欺寡，我独个儿不是对手。可是说到是非善恶，嘿嘿，裘千仞孤身在此，哪一位生平没杀过人、没犯过恶行的，就请上来动手。在下引颈就死，皱一皱眉头的也不算好汉。"一番话说得众人"内求诸己"，各自默然后退，这时我就联想到《新约·约翰福音》第八章："文士和法利赛人带着一个行淫时被拿的妇人来，叫她站在当中。对耶稣说：'夫子，这妇人是正行淫之时被拿的。摩西在律法上吩咐我们，把这样的妇人用石头打死。你说该把她怎么样呢？'他们说这话，乃试探耶稣，要得着告他的把柄。耶稣却弯腰用指头在地上画字。他们还是不住地问他，耶稣就直起腰来，对他们说：'你们中间谁是没有罪的，谁就可以先拿石头打她。'"于是这些人也都"内求诸己"，放过了那妇人。这个对比很有意思，不过后来发现有人着我先鞭，对此已经有所讨论，这里就不必再重复。只是还可以进一层想。金庸的小说很重视刻画人性，在他的小说中，常常能够发现，就算是世人心目中的恶魔，对家人（或朋友）仍然是很好的，而在家人（或朋友）的眼中，他也不见得就是恶人。因此，所谓是非善恶，如何确立标准，站在什么角度确立标准，似乎还有不少地方可以探讨。对此，金庸其实也有直接说明。在《飞狐外传》的《后记》中，他有这样一段话："武侠小说中，反面人物被正面人物杀死，通常的处理方式是认为'该死'，不再多加理会。本书中写商老太这个人物，企图表示：反面人物被杀，他的亲人却不认为他该死，仍然崇拜他，深深地爱他，至老不减，至死不变，对他的死亡永远感到悲伤，对害死他的人永远强烈憎恨。"《射雕英雄传》中，众位大侠将裘千仞围住后，其实是在进行道德审判，那么，一个个体，是否有权利、有能力公正地审判另一个个体？《天龙八部》第四十三回《王霸雄图，血海深恨，尽归尘土》中，金庸写萧远山因扫地僧的点化，终于放下对慕容博的仇恨时，有这样一个情节：

> 那老僧道："你二人由生到死、由死到生的走了一遍，心中可还有甚么放不下？倘若适才就此死了，还有甚么兴复大燕、报复妻仇的念头？"萧远山道："弟子空在少林寺做了三十年和尚，那全是假的，没半点佛门弟子的慈心，恳请师父收录。"那老僧道："你的杀妻之仇，不想报了？"萧远山道："弟子生平杀人，无虑百数，倘若被我所杀之人的眷属皆来向我复仇索命，弟子虽死百次，亦自不足。"

站在自己的立场去看别人，往往以为具有道德高度，有权审判，其实，最难的问题还是能否用相同的标准审判自己，如果能，则就近似曾子对"恕道"的认识。曾子认为，"夫子之道，忠恕而已矣"。恕，就是孔子说的"己欲立而立人，己欲达而达人"，按照朱熹的解释，也就是"推己及人"。那些大侠之所以放开了拳头，正是有了这个功夫，认识到了自己的"罪"。至于后来洪七公挺身而出，那又是另外一个问题了。

《鹿鼎记》是金庸十四部武侠小说中比较别致的一部，有一个小的细节，曾引起我的关注。第二十六回《草木连天人骨白　关山满眼夕阳红》，说六个西藏喇嘛围攻白衣尼，要讨回《四十二章经》，韦小宝设计杀死其中四个，白衣尼杀死一个，剩下一个呼巴音被点了穴道，带着一起走。不久另外七个喇嘛追上，韦小宝和白衣尼、阿珂以及跟着一起走的郑克爽躲进草堆。韦小宝杀死了呼巴音，割下其手掌，本来只是为了吓唬阿珂，戏弄郑克爽，但当一个喇嘛伸手在草堆里摸的时候，"韦小宝蜷缩成一团，这时草堆已被那喇嘛掀开，但见一只大手伸进来乱抓，情急之下，将呼巴音的手掌塞入他手里。那喇嘛摸到一只手掌，当即使力向外一拉，只待将这人拉出草堆，跟着也是随手一甩，哪料到这一拉竟拉了一个空。他使劲极大，只拉到一只断手，登时一交坐倒。待看得清楚是一只死人手掌时，只觉胸口气血翻涌，说不出的难受。"这个使劲抓人，不料却抓到一只死人手掌的情节，令人想起马太奥·邦德罗（Matteo Bandello）的《短篇小说集》中的一个故事。说是一对兄弟连续几个夜晚潜入国王的宝库，偷走不少财宝。国王设计困住其中的哥哥，哥哥为了保护弟弟，要求弟弟杀掉自己，并割掉自己的头颅，以掩饰身份。弟弟含泪依计行事，国王非常恼怒，就将哥哥曝尸闹市，要引诱小偷的家人来收尸。在母亲的逼迫下，弟弟只好从命。夜半时分，他把四个皮袋都盛满了放了麻醉药的美酒，装在驴子背上，请看守的兵士喝酒，将他们都麻翻之后，就从绞架解下哥哥的尸体，安全回到家中。国王很生气，就更加不择手段，这次他用上了自己娇媚的女儿，公告全国招驸马，任何人都可以应征，但必须满足一个条件，即对天发誓，对公主不能有任何隐瞒。国王并叮嘱公主，如果应征者自述盗过金库、斩过贼头、偷过尸首、哄过卫兵等等，一定要紧紧抓住他，不要放手。这个小伙子察觉了国王的计谋，恰好有一个杀人犯刚刚被法庭处决，他就趁着夜间偷偷从尸体上割下一只手臂。见到公主后，他果然按照要求，把一切都如实道来，公主也就依计行事，伸手就去揪他的手臂，他顺势就将那条死人断臂送在她手里，而溜之大吉。公主看着手中的断臂，又惊又怕，还以为自己的劲儿太大，扯断了来人的胳膊呢。这一段，钱钟书《七缀集》中有惟妙惟肖的叙述。这两段中都有顺势送出死人断臂的描写，虽然总体情节不那么一样，但内在理路是不是有些相似之处呢？

　　在古希腊悲剧中，英雄无论怎样叱咤风云，往往都无法挣脱命运的安排。命运无法抗拒，悲剧无法避免，即使是神也无法例外，因此成为一个永恒的主题。

古希腊悲剧中的主人公，往往是了解了命运的安排，因此努力和命运搏斗，希望改变命运，但最终仍然败下阵来。著名的《俄狄浦斯王》中，忒拜国王和王后生下俄狄浦斯后，通过问卜，得知这个儿子长大后将杀父娶母。为了避免厄运，国王命人将其扔到山林里，他却大难不死，被送到科林斯王国，成为科林斯国王的养子。俄狄浦斯长大后得知这个神谕，试图与之对抗，便离开了科林斯，结果无意中杀死了生父。后来他又运用智慧战胜了狮身人面的斯芬克斯，被忒拜人民拥立为国王，从而真的娶了自己的生母。一切都成为现实。最终瘟疫降临，俄狄浦斯执着地去寻找原因，却发现自己正是导致这一切的凶手，因为"我成了不应该生我的父母的儿子，娶了不应该娶的母亲，杀了不应该杀的父亲"（罗念生译《俄狄浦斯王》）。面对这样的惨剧，他刺瞎了自己的双眼，从此自我放逐。俄狄浦斯一心向善，充满正义，希望改变命运，为此做了不懈的努力，但是，他所做的一切，都只是在客观上促使了悲剧命运的实现，这就是命运悲剧的无可逃避性。

　　在金庸小说中，他所塑造的重要人物，也往往有努力对抗命运者。《天龙八部》是我非常喜欢的一部小说，注重结构，写得开阔，很有气象。其中的人物也个性鲜明，特别是萧峰，非常突出。

　　萧峰是丐帮帮主，武功高强，光明正大，胸襟开阔，气度豪迈，有强烈的民族情怀和责任感，是一个顶天立地的男儿。尽管他满腔正气，但在命运面前，却往往走向反面。如为了给阿朱治伤，他冒险参加聚贤庄英雄大会，遭到围攻，他虽曾立誓不杀汉人，却又不得不大开杀戒。他真心喜欢阿朱，却由于去找段正淳寻仇，在不知情的情况下竟杀了自己的爱人。他处处被"大恶人"占先，因此处心积虑要去报仇，结果最后发现，这个"大恶人"竟是自己的父亲。他回到自己的故国大辽，得到重用，本以为可以报效君王，却又因为无法满足耶律洪基的战争欲望，只能选择离开。最终，他痛感自己身为契丹人，却胁迫辽帝，感到天地之间再无立足之处，于是选择了自杀。萧峰虽然有着高强的武功，杰出的地位，崇高的人望，真挚的友情，似乎无所不能，可以腾挪天地，但悬念最终揭开时，读者又发现他始终在被命运捉弄。虽然和古希腊的命运悲剧还不能完全相提并论，但也显然有几分影子。

有一些特定的书写模式也很有趣，这些模式往往能在金庸小说中营造出一种独特的效果。

西方有所谓"哥特式小说"的概念，出现在 18 世纪，多以荒郊、古堡、废墟等，笼罩着阴森、神秘的气氛，往往充满悬疑，同时交织爱情。金庸创作的小说，里面也经常有着浓重的密室情结，好几个著名的桥段都与此相关。比如《射雕英雄传》第二十四回《密室疗伤》，作者让郭靖受伤之后，回到了牛家村，躲进了曲三酒馆的密室中，七天七夜，必须和黄蓉双掌相抵，用《九阴真经》疗伤。

密室墙壁上有个小洞，可以看到外面的情形。在这个过程中，小说中的重要人物几乎都出现了，如完颜洪烈、杨康、彭连虎、侯通海、梁子翁、灵智上人、程瑶迦、陆冠英、尹志平、黄药师、周伯通、欧阳锋、欧阳克、穆念慈，还有蒙古来的拖雷、华筝等。郭靖和黄蓉二人就通过这个小洞，了解了许多恩恩怨怨的故事，也借他人之口或相关行为，解开了一些悬疑，比如听到完颜洪烈慨叹十九年前在这里和包惜弱相见，郭靖因此得知此处就是父母的故居牛家村，因此"胸间热血上涌，身子摇荡"。程瑶迦到来之后，黄蓉意识到原来她对郭靖芳心暗许，而华筝等到来之后，黄蓉更因此得知郭靖原是定过婚的。密室里的小世界和密室外的大世界，通过这个小洞互相沟通，结合起来。

金庸对密室描写的兴趣一直保持着，可能确实是从西方文学作品中获取了一定的资源，不过有时却也不一定那么刻意去看，就小说本身而言，只是创造一种情境而已。这里，最广为人所知的是《神雕侠侣》中杨过和小龙女在古墓中的故事。另如《天龙八部》第三十六章《梦里真真语真幻》，天山童姥被李秋水找到，将其一腿打断，并夺去掌门指环。虚竹为救童姥，坠下高崖，一路背着童姥来到西夏国，躲进皇宫的一个冰窖中。这个冰窖是一座石屋，墙壁都是以四五尺见方的大石块砌成，大门之后紧接着又有一道门，进去后，寒气逼人，黑漆一团，伸手不见五指，一直进入了地下三层。童姥在冰窖里慢慢恢复了功力，但不允许虚竹离去，于是逼其吃荤破戒，虚竹虽逆来顺受，但仍以被迫行事而自解，童姥大怒之下，乃在夜间掳来一位"端丽秀雅，无双无对"的十七岁女郎，引得虚竹破了淫戒，但二人在黑暗中，无法见到彼此的面容，于是以"梦姑""梦郎"互称。梦姑原来是西夏公主，后来采用比武招亲的方式，二人终得相认。这一个带有哥特式小说痕迹的故事，虽然大背景是皇宫，但偏偏选在地下三层阴森寒冷的冰窖中，让虚竹经历了如此多的离奇之事（除了和梦姑的爱情，还更具体得知了童姥和李秋水之间的恩怨），倒也有着自己的特色。

当然，金庸本人是否真的是这样借鉴的，是一个很难落实的问题，似乎也不必定要落实，因为清人谭献对于文学阅读已经有这样的说法："作者之心未必然，读者之心何必不然。"只是金庸小说既然已成"金学"，那就可以包括很多层面，多一个解读角度，或许也能增加点趣味吧。

凤凰枝文丛